Diogenes Taschenbuch 23454

Ingrid Noll
Rabenbrüder
Roman

Diogenes

Die Erstausgabe
erschien 2003 im Diogenes Verlag
Umschlagillustration:
Franz Pforr, ›Selbstbildnis‹, 1810/11 (Ausschnitt)
Foto: Copyright © Kurt Hase/Artothek

Veröffentlicht als Diogenes Taschenbuch, 2005
www.diogenes.ch
200/05/8/2
ISBN 3 257 23454 6

I

Wie eine trübe Wolke

Pauls Eltern betrieben Ahnenforschung, allerdings beide auf grundverschiedene Art. Die eine wie die andere Sichtweise war ihrem Sohn unangenehm und fremd. Es hatte eigentlich nichts mit ihm zu tun, sagte er sich, wenn einer seiner Vorväter besonders reich, arm, krank, klug oder beschränkt gewesen war. Oder gar von arischer Abstammung, wie es in Zeiten der Volksverdummung als erstrebenswert galt. Im Gegensatz zu jenen fehlgeleiteten Rassisten wünschte sich Pauls Mutter bei ihren Altvordern einen Tropfen jüdisches Blut, suchte nach Geistesgrößen, Dichtern, Sängern, Widerstandskämpfern.

Bei Pauls Vater lag der Fall anders, war jedoch nicht weniger belastend für Paul und seinen jüngeren Bruder Achim. Schon lange interessierte sich ihr Erzeuger für die Todesursache aller Verwandten, um anhand ihrer Krankengeschichten die eigene Disposition für diese Leiden zu ermitteln. Auch das Risiko für seine Söhne, einst an Diabetes oder anderen Stoffwechselstörungen, Schizophrenie und bösartigen Tumoren zu erkranken, hatte er akribisch ausgerechnet. Fast war der Vater gekränkt, wenn eine Urgroßtante am Kindbettfieber oder ein Onkel im Krieg gestorben war, weil beide Todesarten nicht als Basis für seine persönlichen Prognosen herhalten konnten.

Immerhin war der hypochondrische Vater bereits im Seniorenalter und spielte auf der emotionalen Ebene nur eine untergeordnete Rolle in der Familie. Die beiden Brüder hatten vielmehr von klein auf um die Gunst ihrer schönen jungen Mutter rivalisiert. Für Paul blieb der jüngere Bruder für alle Zeit Mamas Hätschelkind, während Achim behauptete, der Ältere sei Mutters Vertrauter und eigentlicher Chef des Hauses.

Die Schuld für den stetigen Verlust an Glanz und Farbe in seinem Gefühlsleben gab Paul den Eltern. Bereits mit dem Taufnamen Jean Paul hatten sie einen Anspruch erhoben, den er nicht erfüllen konnte. Die Mutter hatte sich ihren Sohn als Schriftsteller von internationalem Rang erträumt, der Vater setzte auf einen Physiker mit Nobelpreisanspruch. Seit einigen Jahren logen sie einander vor, daß Paul nun endlich als Anwalt die große Karriere machte. Seine Liebhabereien, wie zum Beispiel das Zeichnen von Ruinen oder sein Interesse für Erfindungen, waren von seinen Eltern nie ernst genommen worden.

Vielleicht lag es am Vorbild der sterilen elterlichen Partnerschaft, daß Pauls Ehe nicht glücklich war, und mit 39 Jahren war es für einen weiteren Anlauf nun fast zu spät. Als Student hatte er eine zehn Jahre ältere Nachbarin geliebt, die ihn an seine Mutter erinnerte, doch diese Beziehung war leider gescheitert.

Paul war etwa vierundzwanzig, als ihn eines Abends der vier Jahre jüngere Achim in seiner Studentenbude überfiel.

An jenem Abend betranken sie sich über das übliche Maß hinaus, bis sie schließlich allerhand kränkende Vorwürfe aus längst vergangenen Tagen gegeneinander erhoben. In gereizter Stimmung erzählte Achim, wie er nach bestandener Führerscheinprüfung eine Flasche Sekt geöffnet und gemeinsam mit der Mutter geleert habe. Danach sei sie mit ihrem seltsamen Mona-Lisa-Lächeln im Schlafzimmer verschwunden, wohin Achim ihr folgte. Sie hätten miteinander geschlafen, als sei es die selbstverständlichste Sache der Welt. Allerdings nur dieses eine Mal.

»Und Papa?« fragte Paul mit trockenem Mund. Der habe damals in der Klinik gelegen, weil er an chronischem Tinnitus und hohem Blutdruck litt.

Seit diesem Abend konnte Paul den Eltern nicht mehr in die Augen sehen und beschränkte seine Besuche auf ein Minimum, mit seinem Bruder brach er den Kontakt gänzlich ab. Jene Freundin, die er in aller Unschuld für ein verjüngtes Abbild seiner Mutter gehalten hatte, brüskierte er auf verletzende Art, so daß sie ihn verließ.

Erst Jahre später, als die Familie den siebzigsten Geburtstag des Vaters feierte, hatte Paul zaghaft versucht, den Bruder zur Rede zu stellen.

Achims Lachen klang eher gehässig als verlegen. Ob Paul den Unsinn tatsächlich geglaubt habe? »Mein Gott, ich war besoffen und habe dummes Zeug gelabert. Vielleicht wollte ich ja insgeheim als moderner Ödipus in die Weltgeschichte eingehen, aber du kennst doch unsere Mama: einfach unvorstellbar!«

Paul konnte nie verzeihen, was Achim mit dieser Lüge angerichtet hatte, denn die skandalöse Behauptung hing wie eine trübe Wolke über ihm und ließ sich nicht restlos verdrängen. Einerseits schämte er sich, den betrunkenen Bruder auch nur eine Minute lang angehört zu haben. Andererseits verwirrte ihn die Vorstellung eines Inzests in der eigenen Familie so stark, daß er sich zuweilen einbildete, es sei doch ein Körnchen Wahrheit daran. Hinzu kamen seine juristischen Bedenken: Beischlaf zwischen leiblichen Verwandten wurde nach § 173 StGB mit Freiheitsentzug bis zu drei Jahren bestraft. Im nachhinein konnte Paul auch nicht mehr nachvollziehen, warum er seinem Bruder keine Ohrfeige reingesemmelt hatte, die noch Tage später gebrannt hätte. Statt dessen hatte er den Torkelnden wortlos aus dem Zimmer geschoben und die Tür hinter ihm geschlossen.

Selbst lange Zeit nach Achims Dementi konnte Paul nicht anders, als seinen Eltern mit Mißtrauen zu begegnen. Die Mutter mochte ihm zärtlich über die Wange streichen, der Vater wie gewohnt auf egozentrische Art über seine Krankheiten klagen – alles erhielt einen fatalen Anstrich. Wollte ihm die Mama auf gar nicht mütterliche Weise nahe kommen? Hatte der stets schlechtgelaunte Vater Gründe für seine Depressionen? Wie hatte es die Mutter an der Seite eines zwanzig Jahre älteren Hypochonders ausgehalten? Hatte sie Liebhaber gehabt? Sprach es nicht für ein latent schlechtes Gewissen, wenn sie den Papa unermüdlich umsorgte? Paul mußte sich eingestehen, daß er im Grunde seiner Seele den Vater zuweilen gehaßt hatte und als kleiner Junge lustvoll zur Mutter ins Bett geschlüpft war. Über seine ambivalenten Gefühle konnte Paul allerdings mit niemandem sprechen, denn er wollte nichts weniger, als das eigene Nest durch Gerüchte beschmutzen.

Als er seine spätere Frau Annette kennenlernte, war er erleichtert, daß sie keine Ähnlichkeit mit seiner Mutter hatte.

Und heute, mit 39 Jahren, steckte er nun mitten in einer Ehe-, Finanz- und Midlifekrise. Paul befand sich gerade in seinem Arbeitszimmer, blätterte lustlos in einem Katalog und hing düsteren Gedanken nach. Als das Handy klingelte, meldete er sich mißmutig.

Es war seine Mutter. »Jean Paul, mein Großer, wie geht's dir? Bist du im Moment allein?« fragte sie. »Annette braucht nicht unbedingt mitzuhören, es handelt sich um eine vertrauliche Familienangelegenheit.«

Paul wurde es mulmig. Am liebsten hätte er behauptet, seine Frau säße neben ihm.

Sein Bruder habe kürzlich mit einem Steuerberater gesprochen, sagte die Mutter. Für viele Eltern sei es ratsam, den Kindern eine gewisse Summe des späteren Erbes bereits bei Lebzeiten zu überlassen, da dieses Geld im Gegensatz zu einer Erbschaft steuerfrei bleibe. Es sei also klug, wenn sie sich schon früh vom Erlös ihres Dresdner Hauses trenne, denn nur wenn sie innerhalb der nächsten zehn Jahre sterben sollte, unterliege die Schenkung der Steuerpflicht.

»Verstehe«, sagte Paul, der über Erbrecht besser informiert war als sie. Endlich einmal eine erfreuliche Nachricht, denn er konnte jeden Cent gebrauchen. »Das ist vernünftig. An wieviel dachtest du denn?« fragte er vorsichtig. Über das relativ neue Vermögen seiner Mutter war er nur vage informiert, und er wollte keinesfalls habgierig wirken.

Paul und Annette seien ja Gott sei Dank erfolgreiche Doppelverdiener, behauptete die Mutter, und bräuchten keine finanzielle Unterstützung. Aber Achim wolle eine Toyota-Filiale in Mainz übernehmen und benötige Kapital. Deswegen habe sie ihm seinen Anteil bereits überwiesen, Paul bekomme später selbstverständlich den gleichen Betrag. Sie könne nur momentan nichts mehr flüssig machen, sonst würde der Papa ungemütlich.

Wieviel sein Bruder erhalten habe, wollte Paul wissen und erfuhr, daß es um die steuerfreie Höchstsumme ging.

»Du bist so still, Jean Paul«, meinte die Mutter, »dabei weiß ich genau, daß du für deinen Bruder nur das Beste willst.«

Paul rief in den leeren Raum hinein: »Lieb von dir, Annette, aber ich möchte jetzt keinen Tee mehr.«

Seine Mutter begriff und sagte: »Grüß das Annettchen ganz lieb von mir, auch von Papa. Und ich melde mich bald wieder. Gute Nacht.«

Ein frommer Wunsch, denn Paul ging nicht ins Bett, sondern blieb ratlos in seinem Zimmer sitzen und dachte an den Bruder, den er als Kind überaus geliebt hatte.

Achim hatte das Studium der Betriebswirtschaft abgebrochen und war Autohändler geworden. Paul glaubte, daß letzten Endes seine Eltern für die Mißerfolge des Bruders verantwortlich waren. Sie hatten Achim alles erlaubt, was Paul nie gestattet wurde, hatten seine Schulden bezahlt und sogar den Hausarzt genötigt, ihm bei geschwänzten Schulstunden und versäumten Examensterminen ein Attest auszustellen. Selbst die Natur hatte Achim bevorzugt und ihm volles Haar und einen hohen, schlanken Wuchs gegeben. Paul nahm die Brille ab, um sich die Augen zu trocknen. Manchmal hatte er das Gefühl, daß er ebensowenig mit dem Leben klarkam wie sein hübscher Bruder.

Als Paul schließlich einschlief, träumte er von seiner Mutter. Als Knabe hatte er ihre cremefarbene Seidenbluse mit einem Muster aus grünen Muscheln und hellroten Korallenzweigen sehr bewundert. Unter einem Weidenbaum, dessen liebliches Grün sich in der Bluse wiederholte, führte sie mit langsamen Bewegungen ihre Tai-Chi-Übungen aus, wobei man sie niemals stören durfte. Nur Paul konnte den maskierten Bogenschützen sehen, der tief im Gebüsch auf Beute lauerte. War es Zorro, der Rächer, oder gar Amor, dessen Pfeil ja nie das Herz verfehlte? Als die Mutter getroffen wurde, wachte er auf, und sein Warnschrei kam zu spät.

2

Im Schuhladen

Pauls Frau Annette war in einer glücklicheren Situation als er, obwohl sie ihre Eltern relativ früh verloren hatte. Sie hatte eine behütete Kindheit gehabt, in der es viele Freunde, aber keine konkurrierenden Geschwister gab. Als sie das Mannheimer Elternhaus sowie einige Aktien erbte, war sie Mitte Zwanzig. Die Schule und Ausbildung zur Auslandskorrespondentin nahm sie nicht allzu ernst, sondern entwickelte erst zu Beginn ihrer beruflichen Tätigkeit Ehrgeiz, dann allerdings vehement. Inzwischen bedauerte sie es manchmal, nicht studiert zu haben. Wahrscheinlich waren ihre Bemühungen, mit ihrem Einkommen sowohl die ehemaligen Klassenkameraden als auch ihren Mann zu übertreffen, gerade deshalb sehr erfolgreich.

Dank ihrer zierlichen Figur und einem feinen Mäusegesicht hatte Annette als Mädchen sehr niedlich ausgesehen; nie war es ihr schwergefallen, die Beschützerinstinkte junger und alter Männer zu wecken. Inzwischen sah sie zwar aus wie eine tüchtige Karrierefrau, hatte aber immer noch die kindlich zarte Haut und das weiche Haar einer Zehnjährigen.

Aber innerlich mußte sie aus Stahl sein, wie Paul mit einem gewissen Neid annahm. In einem Punkt waren sie sich jedoch ähnlich: Annette fiel es ebenfalls schwer, über

Gefühle zu sprechen, und auch sie neigte dazu, Probleme im privaten Bereich unter den Teppich zu kehren.

Jahrelang waren Paul und Annette mit Olga und Markus Baumann befreundet gewesen. Doch seit deren Trennung vor ungefähr einem Jahr war der Kontakt eingeschlafen. Zufällig traf Annette ihre ehemalige Freundin in einem neu eröffneten italienischen Schuhgeschäft in einer Passage auf den Planken wieder. Die unerwartete Begegnung machte sie ein wenig verlegen, aber Olga schien völlig beschäftigt mit der Anprobe knallroter Lackschuhe und hob kaum den Blick, als Annette sich näherte.

Wie sich die Menschen doch veränderten, dachte Annette. In der Schulzeit latschte Olga in Birkenstock-Sandalen herum, hatte ein Kassengestell und war die Klassenbeste; als Studentin wechselte sie zu Riemchensandalen und Kontaktlinsen über. Und jetzt? Da kaufte sich diese etablierte Studienrätin doch glatt Flamenco-Schuhe, für die sie viel zu dicke Beine hatte, und trug gleichzeitig eine sündhaft teure Intellektuellenbrille aus grünem Schildpatt. Entweder ging sie zur Zeit auf Männerjagd, oder ein Opfer zappelte bereits im Netz.

Neugierig geworden pflanzte sich Annette direkt vor Olga auf. »*Need you help*?« fragte sie, um die Situation durch die Blödelsprache ihrer Schulzeit aufzulockern.

Olga blickte hoch und überspielte, ihrer Freundin hierin nicht unähnlich, die Überraschung und leichte Befangenheit durch muntere Begrüßung. »Nein so was, die Annette! Was meinst du, bin ich zu alt für Signalfarben?«

Mit Vierzig könne man tragen, was einem stehe, meinte

Annette, an Olgas Stelle würde sie die roten Schuhe gleich anbehalten. Mit diesen Worten nahm sie der Freundin einen Schuh aus der Hand, strich liebkosend über das glänzende Leder und bedauerte, daß sie selbst von Berufs wegen zwar teure, aber konservativ-korrekte Kleidung tragen müsse.

Ermutigt schritt Olga zur Tat, und nach erfolgtem Einkauf konnte Annette nicht umhin, die Freundin auf einen Drink einzuladen, denn es war nicht allzu weit bis zu ihrem Haus in Mannheim-Almenhof. Gern hätte sie gefragt, ob Olga inzwischen geschieden sei, traute sich aber nicht recht. Statt dessen sprachen sie auch zu Hause weiterhin über Schuhe: Wie angenehm es sei, diesen noblen Laden entdeckt zu haben, und daß es immer schwerer werde, gut sitzendes Schuhwerk zu finden.

»Es hat sicherlich damit zu tun, daß wir älter werden«, sagte Annette. »Früher paßte mir jeder Schuh, ich konnte kaufen, was mir gefiel. Heute muß ich auf manche Modelle verzichten. Dabei ist mein Gewicht noch das gleiche wie vor zwanzig Jahren.«

Im Gegensatz zu dir, fügte sie im stillen hinzu, wurde aber durch das Klingeln des Telefons unterbrochen und ging in ihr Arbeitszimmer im ersten Stock.

Annettes Mann war am Apparat. »Bevor du mir Bescheid gibst, daß es heute wieder spät wird«, sagte sie spöttisch, »kann ich dir gleich die erfreuliche Mitteilung machen, daß es mich diesmal überhaupt nicht stört. Ich habe Besuch…«

»Einen Liebhaber?« fragte Paul.

Annette grinste geschmeichelt, was ihr Mann allerdings

nicht sehen konnte. »Möglich wär's«, meinte sie, »aber du hast noch mal Glück gehabt. Ich habe Olga getroffen und sie kurz entschlossen geschnappt. Wir haben uns lange nicht mehr ausgetauscht.«

Ihr Mann schwieg einige Sekunden, um dann zu erklären, daß er eigentlich gar keine Verspätung anmelden wollte. Er sei bereits auf dem Heimweg, sitze im Wagen und telefoniere im Moment vor der roten Ampel an der Speyererstraße. »Bis gleich«, sagte er und legte auf.

»Es war Paul«, sagte Annette, als sie wieder unten im Wohnzimmer ankam. »Seine schöne Mama hat ihn gut erzogen, und davon ist immerhin ein Restchen hängengeblieben. Ich muß ihm zwar ständig hinterherräumen, aber er ruft brav an, wenn er länger als üblich in der Kanzlei zu tun hat. Und heute hat er sogar großartig verkündet, daß er endlich mal pünktlich kommen wird.«

Man könnte sich ja für ein andermal verabreden, sagte Olga, sie müsse noch Aufsätze korrigieren. Beim Aufstehen warf sie einen prüfenden Blick auf den spanischen Titel eines Romans, an dem sich Annette auf langen Flugreisen die Zähne ausbiß.

In diesem Moment ging bereits die Tür auf, und Paul kam herein.

Um nicht unhöflich zu erscheinen, nötigte Annette die Freundin, mit ihnen den abendlichen Imbiß zu teilen – bloß eine Tasse Tee und ein Käsebrot –, schließlich habe man sich lange nicht gesehen. Olga blieb.

Als nach dem Abendessen, das am Couchtisch eingenommen wurde, erneut das Telefon klingelte, verließ Annette mit einem Seufzer die Dreierrunde. Sie rechnete mit abermaligen Rückfragen wegen ihrer bevorstehenden Geschäftsreise nach Venezuela.

Wie stets meldete sie sich mit »Wilhelms«, wurde aber nicht, wie erwartet, vom Redefluß ihrer hektischen Sekretärin überfallen, sondern vernahm die vertraute Stimme ihres Mannes.

»Hallo Paul, was soll der Quatsch«, rief Annette.

Paul reagierte nicht oder schien sich spaßeshalber taub zu stellen.

Annette verstand diesen Anruf nicht und wollte leicht verwirrt wieder auflegen. Das Ganze war ein Mißverständnis, irgend jemand erlaubte sich einen Scherz mit ihr.

Aber dann hörte sie ihren Mann ziemlich deutlich sagen: »Du brauchst wirklich keine Angst zu haben, Olga, sie kann uns bestimmt nicht hören. Und wenn sie einmal am Apparat ist, dann dauert das Gequatsche mindestens fünf Minuten. Außerdem poltert sie genauso lautstark herunter, wie sie vorhin hinaufgestampft ist.«

Annette verharrte wie versteinert. Was sollte das? Meinte er ihre Clogs?

Doch nun redete Olga, zwar nicht ganz so deutlich wie Annettes Mann, aber dank ihrer Lehrerinnenstimme durchaus verständlich: »Wann fliegt sie denn nun endlich?«

»Am Gründonnerstag«, sagte Paul. »Du solltest schon mal den Reiseführer für uns wälzen. Stichwort: Granada!«

Annette rauschten die Ohren, und ihr wurde schwarz vor den Augen. Sie warf den Hörer hin und sank auf ihren Schreibtischstuhl. Als das Herzklopfen etwas nachließ, wurde ihr klar, daß sich verschwommene Ahnungen plötzlich bewahrheiteten. Schon ein paarmal hatte sie den vagen Verdacht gehabt, daß Paul nicht bloß Mandantengespräche führte, wenn er eine Verspätung ankündigte. Erst vor kurzem hatte sie sich über den verstellten Beifahrersitz und über Katzenhaare auf seiner Hose gewundert. Dann über ein neues Rasierwasser. Manchmal kam er nach einem langen Bürotag auch nach Hause und roch wie frisch geduscht.

Aber wie um alles in der Welt hatte sie dieses Gespräch – das offenbar ein Stockwerk unter ihr stattfand – am Telefon mithören können? Was trieb man für ein Spiel mit ihr? Und wie sollte sie sich nun verhalten? Sich im Schlafzimmer verbarrikadieren, eine Szene machen, sowohl Olga als auch Paul aus dem Haus jagen?

Im Badezimmer ließ Annette kaltes Wasser über Gesicht und Unterarme laufen, schneuzte sich, bediente die Spülung und beschloß, sich vorerst nichts anmerken zu lassen. Schwerwiegende Entschlüsse, die womöglich nicht mehr rückgängig zu machen waren, sollte man nicht in der ersten großen Wut treffen. Also kam sie mit genau kalkuliertem Gepolter die Treppe hinunter.

Olga stand zum zweiten Mal auf. »Jetzt wird es aber höchste Zeit für mich«, sagte sie. »Ich habe bloß gewartet, um dir noch adieu zu sagen. Habt ihr einen Busfahrplan zur Hand? Mein Gott, hast du schlechte Nachrichten erhalten, du siehst ja völlig entnervt aus?«

Ihre Sekretärin belästige sie sogar abends mit Fragen, die gut bis übermorgen Zeit hätten, sagte Annette, ob sie beispielsweise ein mobiles Flipchart mit auf die Reise nehmen werde! Aber das interessiere sicherlich keinen.

»Doch«, behauptete Paul, »alles, was dich belastet, geht mich schließlich auch etwas an. Selbstverständlich fahre ich Olga rasch heim, das wäre ja noch schöner…«

Doch Olga drückte energisch ihre Zigarette aus und sagte: »Nett von dir Paul, aber ich komme schon allein nach Hause.« Sie reichte beiden die Hand und verabschiedete sich.

Als Paul und Annette allein waren, sprachen sie zwar noch über ein paar belanglose Dinge wie den notwendigen Kauf einer neuen Waschmaschine und eine verspätet eingetroffene Postkarte aus Italien, aber kein Wort über Olgas Besuch. Dann wollte Paul einen Dokumentarfilm über Einhandsegler anschauen und verzog sich in sein Zimmer, wo ein zweiter Fernseher stand; Annette gab vor, noch ein wenig zu lesen.

Ob sie nicht ganz bei Trost war? Chronisch überarbeitet und durch die häufigen Reisen völlig mit den Nerven herunter? Hatte sie Halluzinationen? Ordnete sie wildfremde Stimmen ihrem Mann und ihrer früheren Freundin zu, weil sie in letzter Zeit immer wieder das Gefühl hatte, Paul würde sich ihr entziehen und könnte sich für ihr berufliches Engagement auf seine Weise rächen? Hatte sie sich zu wenig um ihn gekümmert, weil ihr die eigene Karriere wichtiger war? Immerhin kam sie, im Gegensatz zu ihm, meistens pünktlich nach Hause und sorgte gewissenhaft für Abendessen und Frühstück.

Routinemäßig leerte sie auch jetzt den Aschenbecher

aus, trug Pauls Sakko in die Garderobe und hängte ihn auf einen Bügel, stellte die silberne Zuckerdose wieder in den Wandschrank, strich die Tischdecke glatt. Am nächsten Morgen hätte sie erfahrungsgemäß wenig Zeit für derartige Ordnungsarbeiten, und die Haushaltshilfe kam erst in drei Tagen.

Als sie ein Kissen zurechtrückte, entdeckte sie das Handy ihres Mannes. Es mußte aus seiner Jackentasche herausgerutscht sein und fiel auf dem dunklen Sofa kaum auf. Da kam ihr ein Gedanke. Sie drückte auf die Wiederholungstaste des Handys und hörte logischerweise ihr eigenes Telefon läuten; schließlich hatte sich Paul ja kurz vor seinem Eintreffen bei ihr angemeldet. Schnell legte sie wieder auf, damit er nicht in der oberen Etage an ihren Apparat ging.

Ja, so mochte es gewesen sein: Ihr Mann hatte auf dem Heimweg wie üblich angerufen, um sowohl seine Verspätung anzusagen als auch Annettes Nachfrage in seiner Kanzlei zu verhindern. Als er hörte, daß seine Geliebte nicht zu Hause, sondern bei der eigenen Ehefrau zu Besuch war, mußte er blitzschnell umdisponieren, um einer allzu vertraulichen Unterhaltung zwischen ihnen zuvorzukommen. Den mobilen Apparat steckte er wie stets in die Jackentasche. Und wie immer zog er zu Hause den Sakko aus und warf ihn aufs Sofa, eine Unsitte, die Annette ihm nicht abgewöhnen konnte. Wie eine Abhörwanze hatte das kleine Gerät die Wohnzimmergeräusche aufgenommen und der arglosen Ehefrau direkt ins Ohr übertragen.

Um ganz sicherzugehen, beschloß sie, einen Test zu

machen. Als ihr Mann vor dem Schlafengehen unter der Dusche stand, drehte sie im Wohnzimmer das Radio auf gedämpfte Lautstärke, rief mit Pauls mobilem Apparat ihre eigene Nummer an und legte das Handy wie zuvor halb unter ein Sofakissen. Dann spurtete sie nach oben und nahm ab. Über den Hörer klang ihr die gleiche schottische Volksmusik entgegen, die im unteren Raum dudelte. Trotz ihrer Niedergeschlagenheit triumphierte Annette ein wenig.

3

Die Post

In jener Nacht schlief Annette fast gar nicht; als sie gegen Morgen doch ein wenig einnickte, träumte sie von Olga, die in kirschroten Schuhen vor einer roten Ampel Flamenco tanzte und dabei auf provozierende Weise bei jedem anhaltenden Auto die Röcke hob.

Im Büro konnte sie sich auf nichts konzentrieren. Das Stichwort hieß Granada, hatte ihr Mann gesagt. Annette ahnte durchaus, was das zu bedeuten hatte. Vor zehn Jahren hatte sie ihren Paul ebendort kennen- und liebengelernt, in der *Semana santa*, der Karwoche, die jetzt wieder bevorstand. Damals hatte Annette einen Spanischkurs absolviert, Paul hatte Urlaub gemacht. Sie saßen abends an benachbarten Tischen und aßen Tapas, als eine Straßenkapelle mit den Proben für die Prozession begann. Annette und Paul begeisterten sich gleichermaßen für die laute, schräge, unvergleichliche Blechmusik und schon bald auch füreinander. Und nun wollte er diese Reise mit Olga wiederholen!

Früher als sonst verließ Annette das Büro und schützte eine beginnende Erkältung vor. Zu Hause begab sie sich zielstrebig in das Arbeitszimmer ihres Mannes und knöpfte sich seine Schreibtischschubladen vor; als erstes wollte sie herauskriegen, wann die Affäre mit Olga begonnen hatte. Als sie keine verdächtigen Hinweise fand, durchsuchte sie den Kleiderschrank, drehte jede Tasche seiner Jacken und Mäntel um. Auch hier stieß sie bloß auf Münzen, zerknüllte Taschentücher, Benzinrechnungen, Feuerzeuge, Knöpfe. Als letztes blieb der Computer, der früher einmal Pauls Bruder gehört hatte. Als Achim sich vor drei Jahren einen Laptop anschaffte, hatte er Paul seinen veralteten PC für einen keineswegs brüderlichen Preis aufgeschwatzt.

Das Paßwort war Annette bekannt. Pauls Briefpartner schrieben ebenso langweilige wie kurze Mitteilungen. Unter den gespeicherten Adressen befand sich auch die von Olga. Annette hatte bisher nicht gewußt, daß Olga einen Internetanschluß hatte. Zermürbt von ihrer eigenen Wut, ging Annette früh zu Bett und zog sich die Decke über den Kopf. Im Traum sorgte sie für den Tod ihrer Rivalin.

Eine Zeitlang hatten sich die Ehepaare Baumann und Wilhelms ausgezeichnet verstanden, fast jede Woche etwas miteinander unternommen und sich häufig gegenseitig besucht. Während alle ihre früheren Freunde mit der Aufzucht und den Problemen ihres Nachwuchses beschäftigt waren, blieben sie als einzige kinderlos.

Im Gegensatz zu Annette und Paul hatten sich Olga und Markus ein Kind gewünscht und sogar eine Adoption erwogen. Annette hatte ihnen dringend abgeraten, weil sie von einem Fall in ihrer Bekanntschaft wußte, der sehr unerfreulich verlaufen war. Aber zum Glück kreiste nicht jedes ihrer Gespräche um dieses Thema; Annette und Olga interessierten sich für Literatur, Paul und Markus für Erfindungen, Entdeckungen und Expeditionen. Einmal verbrachten sie sogar zu viert einen gemeinsamen Urlaub in einem winzigen apulischen Ferienhaus. Als es kurz danach zwischen Markus und Olga zu kriseln begann, wurden sie nach mehreren peinlichen Szenen von den Wilhelms nicht mehr eingeladen. Sowohl Annette als auch Paul hatten keine Lust, bei einem Ehekrieg die Schlichter zu spielen oder gar für einen der beiden Freunde Partei ergreifen zu müssen. Wahrscheinlich berührten die aufgedeckten Probleme des anderen Paares auch bei Paul und Annette einen wunden Punkt.

Irgendwann mußte Paul erneut Kontakt zu Olga aufgenommen haben, ohne daß er Annette etwas davon verriet. Insofern war klar, daß er von Anfang an ein schlechtes Gewissen hatte, denn ein zufälliges oder harmloses Treffen hätte er ihr sicherlich nicht verschwiegen. Umgekehrt war es wiederum möglich, daß die Initiative nicht von Paul, sondern von Olga ausgegangen war, weil sie sich einsam fühlte; bereits vor Jahren hatte sie von einer *verkehrsberuhigten Ehe* gesprochen.

Am nächsten Morgen erklärte Annette, sie habe die Grippe. Doch sobald sie allein war, zog sie sich den Bademantel übers Nachthemd und wurde aktiv. Genüßlich hängte sie ihren schwarzen Rock und das kamelfarbene Jackett mit dem abknöpfbaren Pelzkrägelchen zurück in den Schrank. Das alles war heute nicht nötig. Sie rief ihre eigene Sekretärin sowie die ihres Chefs an, um sich krank zu melden. Dann setzte sie sich Kaffeewasser auf und schob zwei Scheiben Weißbrot in den Toaster. Seit langem hatte sie nicht krankgefeiert, nun wollte sie es auskosten. Mit einem Frühstückstablett auf dem Nachttisch und der Zeitung auf den Knien würde eine kleine Zwangspause ihr vielleicht helfen, sich wieder zu fangen. Es war zwar nicht ungemütlich, dieses einsame Frühstück, aber es wollte ihr trotzdem nicht recht schmecken.

Ohne mehr als die Überschriften zu überfliegen, blätterte sie im Lokalteil des Morgenblatts, wo sie ein Foto von Olgas Exmann Markus entdeckte. Sie wußte immer noch nicht genau, ob die beiden inzwischen geschieden waren.

»Dr. M. Baumann wird neuer Chefarzt im Marienkrankenhaus« lautete die Überschrift. In einer gesonderten Rubrik war der Werdegang des bisherigen Oberarztes Baumann stichwortartig nachzulesen, ein Interview folgte. Im Grunde erfuhr Annette nichts Neues, denn sie wußte, daß Markus seit Jahren auf diesen Posten spekuliert hatte. Ob er mittlerweile eine eigene Adresse hatte? Sie holte sich das dicke Telefonbuch ans Bett. Unter den aufgelisteten Baumanns war ihre Freundin die einzige Olga; Markus war zum Glück zwischen seinen vier Namensvettern am Doktortitel zu erkennen. Offensichtlich war er in den Mannheimer Stadtteil Vogelstang umgezogen.

Annette trank ihren Kaffee aus und bestrich den zweiten Toast mit Butter, die auf den lavendelblauen Bettbezug tropfte. Abgesehen von dieser Panne ließ sich von ihrer Schlafzimmerzentrale aus ganz gut regieren, vor allem konnte man in entspannter Haltung nachdenken. Das schnurlose Telefon lag griffbereit auf dem Nachttisch. Gedankenverloren klaubte sie Brotkrümel von der Bettdecke. Sie könnte Paul gegenüber ja vorgeben, wie geplant am Gründonnerstag auf Geschäftsreise nach Venezuela zu fliegen, in Wirklichkeit aber in Granada landen. Dort würde sie Paul und Olga in flagranti erwischen und zur Rede stellen.

Ob man für die Karwoche noch einen Flug nach Andalusien buchen konnte?

Annette rief vorsichtshalber nicht das Reisebüro ihrer Firma an, sondern einen kleinen Laden in der Nähe.

»Es geht doch um Granada? Gut, daß Sie sich melden, Frau Wilhelms«, sagte eine Angestellte in erfreutem Ton, noch ehe Annette ihre Frage vorbringen konnte. »Sagen Sie Ihrem Mann bitte Bescheid, daß ich zwei Möglichkeiten durchgerechnet habe, einmal für das Alhambra Palace und alternativ für das Hyatt. Er müßte sich allerdings bald entscheiden.«

Annette holte tief Luft. »Wahrscheinlich haben Sie mir jetzt ein Geheimnis verraten«, sagte sie geistesgegenwärtig. »Ich nehme an, daß mich mein Mann mit dieser Reise überraschen wollte.«

Die Geschäftsfrau war außer sich, daß ihr ein solcher Fauxpas unterlaufen war, und bedauerte das Mißgeschick ausdrücklich.

»So schlimm ist es nun auch wieder nicht«, sagte Annette. »Wir tun einfach beide so, als ob dieses Gespräch nicht stattgefunden hätte. Eigentlich wollte ich meinen Mann ebenfalls mit einer Reise beglücken, aber das hat sich nun erübrigt.«

Annette erfuhr zu guter Letzt noch, daß er den exklusiven Parador direkt neben der Alhambra bevorzuge, sich aber noch nicht definitiv entschlossen habe.

Auf Pauls Konto war ja meistens nicht viel zu holen, dachte sie, vermutlich mußte Olga diese Reise bezahlen. Annette huschte in Pauls Arbeitszimmer, um seine elektronische Post erneut zu kontrollieren. Als sie die verschickten E-Mails durchging, wurde die Spur heiß. Ein kurzer Gruß von heute morgen lautete: *Liebe Olga, ging ja noch mal gut… freu' mich auf Granada! Much love, Dein Jean Paul.*

Annette zuckte zusammen. Also hatte Olga bereits erreicht, daß Pauls Mutter nicht mehr die einzige war, die ihn mit seinem poetischen Namen ansprechen durfte.

Ihr habt die Rechnung ohne den Wirt gemacht, dachte sie in unbändigem Zorn. Und wenn sie eine Zeitbombe in Pauls ledernen Kulturbeutel schmuggelte? Stichwort Granada! Im Spanischen hieß Granada zwar Granatapfel, aber auch Granate.

Als sie wieder im Bett lag, mußte sie ständig an jene andalusische Osterprozession denken. Damals hatten sie sich unermüdlich an die Straße gestellt, um das traditionsreiche Schauspiel an allen Tagen der Karwoche zu verfolgen. Wie auf überdimensionalen Tabletts trugen starke Burschen nicht nur die geschnitzten Heiligen durch die Gassen, sondern auch komplette Abendmahl- oder Kreuzigungsszenen, eine Pietà oder Madonna mit Kind, jedes einzelne Tableau mit Hunderten von Blumen geschmückt. Von den jugendlichen Trägern waren nur die frisch geweißten Turnschuhe zu sehen. Der Anblick erinnerte an einen Tausendfüßler. Nur in gelegentlichen Pausen schlüpften die Athleten kurz unter ihrer Last hervor, setzten die Bürde ab und wischten sich den Schweiß vom handtuchumwickelten Kopf, manche rauchten auch hastig eine Zigarette. Unter dem Beifall des Publikums wurde nach kurzer Rast wieder aufgebockt, und die Prozession schwankte weiter. Zum Gefolge gehörten in schwarze Spitze gekleidete Frauen und vermummte Gestalten im Büßergewand. Fast wie ein mittelalterlicher Pestumzug, hatte Paul gesagt, denn die reuigen Sünder hatten hohe Tüten mit zwei Gucklöchern über den Kopf gestülpt und glichen auf beklemmende Weise den Teilnehmern eines Femegerichts. Annette entdeckte, daß manche Büßer unter ihrem Zuckerhut eine Brille trugen, andere barfuß unterwegs waren, aber selbst Bekannte oder Verwandte konnten schwerlich erkennen, wer sich unter den Kutten verbarg.

Und schon sah sie sich in einem Tagtraum als andalusische Büßerin, die in der Menge untertauchte und unerkannt ihren Mann mit seiner Geliebten verfolgte, schließlich den Revolver aus ihrem Gewand zog und alle beide erschoß. Pauls Entscheidung für einen so teuren Parador hatte Annette ins Herz getroffen, denn bei gemeinsamen Urlaubsfahrten hatte er stets einfache Hotels vorgezogen.

4

Quark für die Welt

Annette schlief bis zum Mittag.

Zu ihrem Erstaunen rief Paul an und fragte, wie es ihr gehe.

»Miserabel«, sagte Annette.

Ob er etwas für sie tun könne?

»Nichts«, hauchte sie.

Im Badezimmerschränkchen sollte noch Aspirin sein, meinte er fast besorgt, ob er einen Arzt rufen müsse?

Er solle sie am besten ganz in Ruhe lassen, sagte Annette.

Ihr Mann schwieg, dann wünschte er: »Hoffentlich geht es dir bis Gründonnerstag wieder gut…«

Also daher weht der Wind, dachte Annette. Wenn ich ernsthaft krank würde, könnte er nicht in die Flitterwochen fahren. Daher behauptete sie mit matter Stimme, sie würde ihre Reise wahrscheinlich absagen müssen, und legte den Hörer auf. Mit Genugtuung stellte sie sich vor, wie sie alle seine Pläne durchkreuzte.

Als es an der Haustür klingelte, zog Annette den Bademantel über und öffnete.

Markus stand vor ihr. »Paul hat mich gebeten, mal nach dir zu schauen«, sagte er, fast ein wenig verlegen. »Er scheint sich Sorgen um dich zu machen…«

»Hast du gerade Mittagspause?« fragte Annette verwundert. Markus im weißen Kittel kam ihr fremd vor, bei früheren Begegnungen hatte er meistens in Cordhosen und irischen Pullovern mit Zopfmuster gesteckt.

Genau deswegen habe er es eilig, meinte er und folgte ihr die Treppe hinauf ins Schlafzimmer. Was sie für Beschwerden habe? Routinemäßig öffnete er die Arzttasche und zog das Stethoskop heraus.

Annette zuckte mit den Schultern. Wahrscheinlich sei sie einfach nur erschöpft, sagte sie, es habe in letzter Zeit viel Stress im Büro gegeben. Aber es wäre nett, wenn er ihr die Arbeitsunfähigkeit bescheinigen könne. Irgendwie sei es schade, daß man sich gar nicht mehr sehe. »Seid ihr inzwischen geschieden?«

Der Arzt schüttelte den Kopf und schrieb ein kurzes Attest, wobei er Annettes Frühstückstablett als Unterlage benutzte. »Demnächst soll die Scheidung durchgeboxt werden. Vielleicht kann mir Paul dabei juristisch zur Seite stehen, Olga hat ziemlich überzogene Forderungen gestellt. – An deiner Stelle würde ich ein paar Tage faul zu Hause bleiben und ausschlafen! Du hast es anscheinend dringend nötig.«

Wann denn der Gerichtstermin sei? fragte Annette neugierig.

Markus antwortete: »Sobald wie möglich. Sicher hat es sich bereits herumgesprochen, daß ich nicht mehr allein lebe. Bist du eigentlich privat versichert?«

»Bin ich. Und wie geht's Olga?« fragte Annette listig.

Offenkundig gar nicht so schlecht, meinte er. Und setzte in seiner bedächtigen Art hinzu: »Ich habe eigentlich keine

Gewissensbisse mehr, denn fast glaube ich, sie hat sich auch...«

Was habe Olga auch? fragte Annette.

Markus deutete vielsagend aufs eigene Herz, lachte und strich seiner Patientin freundschaftlich übers verwuschelte Haar.

Ob Annette immer noch bei *Quark für die Welt* arbeite, wollte er wissen und ordnete seine Formulare.

Ein wenig genervt korrigierte sie: »Bei der *Badischen Quark und Joghurt GmbH* auf der Friesenheimer Insel. Wir expandieren über Erwarten.«

Er wisse, wie es sei, wenn einem die Arbeit über den Kopf wachse, meinte er verständnisvoll und zog eine Pillenpackung aus der Tasche – im Notfall könne sie dieses Präparat einmal ausprobieren.

»Zum An- oder zum Abregen?« fragte Annette argwöhnisch.

Markus grinste, kramte weiter und förderte eine zweite, bereits angebrochene Lochpackung heraus. – Die kleinen weißen Tabletten würden bei Erschöpfung aktivieren, die blauen Dragees brächten den Hyperaktiven am Abend wieder zur Ruhe; beide seien völlig harmlos. Heutzutage könne die Pharmazie Tote wieder lebendig machen. Alles Gute, und sie solle sich melden, wenn sie Hilfe brauche.

Annette starrte an die Decke. Gelegentlich konnte Markus ein wenig bärbeißig sein, aber eigentlich fand sie ihn sympathisch und hatte ihn immer als verläßlichen Freund geschätzt. War er nicht in seiner knappen Mittagspause an ihr Krankenbett geeilt?

Markus war neun Jahre älter als Olga. Er hatte alles im Leben so brav gemacht, wie man das vom Sohn eines Postdirektors erwartete. Einzig die anstehende Scheidung paßte nicht ganz in die Bilderbuchbiographie.

Nach eigenen Worten war Markus mit einer Neuen liiert, Olga lag mit ihrem Paul im Bett, nur sie selbst ging leer aus. Verpaßte Möglichkeiten, dachte Annette wehmütig. Da stand beziehungsweise lag sie nun mit leeren Händen und bitteren Gedanken.

Natürlich konnte es auch sein, daß Paul späte Rache übte, denn er war nur ihr zuliebe von Mainz weggezogen. Wer will schon nach Mannheim? zitierte er gern die FAZ. Annette mußte zwar zugeben, daß die Entwicklung ihrer Heimat nach dem Krieg ziemlich phantasielos erfolgt war und daß es dem Rhein-Neckar-Dreieck ein wenig an Flair fehlte. Andererseits war Mannheim eine überschaubare, liebenswerte und ehrliche Stadt, die durch Toleranz und Offenheit Punkte machte. Zwischen Wasserturm und Schloß, zwischen Pfälzer- und Odenwald ließ es sich gut leben.

Auch Olga war durch und durch Mannheimerin und kannte sogar Joy Fleming persönlich. Als Lehrerin sprach sie zwar ein betont gepflegtes Hochdeutsch, verfiel aber gelegentlich in die heimatliche Mundart. Als Paul nach seiner Heirat in die Metropole der Kurpfalz zog, hatte er anfangs das dominante mannemerische *álla* mit moslemischen Riten in Verbindung gebracht, bis ihn Annette über die unterschiedlichen Bedeutungen aufklärte. Nicht immer war *Los!* oder *Auf geht's!* gemeint, sondern gelegentlich auch *Hab' ich's mir doch gleich gedacht!* Und jetzt würde ihm Olga wohl verklickern, was eine *Tranfunzel* war – sicherlich am Beispiel ihres bedächtigen Exmannes.

5

Lauer Wind

Als Paul seine spätere Frau kennenlernte, absolvierte sie gerade einen Intensivkurs für Spanisch; kurz darauf begann sie einen Lehrgang für Führungskräfte. Das Motto klang harmlos: *Wie löst man Konflikte im beruflichen Alltag?* Damals hatte sich Paul noch für Annettes Job interessiert. Passive und unselbständige Mitarbeiter mußten motiviert werden, das war auch ihm klar. Im nachhinein hatte er lediglich behalten, daß ein Chef das Wörtchen *müssen* niemals in den Mund nehmen darf, wenn er seine Angestellten optimal manipulieren möchte.

Schon bald aber reagierte er allergisch auf Annettes Erziehungsversuche, die sie stets durch antrainierte Wortwahl zu tarnen versuchte. »Wie wäre es, wenn wir gemeinsam überlegten…« oder »es ist zwar lieb von dir, daß du daran gedacht hast, aber noch mehr würde ich mich freuen…« Solche Reden waren der Grund, warum er seinen Aschenbecher nicht leerte, seine Jacke nicht aufhängte und weder das schwarze Ledersofa aus seiner Junggesellenzeit noch den nußbaumfurnierten Sekretär seiner Mutter gegen Designermöbel eintauschte. »Wie alt ist man eigentlich, wenn man die Trotzphase durchmacht?« fragte sie zuweilen mit dem professionellen Lächeln einer Kindergärtnerin.

Eine tüchtige, aber auch selbstgerechte Frau hatte er nun

an der Hacke. Eine Partnerin, die viel mehr verdiente als er, rastlos arbeitete und ihm immer wieder auf subtile Weise zu verstehen gab, daß er ein Drückeberger war. Wenn sie neun Stunden in der Firma und anschließend noch im Haushalt geschuftet hatte, war sie todmüde und unfähig zu irgendwelchen erfreulichen Aktivitäten. Aus der ganz großen Karriere, die sie vielleicht angestrebt hatte, war jedoch nichts geworden. Immer noch thronte der muffelige sechzigjährige Direktor der Exportabteilung über ihr. Wahrscheinlich war es Annette bisher nicht klargeworden, daß sie ohne Hochschulabschluß als Nachfolgerin kaum in Frage kam.

Der Beginn ihrer Freundschaft hatte sich unbeschwert und heiter angelassen. Er hatte sich in Annette verliebt, ohne von ihrem ererbten Häuschen oder ihrem Spitzengehalt etwas zu ahnen. Seine Unkenntnis über die schwere Hypothek einer finanziellen Ungleichheit hatte ihn vor Selbstzweifeln geschützt.

Einige Jahre später kam ihm die Idee, an jene verliebten Tage anzuknüpfen und die gemeinsamen Osterferien in Andalusien zu verbringen. Nächstes Jahr, hatte Annette versichert, denn diesmal müßten sie den gesamten Urlaub in den Staaten verbringen, um ihr Englisch aufzupolieren. Im Frühling darauf hatte sie ihr Versprechen bereits völlig vergessen.

Als er Olga seine Enttäuschung andeutete, hatte sie gelacht. »Wo ist das Problem?« fragte sie, »dann fliege ich mit dir nach Granada, ich liebe heimliche Eskapaden!«

Paul war nicht ganz wohl bei dieser Idee, ein anderes Ziel wäre ihm lieber gewesen. Falls Annette je davon erführe, würde sie ihm nie verzeihen. Er empfand es bereits als brenzlig, sie ständig über sein spätes Heimkommen informieren zu müssen, und hielt es geradezu für ein Wunder, daß seine Frau noch keinen Verdacht geschöpft hatte. Wenn sie nun wegen ihrer Krankheit zu Hause bleiben mußte, konnte er sich nicht einfach davonstehlen. Als er schließlich Markus in der Klinik erreichte, wurde er beruhigt. Alles sei halb so schlimm, Annette leide bloß unter einem Erschöpfungssyndrom.

Die Affäre mit Olga hatte sich vor ungefähr einem halben Jahr angebahnt. Völlig überraschend hatte sie Paul im Büro aufgesucht. Sein Sozius war im Urlaub, und auch Paul hatte wenig zu tun und langweilte sich über einer öden Mietwucherakte, die ihm sein Partner vererbt hatte; auf seiner untersten Schreibtischschublade lagen seine Füße, auf der obersten ein aufgeschlagener Kriminalroman.

Olga wollte sich scheiden lassen, weil ihr Mann nach all den vorangegangenen Querelen eine feste Freundin gefunden habe. »Du wirst es nicht glauben«, sagte sie, »es ist eine polnische Putzfrau!«

Paul war tatsächlich verblüfft. Allerdings wandte er ein, daß er einen Taxifahrer kenne, der Ethnologe, und eine tschechische Haushaltshilfe, die promovierte Tierärztin sei.

Persönlich habe sie bestimmt keine Vorurteile, versicherte Olga, ihr Stiefvater arbeite schließlich bei der städtischen Müllbeseitigung. Von Markus hätte sie allerdings erwartet, daß er sich eine reiche Erbin angele, geizig wie er sei. Wahrscheinlich sei sie aber selber schuld, weil sie übers gute Kochen das Putzen vernachlässigt habe.

Damals mußte Paul schmunzeln, weil er Olgas liederliche Haushaltsführung ebenso wie ihre exzellenten Kochkünste kannte. Genau das Gegenteil von Annette, die zwar kein Spinnennetz im Keller duldete, aber abends bloß zwei Quarkschnitten auf den Tisch brachte. »Was gibt's denn heute bei euch?« fragte er neugierig.

Markus sei bereits ausgezogen, erfuhr er, aber Olga koche sich trotzdem Tag für Tag etwas Feines. Für heute plante sie Kalbsnieren in Senfsauce mit Muskat-Risotto.

Paul machte große Augen und landete bereits zur Teezeit in Olgas schmuddeliger Küche, in der es köstlich roch, zwei Stunden später auch in ihrem Bett. Annette darf das niemals erfahren, forderte er, als sich ihre Liaison schließlich zu einem festen Bratkartoffelverhältnis auswuchs.

Markus aber auch nicht, bat Olga, sonst nehme er womöglich an, sie seien nun in punkto Ehebruch quitt. Und vielleicht könne er ihr für die Scheidung schon im Vorfeld ein paar freundschaftliche Ratschläge geben?

Es war etwas peinlich für Paul, als Markus ihn vier Wochen später anrief und seinerseits um juristische Unterstützung bat. Ohne plausiblen Grund konnte er seinen Freund nicht einfach abweisen, und so behauptete er etwas lau, er befasse sich ausschließlich mit Strafverteidigung. Mehr als ein paar Tips, damit Olga ihn nicht völlig übers Ohr haue, verlangte Markus jedoch nicht. »Du ahnst nicht, wie raffgierig sie ist!« erklärte er. »Sie will unsere Eigentumswohnung nicht verkaufen, obwohl ich den Löwenanteil bezahlt hatte. Und auch sonst hat sie ein paar völlig abwegige Forderungen gestellt, vermutlich läßt sie sich von einem obskuren Winkeladvokaten beraten.«

Nach der anfänglichen Begeisterung für Olgas Kochkünste stellte Paul nach einigen Monaten fest, daß er mit seinem Gewicht zu kämpfen hatte. Es fiel ihm nämlich kein Argument ein, Annettes Abendbrot zu verweigern. »Immer wenn du so spät kommst, hast du keinen Hunger mehr«, rügte sie. »Die Überstunden scheinen dir auf den Magen zu schlagen. Oder hast du etwa wieder mittags Döner gegessen? Ich war zwar nie dafür, daß man sich spät am Tag den Bauch vollschaufelt, aber ein bißchen…«

Nach Olgas gebratenen Jakobsmuscheln mit Safrannudeln und Chablis nahm er also zu Hause zwei Schnitten Vollkornbrot mit Weißkäse zu sich und trank dazu eine Tasse Kräutertee.

Das ständige Vergleichen beider Frauen fiel allerdings nicht bloß zu Olgas Gunsten aus. Die Katzenhaare auf Sofa, Sesseln und dunklen Hosen waren nicht nach Pauls Geschmack, der großzügige Umgang mit Knoblauch glich einer Zeitbombe, und dazu kam ihre typische Lehrerinnenart, bei jeder sich bietenden Gelegenheit erhöhte Konzentration einzufordern, ihn zu unterbrechen und lautstark das Wort an sich zu reißen.

»Jetzt sei doch endlich *einmal* still! Nun paß *einmal* gut auf! Aber hör doch erst *einmal* richtig zu!«

Das Wörtchen *einmal* schien ihm plötzlich eine neue Bedeutung zu erhalten, denn im Zusammenhang mit Olgas Befehlen implizierte es seinen permanenten Mangel an Aufmerksamkeit. Seine Ehefrau wollte ihn mit psychologischen Tricks lenken, seine Geliebte tat es mit Kommandostimme.

Olgas angebliche Raffgier, auf die ihn Markus hingewiesen hatte, schien ebenfalls kein Hirngespinst eines Geizkragens zu sein. Olga stammte aus einem einfachen Elternhaus; sie haßte die lang zurückliegende Mittellosigkeit. Bei ihr wurde nicht gespart, sondern geaast. So kam es, daß sie eigentlich alles ausgab, was sie verdiente, und immer wieder von Existenzängsten gebeutelt wurde.

Eine großzügige Frau einerseits, die weder Kalorien noch Küsse zählt, dachte Paul, doch andererseits durchaus auf ihren Vorteil bedacht. Aber wurden Frauen nicht erst durch Widersprüche interessant? Obwohl Olga sicher eine gute Lehrerin war, machte sie im persönlichen Bereich eher als Chaotin Furore. Unter ihrer professionellen Besserwisserei litt Paul jedoch besonders, denn eigentlich belehrte er selbst ganz gern und mußte nun hinnehmen, daß es mit dieser Rolle vorbei war.

Erst nach und nach stellte Paul einige Gemeinsamkeiten zwischen Annette und Olga fest. Beide Frauen waren auf ihr Äußeres bedacht, beide legten Wert auf bürgerliche Bildungsideale und einen gehobenen Lebensstandard. Beide wollten ihren Mann an die Kandare nehmen, und eine wie die andere war bei diesem Dressurakt gescheitert.

Manchmal sehnte sich Paul nach einem Einsiedlerleben. Zwar wußte er ganz gut, daß seine Träume ein Klischee waren: das Meer, Wind, Sand und Sterne. Eine Bootsreise rund ums Mittelmeer, ganz allein oder mit einem schweigsamen Freund, der segeln konnte. Bücher nach seinem Geschmack, nicht von Annette oder Olga empfohlen. Vor den neugierigen Blicken seiner Ehefrau verbarg er die Broschüre *Der Weg zum Segelschein* im Handschuhfach des Autos und die Krimis in der Kanzlei.

Einerseits gab es diese Sehnsucht nach einem männlichen Leben in freier Natur, andererseits die tägliche Notwendigkeit, in Schlips und Anzug auf Klienten zu warten. Paul vergaß bei seinen Träumereien, daß er im Grunde jegliche körperliche Tätigkeit haßte und sogar für den kleinen Garten einen Frührentner angestellt hatte, der alle vier Wochen wie die Axt im Wald dort hauste. Gelegentlich, wenn er abends mit Annette zusammensaß und eigentlich lesen sollte, blätterte er in seinen geliebten Katalogen, in denen es phantastische Geräte zur Arbeitserleichterung gab.

»Sollen wir den Power-Quarz-Akku-Halogenscheinwerfer bestellen?« fragte er beispielsweise, und Annette nickte ergeben und hörte nicht zu, wenn er die Vorzüge der Wundertaschenlampe beschrieb. Freudig kreuzte Paul noch den praktischen Baumstumpfentferner, die Sackkarre auf sechs Rädern und die aufladbare Klebepistole an, setzte Annettes Kontonummer zum Abbuchen darunter und nötigte sie zur Unterschrift. Auf diese Weise wurde der geräumige Keller zu einer Fundgrube für Hobby-Handwerker, mit dem kleinen Schönheitsfehler, daß Paul fast niemals Lust zum Werken hatte.

Der einzige Mensch, der sein Interesse für patente Novitäten teilte, war Markus.

Mit Begeisterung hatte er sich Pauls neueste Werkzeuge erklären lassen und das eine oder andere auch einmal ausgeliehen. Ob er alles wieder zurückgegeben hatte, war nicht ganz klar.

Erst nachträglich brachte Paul seinem Freund Verständnis entgegen: Es war bestimmt nicht leicht gewesen, mit Olga zusammenzuleben. Während einer Geschäftsreise seiner Frau erlebte er, wie wohlig man sich nach einem guten Abendessen bei Olga fühlte und wie eklig am nächsten Morgen das Aufwachen inmitten überfüllter Aschenbecher war. Abends noch aufräumen, wie Annette es immer tat, das war nicht Olgas Ding. Mit einem Frühstück war sowieso nicht zu rechnen. Sie gab zu, mit nüchternem Magen im Gymnasium zu erscheinen, wo sie sich von der Schulsekretärin einen Becher Kaffee kochen ließ.

Zu Pauls Verwunderung besaß Olga die gleiche alte Schallplatte, die auch Annette gern an dunklen Winterabenden abspielte. »Kenn' ich fast auswendig«, sagte er, als er in Olgas Sammlung herumkramte, während sie in der Küche eine Flugente mit Mandarinensaft beträufelte.

Die Köchin zog den Kopf aus dem Backofen und erzählte: »Lange bevor wir dich kannten, haben Annette und ich diesen Liederzyklus für uns entdeckt. Als sie ihre Eltern verlor und ich unter Liebeskummer litt, haben wir gemeinsam zu dieser Musik geheult. Leg doch mal auf…«

Mit gemischten Gefühlen hörte Paul jene Schubertlieder, die auch seine Mutter hin und wieder vortrug. *Als noch die Stürme tobten, war ich so elend nicht*, sang Olga aus der Küche, gemeinsam mit Deutschlands berühmtestem Bariton.

An diesem Abend gab es zum ersten Mal Streit. »Warum habt ihr euch niemals eine Putzfrau zugelegt?« fragte Paul, weil er wie so oft mit spitzen Fingern ein feines Haar aus der köstlichen Soße fischte.

Olga reagierte gereizt. »Die erste hatte eine Katzenallergie und ist schon nach einer Woche weggeblieben, die zweite hat das arme Tier mit dem Staubsauger bearbeitet. Seitdem kriegt Gattopardo die Panik, wenn er nur das Geräusch hört. Ich muß ihn wegsperren, wenn ich saubermache!«

Paul warf einen abschätzenden Blick auf Gattopardo, der eine Kreuzung aller langhaarigen Perser- und Angorarassen zu sein schien: »Wie alt ist er eigentlich?«

Damit hatte er es aber ganz und gar mit Olga verdorben. Wenn er etwa auf den baldigen Tod des Katers spekuliere, so sei er ein Mensch ohne Herz und könne sich seine Entenkeule sonstwohin stecken.

Zu spät begriff Paul, daß er mit dem Thema *Putzen* ins offene Messer gelaufen war. Immerhin hatte er noch die witzige Idee, sich die Entenkeule tatsächlich in eine Papierserviette zu wickeln und in die Jackentasche zu stecken, bevor er aufstand und gehen wollte. Olga hinderte ihn daran und gestand, daß es mit Markus immer wieder Krach wegen der Katze im Bett gegeben hatte. *Entweder Gatto-pardo oder ich*, habe er verlangt. Dabei zog sie Paul aufs Sofa und die Entenkeule aus seiner Tasche, ließ ihn hier und dort herumknabbern und schließlich seinen Groll wider Willen vergessen. Zu Hause verweigerte Paul zum ersten Mal Annettes Firmenprodukte und begab sich sofort ins Arbeitszimmer. Er hatte Angst, daß man den Braten roch.

Am Anfang ihrer Affäre wollte Olga drei seiner geheim-sten Wünsche wissen. Paul haßte solche Fragen, die immer bloß von Frauen gestellt wurden. *Was ist dein Leibgericht, liebst du mich, magst du eher den Herbst oder den Früh-ling, welchen Mädchennamen findest du am schönsten, hörst du lieber Mozart oder die Beatles.*

Außerdem ahnte er, daß Olga etwas über seine sexuellen Phantasien herausfinden wollte. Er stellte sich dumm und gab den Schwarzen Peter erst einmal zurück.

Olga war klug genug, sofort ins Unverfängliche überzu-leiten und bei den eigenen Wünschen keine peinlichen Forderungen an ihren Liebhaber zu stellen. »Ich bin gerne Lehrerin«, sagte sie, »ich mag meine Schüler, vielleicht so-gar allzu sehr. Ja, ich weiß, was du denkst – mir fehlen eigene Kinder. Aber ich verabscheue es, jeden Morgen um acht Uhr vor einer Klasse stehen zu müssen. Wenn es nach meinem natürlichen Rhythmus ginge, dann würde ich bis zehn schlafen, ein warmes Bad nehmen, um elf bei einer Tasse Kaffee die Zeitung lesen und schließlich ganz ge-mütlich um halb eins mit dem Unterricht beginnen. Aber um diese Zeit gehen die Kids ja schon wieder heim.«

»Läßt sich doch machen«, sagte Paul, »es gibt ja genug Abendschulen.«

Aber Olga schüttelte den Kopf und zählte Gründe auf, warum es aussichtslos oder unrentabel sei, abgesehen davon, daß sie abends essen und lieben und nicht arbeiten wolle. Eine Mittagsschule sei ihr Traum. Im übrigen habe sie sofort gemerkt, daß er seine eigene Antwort hinauszögere.

»Okay«, sagte Paul, »wenn du es unbedingt wissen mußt – mehr Freiheit! Genau wie du hasse ich Zwänge und möchte nach eigenen Bedürfnissen leben. Ich wünsche mir genug Geld, um den Job für ein paar Jahre an den Nagel zu hängen und ohne finanzielle Sorgen in der Welt herumzureisen, vielleicht auf einem Boot. Auf Befehl meines Vaters habe ich gleich nach dem Zivildienst mit dem Studium angefangen, die meisten meiner Mitschüler haben sich eine Auszeit gegönnt.«

Olga nickte begeistert. »Und was noch?« fragte sie.

Paul runzelte angestrengt die Brauen. Im Grunde wollten doch alle Menschen das gleiche – Sex, Geld, Liebe, Anerkennung, Reisen, Genuß und so weiter.

»Und das wahre Glück, ewige Gesundheit und Frieden auf Erden«, ergänzte sie. »Ich erwarte eigentlich etwas originellere Wünsche. Stell dir vor, ich wäre eine gute Fee!«

Paul schwieg. Eigentlich spielte Olga bei seinen geheimen Wünschen nicht gerade die Hauptrolle.

Auch sie war eine Weile still. »Weißt du, was ich gestern nacht geträumt habe?« begann sie wieder. »Und zwar meine ich einen richtigen Traum!«

Paul zuckte mit den Schultern, denn es interessierte ihn nicht sonderlich.

Olga fuhr fort. »Seltsamerweise war ich Schneiderin. Ja, da magst du grinsen, aber wie alle Träume hat auch dieser einen realen Hintergrund. Meine Eltern wollten mir nämlich jahrelang einreden, Nähen sei meine große Begabung. Also, im Traum besaß ich ein Modeatelier und entwarf Uniformen für Soldatinnen.« Sie sah Paul auffordernd an. »Was fällt dir dazu ein?«

Er kam sich vor wie ein Schüler, als er artig aufsagte: »Ein Tagesrest, den du da verarbeitet hast. Wir hatten in den Abendnachrichten Soldatinnen gesehen und über das Pro und Contra diskutiert.«

Mit dieser Antwort war Olga sehr zufrieden und lobte seinen interessanten Ansatz. Um seine Teilnahmslosigkeit zu mindern, behauptete sie, der Traum würde nun fast unanständig. »Die Soldatinnen trugen mir ihre Vorstellungen von praktischer und zugleich attraktiver Kleidung vor und beklagten sich darüber, daß sie bei Einsätzen im Freien nicht wie ihre männlichen Kollegen im Stehen pinkeln konnten.«

Paul mußte nun doch ein wenig lachen.

Olga strahlte. »Natürlich sah ich das ein. Der Penisneid entsteht bei Frauen ja im wesentlichen durch dieses Manko. Ich erfand eine Hose, die durch einen riesigen Reißverschluß vom Poansatz bis zum Nabel geöffnet werden konnte. Wenn sich die Soldatinnen breitbeinig hinstellten, waren sie nicht mehr benachteiligt.«

Bedächtig fragte Paul: »Aber die Unterhose?«

»Entfällt natürlich. Immer findet ihr Typen ein Haar in der Suppe«, sagte Olga ärgerlich.

Paul verkniff es sich, auf den Kater anzuspielen, und begütigte: »Die Idee hat schon was, laß sie dir doch patentieren.« Gelegentlich staunte er über diese Frau, die wie ein Phönix aus der Asche ihrem zerwühlten Bett entstieg und in Windeseile adrett gekleidet und gut geschminkt das Haus verlassen konnte. Bei Olga war alles anders gelaufen als bei seinen sonstigen Bekannten. Der leibliche Vater war unbekannt, die Mutter arbeitete als Kassiererin beim Supermarkt. Als sie acht war, bekam Olga noch drei Geschwister. Sie war die Aufsteigerin in dieser Familie, hatte gegen den Willen ihrer Eltern Abitur gemacht und studiert. Schon früh hatte sie so viel Kraft entwickeln müssen, daß sie sicherlich mit allen Krisen fertig wurde.

Für Paul war die Affäre mit Olga zwar lustbetont, aber keineswegs eine Seelenfreundschaft, vielleicht sogar ein Fehler wie seine Heirat. Olga hatte sein Herz nicht im Sturm erobert, aber immerhin wie ein lauer Wind belebt. Es hatte bloß eine große Liebe in seinem Leben gegeben, nur wurde ihm das erst klar, als es zu spät war. Jene zehn Jahre ältere Frau war die einzige, die aufmerksam zuhörte, wenn er zu dozieren begann. Mit einem verlegenen Ausdruck, den er nie vergaß, hatte sie ihm eines Tages ihre Schwangerschaft mitgeteilt. Durch Pauls ungehaltene Reaktion kam es zum sofortigen Bruch. Wenn sie das Kind bekommen hätte, würde es jetzt wohl bald Abitur machen und möglicherweise von Olga unterrichtet werden. Bei späteren Beziehungen, auch bei Annette, hatte Paul sich gegen Kinder ausgesprochen, weil er dabei immer an seine frühere Geliebte denken mußte.

Olga war zwar ein ganz anderer Typ als seine Mama, aber sie neigte zu bräunlichen Sommersprossen, die ihn anrührten und an einen Leberfleck erinnerten, den er als kleiner Junge auf dem weißen Rücken seiner Mutter entdeckt hatte. Die unregelmäßig gezackte Form ließ verschiedene Deutungen zu: Seepferdchen, Stern, Feder oder Kleeblatt. Für Paul war es eine Blume, denn der würzige Duft einer französischen Nelkenseife haftete stets an Mutters warmer Haut. Seine Mama erklärte ihm, das sei ein Muttermal. Auch Achim neigte zu Pigmentveränderungen, die für Paul logischerweise Brudermal hießen. Es war eine Tatsache, daß Achim der schönen Mutter sehr ähnlich war, während Paul mit zunehmendem Alter leider mehr und mehr dem untersetzten, glatzköpfigen Vater glich.

6

Ein helles, warmes Haus

Nach ihrem Faulenzertag fühlte sich Annette keineswegs erholt und beschloß daher, die ärztlich empfohlenen Pillen auszuprobieren. Sie wirkten zwar nicht wie ein Zaubermittel, aber es gelang ihr immerhin, ihren langen Arbeitstag und den mürrischen Chef mit Anstand auszuhalten. Erst abends, als ihr Mann die übliche Verspätung anmeldete, kam sie wieder ins Grübeln.

Nach seinem Anruf verließ sie die Küche und setzte sich unverzüglich an Pauls Computer. Am Morgen hatte sich keine Gelegenheit ergeben, unbeobachtet seine E-Mails durchzulesen. Die letzte Mitteilung an Olga stammte von heute früh und lautete: *Es muß unbedingt geklärt werden, ob die Police geändert wurde. Love: J. P.*

Police? Versicherung? Lebensversicherung? Annette dachte fieberhaft nach. Sie hatte vor vielen Jahren, noch bevor sie Paul kannte, eine Lebensversicherung zugunsten einer Kusine abgeschlossen. Obwohl der Finanzberater ihr damals zugeredet hatte, wollte Annette nicht bloß Steuern sparen, sondern etwas Gutes tun. Ihre Kusine hatte schon früh ihren Mann verloren und mußte drei Kinder durchbringen. Vor einiger Zeit hatte Paul sie darauf aufmerksam gemacht, daß es eigentlich ausreiche, ihre Verwandte weiterhin mit einem monatlichen Scheck zu unterstützen. Es sei jetzt an der Zeit, die Versicherung auf seinen Namen umzuschreiben. Ganz klar, hatte sie gesagt, die Kusine könne an die zweite Stelle rücken, einem Ehemann gebühre immer der erste Platz. Aber ebenso wichtig sei auch der umgekehrte Fall. Offenbar hatte Paul aber keine Eile, seinerseits eine Lebensversicherung abzuschließen, so daß sie erst vor einigen Wochen ihr Versprechen wahrgemacht hatte; die Unterlagen befanden sich zur Zeit beim Steuerberater. Was ging das aber Olga an?

Männer sollen ja angeblich leiden, wenn ihre Frauen wesentlich mehr verdienen. Die gemeinsame Kanzlei mit einem Partner, dessen einziger Pluspunkt sein fließendes Türkisch war, hatte sich nicht gerade als Goldgrube erwiesen; die Lage über einem Dönerladen war auch nicht sonderlich attraktiv. Obwohl sie das wußte, hatte Annette es bisher vermieden, ihm eine Bankvollmacht zu geben, wozu auch – er besaß ja selbst sowohl ein privates als auch ein Betriebskonto. Als sie Pauls Bankauszüge aus dem Safe nahm, erschrak sie allerdings doch. Er steckte tief in den roten Zahlen, ohne daß er eine Andeutung darüber gemacht hatte.

Durch Annettes Tod wäre Paul alle Sorgen los, Olga könnte hier einziehen und ihm allabendlich Flamenco vortanzen. Hatte sie nicht neulich selbst daran gedacht, eine Bombe in Pauls Gepäck zu schmuggeln? Paul mußte zuweilen finstere Gestalten vor Gericht vertreten. Allerdings schien er für einen perfekt organisierten Mord viel zu unpraktisch, für einen eiskalten zu verträumt, für einen blutrünstigen zu zimperlich.

Aber kannte sie ihren Mann denn wirklich? Immer wieder hatte es Szenen gegeben, wo sie meinte, mit einem völlig Fremden verheiratet zu sein. Kürzlich hatte sie sich drei Seifenstücke gekauft, die man ihr in der Parfümerie als besonders edel empfohlen hatte. Annette gefiel die nostalgische Pappschachtel mit den rosa Nelken auf grün-goldenem Grund. Jede einzelne der runden Seifen war liebevoll in weißes Seidenpapier gewickelt und wie eine kostbare Zigarre mit einer Bauchbinde versehen. *Parfumeurs depuis 1862* las sie entzückt und beschloß, die leere Schachtel später für ihre Kugelschreibersammlung zu verwenden. Nie hätte sie erwartet, daß Paul allergisch auf den aromatisch-feinen Duft reagieren würde. Nicht daß er niesen und husten mußte, aber er verlangte allen Ernstes, daß sie die teure Seife wegwerfen sollte. Notgedrungen schenkte sie das Kästchen samt Inhalt ihrer Sekretärin Jessica. »Paul mag diesen Duft nicht«, sagte sie ratlos, »versteh' einer die Männer.« Früher hatten sich Paul und Annette gelegentlich über Geschmacksfragen gestritten, aber in punkto Gerüche waren sie stets einig gewesen – drifteten sie jetzt auch in solchen Belanglosigkeiten auseinander?

Seit langem wußte Annette, daß auch ihr ererbtes Haus für Paul ein Problem war. Dabei stammte er selbst aus einer gutbürgerlichen Familie, die niemals finanzielle Engpässe durchgestanden hatte; irgendwann würde er auch eine Immobilie erben. Überdies mußte seine Mutter auf ihre alten Tage durch den Verkauf einer Villa zu einem eigenen Vermögen gekommen sein. Aber darüber sprach man nicht. Und mit ihr, der Außenstehenden, schon gar nicht.

Pauls Bruder war allerdings leicht aus der Art geschlagen, erst durch Achim hatte Annette vom großväterlichen Anwesen in Dresden erfahren. »Feinste Lage«, hatte er ihr am Telefon voller Stolz gesagt, »eine Jugendstilvilla wie aus dem Bilderbuch, nur leider etwas heruntergekommen. Weißt du, Kleines, wenn sich meine Alten beim Verkauf nicht allzu dämlich anstellen, könnten sie den Deal ihres Lebens machen.«

Achim gehörte zum Stamme Nimm, wie Paul sich ausdrückte. Sicher hatte er bereits häufig Anleihen bei seinen Eltern gemacht, wozu Paul aus Stolz nicht in der Lage wäre.

An diesem Abend sah Annette immer wieder auf die Uhr. Wann mochte Paul nach Hause kommen? Ob er mit Olga die Einzelheiten der Spanienreise durchging? Das Stichwort Granada verdiente seinen Namen zu Recht – es wirkte auf Annette wie ein Nadelstich. Reichlich spät kam ihr auf einmal der Gedanke, daß Paul seinerseits auch verletzt sein mußte. Er hatte es sicher als Lieblosigkeit empfunden, daß sie eine Wiederholung ihrer andalusischen Flitterwochen boykottiert oder zumindest auf ungewisse Zeit verschoben hatte.

Paul erschien früher als erwartet, sie hatte noch kein Teewasser aufgesetzt und beeilte sich mit dem Tischdecken. Wie stets warf er den Sakko aufs Sofa und griff nach der Zeitung.

»Anscheinend geht's dir wieder gut?« stellte er lesend fest, ohne mit einer Antwort zu rechnen.

Während Annette die Brote bestrich, sagte sie beiläufig:

»Übrigens hat Markus gestern angedeutet, daß er eine Neue hat. Weißt du etwas Näheres? Du mußt ihn doch gelegentlich treffen, wenn du ihn berätst…«

Schon war Pauls Mißtrauen geweckt. Bei der Scheidung gebe es nicht viel zu beraten, wehrte er ab.

»Und wer ist seine Neue?«

Beinahe hätte Paul gesagt *eine polnische Putzfrau*, aber er bremste sich rechtzeitig, denn dieses Detail wußte er einzig von Olga. Wahrscheinlich habe Annette mehr erfahren als er, sagte er, Markus scheine ja Zeit für ein Schwätzchen gehabt zu haben.

Beide rührten im Tee.

Annette wagte schließlich einen weiteren Vorstoß. Eine seltsame Bemerkung von Markus könne sie nicht recht deuten. Sinngemäß – aber nicht wörtlich – habe er behauptet, Olga gegenüber kein schlechtes Gewissen mehr zu haben, weil…

Paul reagierte wie erwartet. Er ließ den Löffel fallen, sah sie scharf an und tat so, als verstehe er nichts. Annette zuckte mit den Schultern und gab zu bedenken, daß Olga vielleicht ebenfalls einen Lover gefunden habe.

Pauls gereiztes *Quatsch* klang fast so, als fühlte er sich angegriffen.

Am nächsten Arbeitstag erfuhr Annette bereits an der Pforte von einem aufgeregten Mitarbeiter in weißem Schutzanzug, daß die hydraulische Preßvorrichtung des brandneuen Quarkfertigers defekt sei. Was geht das mich an, dachte sie, dann läuft die Produktion eben nur mit halber Kraft. Aber sie war trotzdem leicht beunruhigt.

Gegen elf wurde Annette durch eine interne E-Mail zum Chef bestellt. Er wies stumm auf einen Stuhl und deutete wortlos auf ein angebissenes Sandwich neben seiner Kaffeetasse, wo er auch zwei seiner Zähne deponiert hatte. Annette war angesichts seines tief bekümmerten Ausdrucks dem Lachen nah, so wie sie vor vielen Jahren bei der Beerdigung ihrer Eltern durch hysterisches Gegacker für einen unfreiwilligen Skandal gesorgt hatte. Mit großer Willenskraft blieb sie ernst.

Ein Unglück komme selten allein – im Brot habe ein Hühnerknochen gesteckt, mümmelte der Chef und hob das Corpus delicti anklagend in die Höhe. Sie müsse versprechen, keinem zu verraten, daß er ein Gebiß trage. Da er nur mühsam reden und schlecht telefonieren konnte, war Not am Mann.

Also machte sich Annette mit einer Tupperdose, in die sie die beiden Zähne und die in Papiertücher gewickelte Teilprothese ihres Chefs gebettet hatte, auf den Weg zu einem Zahntechniker. Der Schaden sollte bis zum späten Nachmittag behoben werden. Unterwegs schüttelte sie immer wieder den Kopf. Was war sie doch für eine Masochistin, daß sie sich für demütigende Hilfsdienste mißbrauchen ließ. Nach Qualifikation und Erfahrung könnte sie längst selbst die Exportabteilung leiten, statt dessen fuhr sie ein fremdes Gebiß spazieren. Als ob das nicht der Hausmeister oder der Bürobote machen könnte und natürlich Jessica, die aber blöderweise keinen Führerschein besaß. Ihr Chef war ein eitler Affe, der auf ihre Zuverlässigkeit und Verschwiegenheit baute. Dabei wußte jeder im Betrieb, daß der Alte dritte Zähne hatte. Man scherzte sogar, er habe sich nur deswegen für eine Karriere in der Quark-Industrie entschieden.

Im Stadtteil, den sie ansteuerte, kannte sie sich nicht aus. Da sie keine Begabung dafür hatte, auf Anhieb eine bestimmte Straße zu finden, irrte sie eine ganze Weile lang herum und fragte mehrere Passanten, bis sie schließlich die Tupperdose abgeben konnte.

Als sie wieder in den Wagen stieg, fiel ihr ein, daß Markus neuerdings ganz in der Nähe wohnte. Kurzerhand schloß sie das Auto wieder ab und ging zu Fuß weiter, obwohl es nieselte. Um diese Zeit hielt sich Markus mit Sicherheit in der Klinik auf, und sie konnte ein wenig recherchieren.

In dieser und den umliegenden Straßen des Stadtteils »Vogelstang«, der seinen Namen von einigen markanten Hochhäusern hatte, standen zumeist Einfamilienhäuser mit kleinen Gärten. Eigentlich genauso nett wie mein eigenes Häuschen, dachte Annette, nur weiter vom Zentrum entfernt. Ob Markus sein neues Domizil gemietet oder gekauft hatte?

Während sie auf der gegenüberliegenden Straßenseite im Regen stand und das helle, warme Haus unter die Lupe nahm, tat sich die Tür auf, und eine Frau mit einem riesigen Schirm trat heraus. Annette errötete, weil sie sich wie eine Schnüfflerin vorkam. Aber die Fremde schenkte ihr keine Beachtung und konnte sie ja auch nicht kennen; es war eine hübsche junge Frau in Jeans und einem zu engen Pullover, offensichtlich schwanger.

Viel Zeit zu einer genauen Begutachtung blieb Annette

nicht. Die neue Freundin von Markus schwang sich in einen kleinen grünen Mercedes der A-Klasse und fuhr los. Lange dunkle Haare, blaue Augen und ein zufriedenes Lächeln, mehr konnte sich Annette auf die Schnelle nicht einprägen. Es war aber vor allem der fast provozierende Kugelbauch unter dem Strickpullover, der ihr tiefen Eindruck machte.

Auf der Rückfahrt dachte Annette weder an ihren untreuen Mann noch an ihren verdrossenen Chef oder gar an hydraulische Pressen, sondern ausschließlich an die fraglichen Freuden einer fortgeschrittenen Schwangerschaft. Als sie den Wagen auf dem Parkplatz der Fabrik abstellte, sagte sie unvermittelt: *Ich möchte auch ein Kind* und erschrak über die eigenen Worte. In all den Jahren ihrer Ehe war sie sich mit Paul darüber einig gewesen, auf Kinder zu verzichten.

Wenn sie sich allerdings recht erinnerte, war es Paul gewesen, der stets über Familien mit quengelndem Nachwuchs spottete und schon in den Zeiten ihrer ersten glücklichen Liebe gegen Elternschaft plädiert hatte. Annettes Gefühle waren in diesem Punkt ambivalent, sie hatte aber auf keinen Fall Pauls Zuneigung aufs Spiel setzen und ihm mit konträren Zukunftsplänen auf die Nerven gehen wollen. Außerdem war ihr die berufliche Karriere wichtig, und es war klar, daß ein Baby ihre Ziele in Frage stellen würde.

7

Schwarzer Gründonnerstag

Die Tage bis zu Annettes Abreise verliefen ruhig. Paul hatte seine aufkeimende Befürchtung wieder verworfen. Seine Frau hatte wohl doch keinen Verdacht geschöpft, obwohl sie ihn manchmal seltsam ansah, ob traurig oder vorwurfsvoll konnte er nicht deuten. Jedenfalls verhielt er sich mustergültig, löschte alle E-Mails von und an Olga und kam meistens pünktlich nach Hause.

Schon Tage vor dem Abflug begann Annette, ihren Koffer zu packen. Insgeheim war sie der Meinung, daß auch Paul seine Sachen für Granada heraussuchen müßte, denn sicherlich war es dort wärmer als hier, und er brauchte sommerliche Kleidung. Obwohl er offenbar sehr vorsichtig war, bemerkte sie, daß sein Kulturbeutel fehlte und zwei kurzärmelige Hemden aus hellblauer Baumwolle nicht in der Kommode lagen. Die Vorstellung, daß Olga sie vielleicht waschen und bügeln sollte, bereitete Annette ein schadenfrohes Vergnügen.

Immerhin schien Pauls Diskretion eher auf eine kurzfristige Affäre als auf eine endgültige Trennung hinzuweisen. Er bot sogar an, sie zum Flughafen zu fahren, wozu er im allgemeinen keine Lust hatte. Wahrscheinlich wollte er sichergehen, daß sie auch wirklich abgereist war. Im

Internet hatte sie recherchiert, daß es keinen Direktflug nach Granada gab und man entweder in Madrid oder in Barcelona umsteigen mußte. Es war anzunehmen, daß Paul kurz nach Annette abfliegen und Olga samt seinem Gepäck im Terminal treffen wollte. Eine Maschine nach Madrid startete genau zwei Stunden später.

Am Gründonnerstag hätte Annette fast ihren Flug verschlafen, was sie für ein schlechtes Omen hielt; Paul hatte ebenfalls den Wecker überhört. In aller Eile galt es nun, in die Kleider zu fahren und aufzubrechen. Das sei ihr noch nie passiert, klagte Annette mißgestimmt, aber sie habe eine schlechte Nacht gehabt und wisse nicht, warum.

»Reisefieber?« fragte Paul ein wenig spöttisch, weil seine Frau stets damit angab, wie selbstverständlich und unaufgeregt sie in ferne Länder aufbrach.

Dann saßen sie in Pauls alter Karre, die längst nicht so komfortabel war wie Annettes Wagen. Um ihre Abwesenheit zu nützen, hatte sie nämlich ihren Saab zur fälligen Inspektion in die Werkstatt gebracht.

Er brauche nicht so zu rasen, ermahnte sie, wenn sie in keinen Stau kämen, müßte es locker zu schaffen sein. Es gefiel ihr gar nicht, daß Paul bei jeder Gelegenheit die Überholspur benutzte. Durch seinen unkonzentrierten Fahrstil übertrug er seine eigene Aufregung schließlich auch auf sie.

Als Pauls Handy klingelte, vermutete Annette sofort, daß sich Olga nach dem Stand der Dinge erkundigen wollte.

Wer das denn sein könnte? fragte Paul mit Unschuldsmiene, ob Annette bitte mal abnehmen könne, vermutlich stecke das Handy in seiner Jackentasche.

Annette sah sich um und entdeckte den Sakko auf der hinteren Ablage. Aber wie sie sich auch mühte, ihre Arme waren zu kurz, um heranzureichen. Da das aufdringliche Geräusch nicht enden wollte, löste sie den Sicherheitsgurt und angelte sich Jacke und Telefon.

Es war nicht Olgas Stimme: »Jean Paul? Wo bist du gerade?«

»Guten Morgen, Helen«, sagte Annette zu ihrer Schwiegermutter, »wir sind auf dem Weg zum Flughafen, leider haben wir uns ein bißchen verspätet. Paul kann dich ja nachher zurückrufen.«

Aber Paul nahm ihr den Apparat aus der Hand. »Hallo, Mama, so früh am Tag? Gibt's was Besonderes? Wie bitte? Was? Wo liegt er? Kann er sprechen?«

Pauls scharfes Abbremsen schien viel zu spät zu kommen. Wie in Zeitlupe sah Annette, daß der Laster vor ihnen von der rechten Fahrbahn nach links ausscherte. Sie wollte schreien, brachte aber keinen Ton heraus. Verflucht, ich muß doch meinen Flieger kriegen, war ihr letzter klarer Gedanke, bevor sie mit einem gewaltsamen Ruck gegen die Windschutzscheibe und wieder zurückgeschleudert wurde. Sekundenlang schien ihr alles wie ein schwereloser Traum, dann hörte sie nur noch das unaufhörliche Klirren von herabrieselndem Glas und empfand eine unendliche Gleichgültigkeit.

Völlig apathisch blieb Paul im Wagen sitzen. Das Handy lag am Boden, und eine verzerrte Stimme schrie ununterbrochen *so melde dich doch*. Lange galt sein einziges Interesse einem originellen Muster aus zerfließenden roten Tropfen und spinnwebartigem Craquelé auf der Fensterscheibe. Später wußte er nicht zu sagen, wann der Rettungswagen und die Polizisten eingetroffen waren, er erinnerte sich nur, daß ein Sanitäter sagte: *Die Frau war nicht angeschnallt*, und an seine Adresse: *Schockzustand*.

Auf der Fahrt zum Krankenhaus kam Annette zu sich; sie lag auf einer Tragbahre, hing an einem Tropf und spürte am linken Arm einen Stich, denn ein Notarzt mit mildem Antlitz gab ihr eine Injektion. Paul neben ihr sah wie ein geisterbleicher Alien aus. Während ihm ein Sanitäter die Blutdruckmanschette anlegte, tröstete ihn der Arzt mit sanften Worten, die von der Sirene übertönt wurden. Annette schloß wieder die Augen. Sie empfand keine Schmerzen und konnte nicht sprechen, aber wirre Gedankenfetzen wirbelten durch ihren Kopf. Mußte sie sterben? Hatte Paul sie umbringen wollen? Als die Spritze wirkte, fiel sie zurück in einen barmherzigen Dämmerzustand.

Es war eine Beruhigung für Paul, daß sie ausgerechnet das Marienkrankenhaus anfuhren. Markus würde sich für die beste Therapie und Pflege seiner Freunde einsetzen.

Wie es seiner Frau gehe? waren seine ersten Worte, als Markus ihn von der Röntgenabteilung abholte.

»Ihr müßt einen Schutzengel haben«, sagte der Arzt, »es hätte sehr viel schlimmer ausgehen können. Annette hat den linken Arm gebrochen, eine Gehirnerschütterung, ein Schleudertrauma und leichte Schnittverletzungen im Gesicht. Warum um alles in der Welt hatte sich deine Frau nicht angeschnallt? Dann wäre sie – so wie du – bloß mit ein paar Prellungen davongekommen. Wie kam es überhaupt zu diesem scheußlichen Unfall?«

Der LKW-Fahrer vor ihnen habe plötzlich die Spur gewechselt, sagte Paul. Aber eigentlich, dachte er, war seine Mutter an allem schuld, weil sie angerufen hatte. Oder auch sein Vater, weil er krank geworden war. Oder auch er selbst, weil er eine Sekunde lang nicht aufgepaßt und das Handy übernommen hatte. Die einzig Unschuldige war Annette, die am schlimmsten betroffen war. Er müsse dringend telefonieren, sagte er zu Markus, wo denn das verfluchte Handy geblieben sei?

Markus bot ihm einen Cognac und das Telefon im Stationszimmer an.

Paul rief zuerst seine Mutter an, die den Unfall indirekt miterlebt und in panischer Angst bereits bei der Polizei angefragt hatte. Er konnte sie halbwegs beruhigen und erfuhr seinerseits in aller Ausführlichkeit, daß sein Vater nach einem Schlaganfall auf der Intensivstation lag; der Arzt spreche von einer beinbetonten Hemiparese. Weil das Sprachzentrum nur bedingt betroffen sei, könne sich der Kranke einigermaßen verständlich ausdrücken. Im übrigen bestehe keine akute Lebensgefahr.

Der Weinbrand beruhigte tatsächlich. Paul goß sich ein weiteres Gläschen ein, steckte sich eine Zigarette an und fragte seine Mutter, ob er kommen solle.

»Auf keinen Fall, vielleicht in ein paar Tagen«, sagte sie, »kurier dich erst einmal selber aus! Ich halte bei Papa die Stellung.«

»Paß gut auf dich auf, Mama«, sagte Paul. »Sei bloß vorsichtig, damit du nicht noch am Ende vor Aufregung die Treppe herunterfällst. Ich werde täglich anrufen und sobald wie möglich zu dir kommen.«

Schließlich meldete er sich bei Olga, die gerade auf dem Weg zum Flughafen war.

Mit grantigen Worten sagte er die gemeinsame Reise ab. »Wie ich dich kenne, wirst du dich auch ohne mich in Granada amüsieren«, ließ er sie wissen.

Dann informierte er Annettes Sekretärin.

Nachdem Paul so viel erledigt hatte, ließ er sich von Markus zu Annette führen.

Zahlreiche Pflaster in ihrem blassen kleinen Gesicht verhinderten eine Beurteilung ihres Gemütszustands. Der gebrochene Arm lag bereits in Gips, und sie trug eine Halskrause. Als Paul vorsichtig über ihr Haar strich, schlug sie die Augen auf.

»Mädchen, was machst du mir für Sachen«, sagte Markus. »Aber wir kriegen dich schon wieder hin. Du mußt jetzt ein paar Tage brav hier liegenbleiben.« Und zu Paul gewandt: »Vielleicht solltest du ihr später ein paar Sachen bringen.«

Nicht unpraktisch, daß sie ihren Koffer bereits selbst gepackt hat, dachte Paul, der sich sehr nach Ruhe sehnte.

Markus hatte schon ein Taxi bestellt. »Wir wollen Annette jetzt schlafen lassen«, sagte der Arzt. »Und du solltest dich auch hinlegen. Deine Prellungen werden wohl erst später weh tun, ich gebe dir für alle Fälle ein Schmerzmittel mit. Spätestens in einer Woche bist du wieder der alte.«

Jetzt wären wir bereits in Madrid, dachte Paul, als er endlich zu ungewohnter Mittagszeit im Bett lag. Und in Granada wollten wir bei herrlichem Sonnenschein in den Gärten der Alhambra spazierengehen und am Abend Tapas essen. Der eigene Kühlschrank war weitgehend leer, morgen am Karfreitag waren alle Geschäfte geschlossen. Niemand würde ihn versorgen, wo er doch so trostbedürftig und mitgenommen war.

Ob Olga wirklich ohne ihn abgeflogen war oder enttäuscht wieder zu Hause saß und eine Zigarette nach der anderen qualmte? Auf gut Glück versuchte er es auf ihrem mobilen Anschluß. Sie nahm sofort ab.

»Wo bist du?« fragte Paul, so wie es seine Mutter zu tun pflegte.

Olga wartete gerade in Madrid auf den Anschlußflug nach Granada. »Dein Koffer lagert bei der Gepäckaufbewahrung in der Ankunftshalle B«, sagte sie betont sachlich. »Ich wußte nicht, was ich damit machen sollte. Den Gepäckschein habe ich dir bereits zugeschickt, damit du deinen Kram in Frankfurt abholen kannst.«

Anscheinend war sie stinksauer, kein Interesse an seinem Befinden, keine Frage nach Annettes Verletzungen, kein Bedauern. Paul hätte gern eingehender über den Unfall berichtet und sagte etwas ungeschickt: »Gott sei Dank wurden wir im Marienkrankenhaus eingeliefert. Markus hat sich sehr liebevoll um uns gekümmert.«

»Wie schön für euch«, sagte Olga und legte auf.

Nach einem vergeblichen Versuch, im Bett Ruhe zu finden, lümmelte sich Paul im Bademantel vor den Fernseher. Genau wie es Markus prophezeit hatte, begannen seine Prellungen jetzt zu schmerzen.

Als es kurz darauf schellte, standen zwei Polizisten vor der Tür. Sie hätten noch ein paar Fragen zum Unfallhergang, sagten sie und übergaben ihm Annettes Koffer, ihre Handtasche, sein Handy und andere Gegenstände, die sie aus dem Autowrack herausgeholt hatten.

Kaum waren sie mit dem Protokoll fertig und schickten sich zum Gehen an, klingelte es erneut. Paul öffnete die Haustür, die Beamten wünschten zum Abschied gute Besserung, Achim trat ein.

»Na, Bruderherz, wie geht's?« fragte der unerwartete Gast.

Paul konnte sich zwar denken, daß seine Mutter die Buschtrommel gerührt hatte, war aber trotzdem überrascht.

»Ich war gerade auf dem Weg nach Colmar, als Mama anrief«, berichtete Achim. »Vor lauter Aufregung konnte sie kaum sprechen. Erst mußte Papa ins Krankenhaus gebracht werden, dann habt ihr direkt unter ihren wachsamen Ohren einen Unfall gebaut. Also habe ich mein gutes Essen im Elsaß sausenlassen, denn mir fiel das Familienmotto wieder ein: Blut ist dicker als Wasser.«

Paul mochte diesen Spruch nicht, aber er wollte Achim nicht gleich mit Kritik empfangen. Seit langem waren sich die Brüder nur im Mainzer Elternhaus begegnet. Im Gegensatz zu Paul wohnte Achim in Mamas Nähe und konnte an jedem Sonntagsbraten partizipieren.

Überall gab es gutes Essen: bei der Mutter, bei Olga, in Granada, im Elsaß – nur nicht bei mir, dachte Paul. Wohl oder übel würde er sich ein Stück hartes Brot mit Quark bestreichen müssen, aber zuerst sollte er dringend eine Schmerztablette schlucken. Als er aufstand, um sich ein Glas Wasser zu holen, mußte er unwillkürlich stöhnen.

Achim schüttelte den Kopf. »Bleib mal schön auf dem Sofa«, sagte er, »heute feiern wir Brudertag! Ich hole dir ein Glas Wein und koche dann für uns. Was hättest du denn gern?«

Das sei doch egal, sagte Paul, er vertraue ihm. Im Grunde war jedoch das Gegenteil der Fall, denn er vermutete, daß sein Bruder nicht viel mehr als eine gefrorene Pizza in den Ofen schieben konnte.

»Darf ich mal in euren Kühlschrank schauen?« fragte Achim höflich. Und nach ein paar Minuten: »Hast du nicht gesagt, daß bloß Annette verreisen wollte? Sie hat dir ja fast gar nichts Eßbares hinterlassen, macht sie das immer so?«

»Nein«, sagte Paul und mußte erneut gegen einen unterschwelligen Verdacht ankämpfen. Fast schien es so, als hätte die praktische Annette alle verderblichen Lebensmittel aufgebraucht, weil sie mit seiner Abwesenheit gerechnet hatte.

Im Keller stehe der alte Kühlschrank seiner Schwiegereltern, der für die Quarkvorräte reserviert sei, rief Paul, unter Umständen sei dort noch etwas zu finden.

Achim blieb lange weg. Als er wieder oben war, zählte er mit einem gewissen Respekt die vielfältigen Milchprodukte auf, die er entdeckt hatte: *Diät, Magerstufe, fettarm,*

Rahmquark mit Cranberry-Kirsch oder Kiwi-Stachel-beere, Joghurt mit Dörrobst und Vollkorn oder Nougat-Mandel, Honig-Crunch, alla frutta und so weiter.

Paul unterbrach Achims Litanei und meinte, von diesem Zeug sei stets genug im Haus, aber man könne ihn damit jagen.

Schon recht, sagte sein Bruder, dann fahre er rasch zum Supermarkt.

Als Achim das Haus verlassen hatte, humpelte Paul eilig ans Fenster, denn er wollte das Auto seines Bruders begutachten. Es war kein Toyota, wie er erwartet hatte, sondern der ehemalige Wagen ihrer Mutter. Warum sie den soliden BMW ausgerechnet Achim vermacht hatte, obwohl Paul als der Ältere eine Klapperkiste fuhr, war klar: Sein hochgewachsener Bruder blieb für die Eltern immer das kleine Nesthäkchen, dem sie es vorn und hinten reinsteckten.

Später wurde Paul sehr hungrig, weil ihn köstliche Düfte an Olgas Hexenküche erinnerten. Seit gestern abend hatte er nichts in den Magen bekommen, denn er hatte vorgehabt, einen gepflegten Imbiß in der Harrods-Filiale des Flughafens zu sich zu nehmen.

»Wann bist du endlich fertig?« brüllte er Richtung Küche.

Achim hatte Gnocchi mit grünem Spargel zubereitet, die er mit frisch geriebenem Parmesan bestreute. Danach gab es Kalbsschnitzel nach Bologneser Art mit Salat und schließlich in Rotwein gedünstete Birnen.

Paul war über die Maßen verblüfft. »Wieso bleibst du so

dünn, wenn du wie ein Profi kochen kannst? Und warum machst du nicht lieber ein Restaurant auf statt einer Toyota-Filiale?«

Achim wurde fast verlegen. »Endlich kann ich dir mal ein bißchen imponieren«, sagte er. »Meine Freundin stammt aus Locarno, sie hat mir das Kochen beigebracht.«

»Wie lange kennt ihr euch schon?« fragte Paul und hörte verwundert, daß es bereits ein Jahr sein sollte.

Draußen wurde es dunkel. Paul konnte sich nicht besinnen, je zuvor so friedlich und entspannt mit seinem Bruder zusammengesessen zu haben.

»Weißt du noch, wie Mutter uns immer ein Abendlied vorsang, um unseren musikalischen Geschmack zu bilden? Am liebsten war uns *Am Brunnen vor dem Tore* oder *Guten Abend, gute Nacht.*«

Damals hatte Paul dem im Bett unter ihm liegenden jüngeren Bruder, kaum hatte die Mutter die Lampe ausgeknipst, die eigenen philosophischen Theorien als Gutenachtgeschichten verkauft. Man hatte ihm streng verboten, von Gespenstern, Hexen oder Wölfen zu sprechen, weil es verheerende Folgen für die Nachtruhe der Eltern hatte. Meistens stellte Paul dem Jüngeren Fragen, die es in sich hatten, zum Beispiel: »Welche Farbe hat die Nacht?«

Über die erwartete Antwort schwarz lächelte er milde und fabulierte so lange von einem tiefen Violett mit winzigen bunten Pünktchen, bis sich sein kleiner Bruder die gefürchtete Dunkelheit als Schokoladenlebkuchen mit Zuckerstreuseln vorstellte und darüber einschlief.

Mit elf Jahren wurde Paul von einem Freund ausführlich aufgeklärt, was zuvor weder dem Biologielehrer, dem Fernseher oder seinen Eltern in dieser Prägnanz gelungen war. Noch am gleichen Abend versuchte er, seinen Schüler mit den neuen Erkenntnissen vertraut zu machen. Achim verhielt sich zugänglicher als sonst und wollte spezielle Details über die Geschlechtsbestimmung erfahren, und Paul konnte selbst auf knifflige Fragen Auskunft geben. »Wenn es ein Junge werden soll, liegt der Vater auf der rechten Seite, bei einem Mädchen links.«

Nach längerem Überlegen fand Achim es seltsam, daß die Eltern bei einer so einfachen Gebrauchsanweisung noch keine Tochter hergestellt hätten.

»Mama und Papa haben nicht alle Tricks gekannt«, vermutete Paul.

»Und wenn sie aufeinanderliegen?« fragte Achim.

»Dann wird es ein Monster«, scherzte Paul, und der Kleine begann hemmungslos zu schluchzen.

Insgeheim glaubte Paul an eine andere Version: Weil er, als der Ältere, den Anforderungen seiner Eltern nicht genügte, hatte der Vater wohl oder übel einen weiteren Sohn zeugen müssen. Anscheinend war man mit dem zweiten Resultat aber so zufrieden, daß fortan überhaupt keine Kinder mehr gemacht werden mußten.

In jenem wißbegierigen Alter entdeckte Paul außerdem, daß die geheimnisvollen Schlieren in der Luft in Wirklichkeit auf dem eigenen Augapfel herumschwammen. Immer wieder ließ er den Blick schweifen und staunte über die winzigen wandernden Pantoffeltierchen, die er anfangs als geflügelte Geister deutete. Voller Eifer wollte er seinen

Bruder auch auf dieses Phänomen hinweisen, aber Achim zeigte sich nicht sonderlich interessiert.

An seinem zwölften Geburtstag wurde Paul dann ins Mansardenzimmer verlegt, und die abendlichen Gespräche fanden in dieser Intimität nie mehr statt.

Doch heute kamen sie auch auf die Ehe ihrer Eltern zu sprechen.

»Als ich geboren wurde«, sagte Paul, »war Papa ungefähr so alt wie ich jetzt. Früher dachte ich zwar, wir hätten einen besonders greisen Vater, aber das relativiert sich mit der Zeit. So ähnlich geht es mir jetzt sogar mit dem Altersunterschied unserer Eltern. Erinnerst du dich an unsere Mutmaßung, daß Papa sich mit einer viel jüngeren Braut beizeiten seine Alterspflege gesichert habe? Inzwischen fände ich es gar nicht mehr abwegig, mich in eine Zwanzigjährige zu verlieben.«

»Ich dachte, du stehst auf ältere Frauen«, meinte Achim.

Paul schüttelte den Kopf. »Das ist lange vorbei. Annette hat mir nur acht Monate voraus, sie ist praktisch gleichaltrig. Jedenfalls verstehe ich Papa immer besser, seit ich selbst kein Jüngling mehr bin.«

»Ich nicht«, meinte Achim, »und ich glaube auch nicht, daß unsere Eltern glücklich miteinander sind, beziehungsweise waren. Papa hat sich doch kurz nach meiner Geburt aus schierer Eifersucht in ein Baby verwandelt, um ebenfalls gepampert zu werden.«

»Quatsch«, meinte Paul. »Als wir klein waren, hat er bereitwillig Tischfußball und Mau-Mau mitgespielt und uns jedes Jahr zur Flugzeugschau mitgenommen.«

»Du bist immerhin vier Jahre älter als ich und hast solche Sternstunden im Gedächtnis behalten, ich nicht«, behauptete Achim.

An dieser Stelle unterbrach ihn Paul und bat: »Bevor du zuviel Rotwein intus hast, könntest du mir einen großen Gefallen tun. Annette wurde von der Straße weg ins Krankenhaus eingeliefert, ich müßte ihr noch ein paar Sachen bringen.«

»Klar«, sagte Achim und leerte Pauls Aschenbecher aus, »wir fahren sofort zu ihr, damit es erledigt ist.«

Annette hatte sorgfältig gepackt; die Kofferschlüssel steckten in ihrer Handtasche. Paul zerrte die beiden Nachthemden, einen seidenen Kimono, Pantoffeln und Waschzeug heraus und stopfte alles in seine Aktentasche. Trotz der Tabletten schmerzten alle Bewegungen.

Eine Viertelstunde später standen die Brüder am Bett der Patientin. »Bitte nur ganz kurz«, sagte die Krankenschwester, »die übliche Besuchszeit ist längst vorbei.«

Annette blinzelte mit verschlafenen Augen, blieb aber stumm. Paul legte ihre Toilettentasche auf das Waschbecken, die Nachthemden ins Regal und tätschelte ihre Hand zum Abschied.

Obwohl der eingegipste Arm eine bequeme Lage verhinderte, schlief Annette bald wieder ein. Seltsamerweise war sie glücklich. Paul war nicht mit Olga nach Granada geflogen; vielleicht hatte dieser schreckliche Unfall ja auch etwas Gutes bewirkt?

8

Der Ruinenmaler

Paul hatte erwartet, daß sein Bruder am Abend wieder abreiste, aber Achim gab zu verstehen, daß er im Gästezimmer übernachten wollte. Schließlich sei es gesetzlich verboten, ein Unfallopfer einfach im Stich zu lassen, sagte er scherzhaft, morgen sei Feiertag, und er habe jede Menge Zeit, um etwas Anständiges zu kochen.

Paul konnte dieses Angebot nicht ohne triftigen Grund ablehnen. Dennoch war er unsicher, ob es nicht Unheil heraufbeschwor, wenn er einen weiteren Tag ausschließlich mit seinem Bruder verbrachte. Da Paul ein durch Alkohol enthemmtes Männergespräch um jeden Preis vermeiden wollte, suchte er nach einer Schlaftablette. In Annettes Handtasche fand sich ein Sedativum; wahrscheinlich hatte sie für den Jetlag vorsorgen wollen. Also überließ er Achim seine Videokassetten und ging zeitig ins Bett.

Am Karfreitag wurde Paul vom Lied einer Kohlmeise geweckt, die ein fast kindliches Gefühl der Geborgenheit in ihm auslösten. Doch kaum wollte er sich dehnen und strecken, spürte er einen heftigen Schmerz. Mit einem Klagelaut zog er die Schlafanzughose herunter und bestaunte ein großes blaues Hämatom am Oberschenkel. Von wegen Schutzengel, dachte er und machte am Fenster eine zweite unangenehme Entdeckung. Mit bösem Blick verfolgte er das wäßrige Schneegestöber, das er Ende März nicht mehr erwartet hätte, bis hinauf in den bleigrauen Himmel. Olga trank jetzt bestimmt im teuren Parador ein Glas frisch gepreßten Orangensaft und machte Pläne für einen sonnigheiteren Frühlingstag.

Ein weiteres Mal überraschte ihn Achim, diesmal mit einem appetitlichen Frühstück. So viel Nettigkeit grenzte an Schleimerei und erweckte Pauls Mißtrauen. Doch vielleicht hatte Achim jetzt die richtige Frau gefunden, und eine große Liebe konnte ja angeblich Berge versetzen und sogar einen Nichtsnutz das Kochen lehren.

Draußen schneite es weiter. »Welche Farbe hat der Schnee?« fragte Paul versonnen.

»Weiß«, antwortete Achim vorschnell, denn schon schwante ihm, daß es komplizierter war. Also fuhr er fort: »Es sei denn, ein Auspuff, ein Hund oder eine blutende Nase waren im Spiel.«

Paul triumphierte: »Falsch!« Wenn Achim auch nur eine Sekunde überlegt hätte, dann wäre ihm klargeworden, daß jeder Niederschlag so farblos und durchsichtig wie Wasser und Eis sei. Da die Schneekristalle das Licht aber millionenfach reflektierten und brächen, erschienen sie wie im Märchen: weiß wie Schnee.

Achim sah lange zum Fenster hinaus und beobachtete skeptisch die Flocken, die sich auf dem brüchigen Dach eines Schuppens ansammelten. »Früher hast du gern gezeichnet«, erinnerte er sich. »Soviel ich weiß, waren es meist architektonische Skizzen. Hast du noch Zeit für solche Hobbys?«

Im Urlaub schon, log Paul (denn es gab in seinem beruflichen Alltag genügend Leerlauf). Leider könne er nicht aus dem Gedächtnis zeichnen und brauche Vorbilder. Menschen und Tiere interessierten ihn allerdings weniger, er bevorzuge nach wie vor Bauwerke, am liebsten Ruinen.

Achim nickte zustimmend, als hege er ebenfalls eine Vorliebe für die Ästhetik des Verfalls. Ehrfürchtig bat er darum, die gesammelten Werke einmal anschauen zu dürfen.

Bevor Paul seine Arbeiten herauskramte, zögerte er kurz. Er ahnte durchaus, daß seine belehrenden Ausführungen die meisten Zuhörer langweilten, auch zeigte er seine Skizzen und Zeichnungen nicht gerade gern, denn er war sich ihrer Unvollkommenheit bewußt.

Schließlich präsentierte er Achim seine Ansichten des Heidelberger Schlosses. »Hoffentlich kannst du meine Faszination ein wenig nachvollziehen«, meinte Paul, »aber an Piranesi oder Caspar David Friedrich darfst du mich natürlich nicht messen.«

Sein Bruder lächelte dümmlich.

Jetzt kämen aber erst seine Lieblinge, sagte Paul mit Wärme, wahrscheinlich erinnere sich Achim, daß ihre Oma mit Inbrunst Gedichte rezitiert hätte. Da habe es eine ewig lange Ballade gegeben, die sie auswendig wußte.

Sein Bruder schüttelte den Kopf.

»Eine Zeile hat mich tief beeindruckt«, fuhr Paul fort:

Noch eine hohe Säule zeugt von verschwundner Pracht,
Auch diese, schon geborsten, kann stürzen über Nacht.

Deswegen fing ich an, Säulen zu malen, aber sie mußten geborsten sein.«

Achim lachte auf, als handele es sich um einen Kalauer, und nahm Paul die Mappe aus der Hand.

Die erste Zeichnung war gleichzeitig das Titelbild. Neben einem wackligen Obelisken stand in altmodischer Schnörkelschrift: *Die letzte Säule.* Es folgten Skizzen von Pfeilern, Kolonnen, Streben und Stützen, Halbsäulen mit Koren und Atlanten, Ausschmückungen mit Palmen, Adlern und Lotosknospen, dorische, ionische und korinthische Kapitelle. Alle Säulen wiesen indes Zerstörungen auf oder lagen bereits am Boden. Durch wucherndes Gras und Disteln hatte Paul der vergänglichen Pracht sogar einen Hauch Natur zur Seite gestellt.

Je länger Achim herumblätterte, desto mehr schien ihn das Sujet zu belustigen. »Du bist mir ja ein rechter Säulenheiliger!« rief er. »Soll ich mal raten, was ein Psychologe dazu sagen würde?«

Paul verzog unwillig das Gesicht.

Mit dem Symbol des gestürzten Phallus wolle Paul seine Impotenz künstlerisch aufarbeiten, witzelte Achim.

Paul war tief gekränkt und brauste auf.

»Reg dich nicht gleich auf«, begütigte Achim, »war bloß ein Scherz. Im übrigen hat doch jeder Mann gelegentlich Versagensängste.«

Doch für Paul, der absolut nichts von Laienpsychologie hielt, war es alles andere als spaßig, wenn man ihn lächerlich machte. Er brummte etwas von Schmerzen und verzog sich ins Bett. Nach fünf Minuten steckte Achim den Kopf durch die Schlafzimmertür. »Hey, Bruderherz! Ich gehe ein bißchen an die Luft, bis nachher«, sagte er und begab sich hinaus in den naßkalten Tag. Kaum war er allein, sammelte Paul seine Zeichnungen ein und schloß sie weg. Am liebsten hätte er auch die Haustür verriegelt.

Am Nachmittag schlug Achim vor, die kranke Annette zu besuchen.

Es ging ihr offensichtlich besser, und sie berichtete mit matter Stimme: »Der Stationsarzt meint, daß es im Gesicht keine Narben geben wird. Bei Gelegenheit will Markus mit dir sprechen, aber jetzt hat er frei.«

Paul fragte, ob sie irgend etwas brauche.

Lesen sei ihr noch zu anstrengend, sagte Annette, sie schlafe meistens. Vielleicht ein wenig Obst? Es täte ihr leid, daß gar keine Vorräte im Haus seien, aber sie hätte ja nicht wissen können, daß Besuch…

Paul unterbrach sie: »Achim hat eingekauft und gekocht, und zwar ausgezeichnet!«

Verwundert sah Annette zum Schwager auf. Ob er nicht Paul ein bißchen Unterricht geben könne? fragte sie, im Kochen seien sie nämlich alle beide eine Niete.

Als sie wieder zu Hause waren, stürzte sich Achim unverzüglich in die Küche. Zwar wünschte sich Paul, daß sein Bruder nach dem Abendessen abfahren würde, wollte aber auf ein gutes Abschiedsmenü ungern verzichten. Diesmal hatte das Essen keine mediterranen Anklänge, sondern bestand aus rheinischem Sauerbraten mit schwäbischen Spätzle.

»Ich dachte, du freust dich über eine Spezialität von

Mama«, sagte Achim, »allerdings weiß ich nicht genau, ob sie vorgekochte Spätzle kauft oder den Teig selber macht.«

»Wie kommst du auf so eine absurde Idee«, sagte Paul ungehalten, »Mama hat nie Fertigprodukte verwendet.«

»Da muß ich dich leider enttäuschen«, widersprach Achim. »Ich habe nämlich erst kürzlich mit ihr darüber gesprochen. Um Zeit zu sparen, hat Mama oft gemogelt. Eine Heilige ist unsere Mutter bestimmt nicht, dafür habe ich Beweise.«

Wahrscheinlich ahnte Achim nicht, daß seine Worte wie ein Keulenschlag wirkten.

Hatte er etwa doch mit der unheiligen Mutter geschlafen? Einen Moment lang fühlte sich Paul wie Kain, kurz bevor er seinen Bruder erschlagen hatte, nur daß Achim nicht der tugendhafte Abel war. Paul unterdrückte seine Wut, konnte aber nur mit äußerster Überwindung weiteressen. Achim hatte liebevoll gekocht, ihn aufmuntern wollen, hatte ihm als Chauffeur gedient und hätte wahrscheinlich diesen Tag lieber bei seiner Freundin verbracht. Paul sollte dankbar sein. Mühsam verkniff er sich aggressive Reaktionen und brachte nur ein kraftloses »Wann willst du eigentlich wieder abfahren?« heraus.

»Leider schon morgen«, sagte Achim, »aber ich denke, du kommst jetzt schon allein zurecht. Einer von uns muß sich schließlich um die Eltern kümmern.«

Am letzten gemeinsamen Abend saßen sie vor dem Fernseher und schauten sich einen uralten James-Bond-Film an, waren aber beide mit ihren Gedanken nicht bei der

Sache. »Hast du Fotos von deiner Freundin bei dir?« fragte Paul mitten in eine Liebesszene hinein.

Wortlos zog Achim eine Aktaufnahme aus der Brieftasche, die Paul anstandshalber mit einem beifälligen Pfiff kommentierte. »Was macht sie beruflich?« fragte er.

Gina arbeite im Empfang eines Nobelhotels und sei in mehreren Sprachen zu Hause. Über Ostern habe sie frei und sei zu ihrer Familie ins Tessin gefahren, in diesem Punkt sei sie relativ konservativ. Er verstehe kein Wort, wenn er dort zu Besuch sei, alle redeten italienisch, und zwar laut, schnell und viel.

Paul konnte dieses Mißbehagen ganz gut verstehen und erzählte von Annettes Vetter in Caracas, wo es ihn aus ähnlichen Gründen nicht hinzog.

Die wohlbekannten Verfolgungsszenen auf dem Bildschirm konnten Paul diesmal nicht mitreißen, ihn beschäftigten andere Dinge. Ob Achim nur deswegen den Samariter spielte, weil er sich ohne seine Freundin zu Tode gelangweilt hätte? Und ob die polyglotte Gina karrieresüchtig wie Annette oder hemmungslos wie Olga war? Paul gähnte demonstrativ, wünschte seinem Bruder eine gute Nacht und verkroch sich wieder frühzeitig im Schlafzimmer; 007 hatte noch längst nicht über Dr. No gesiegt.

Am Ostersamstag ließ sich endlich die Sonne einmal blicken. Obwohl Paul ziemlich spät aufwachte, schien sein Bruder immer noch fest zu schlummern. Nun, dann drehen wir den Spieß um, dachte Paul mit dem versöhnlichen Vorsatz, keine Animositäten mehr aufkommen zu lassen. Schließlich war Achim sein Gast, er wollte ihm wenigstens zum Abschied einen Kaffee kochen. Paul beschloß sogar, frische Brötchen zu holen, und schlüpfte in seinen Dufflecoat.

Vor dem Haus traf er den Postboten, der ihm außer diversen Katalogen auch einen Brief überreichte. Noch auf der Straße riß Paul den Umschlag auf, aber Olga hatte nur den angekündigten Gepäckschein hineingesteckt und nicht einmal einen Gruß hinzugefügt.

Nach dem Kaffeetrinken lasen sie die Zeitung, bis Paul mit der Frage herausplatzte: »Wolltest du nicht nach dem Frühstück losfahren?«

»Nur keine Hektik«, sagte Achim, »aber was hältst du von der Idee, mich zu begleiten? Du willst doch sicher Papa in der Klinik besuchen.«

Pauls Blick wanderte zum Gepäckschein: »Mit einem Krankenbesuch möchte ich eigentlich noch ein bißchen warten, bis ich wieder fit bin. Aber vielleicht könntest du mich bis zum Frankfurter Flughafen mitnehmen und dort absetzen; das wäre kaum ein Umweg.«

Achim war verwundert. Wieso? Was er so plötzlich vorhabe?

Im Grunde war Paul scharf auf einen spannenden Kriminalroman, den er für Spanien eingepackt und bereits begonnen hatte. Gerade das richtige für die nächsten trüben Tage. Er müsse dringend einen Koffer abholen, sagte er, und werde mit der Bahn wieder zurückfahren.

Achim zeigte sich erfreut.

Unterwegs wollte Achim wissen, was es mit dem Koffer auf sich habe.

Paul zauderte, bevor er mit der Antwort herausrückte. »Eigentlich wollte ich mit einer Bekannten nach Spanien fliegen«, sagte er, »aber das darf Annette auf keinen Fall erfahren. Zum Glück ahnt sie nicht, daß auch ich durch den Unfall einen Flug in die Sonne verpaßt habe.« Kaum gesagt, bereute Paul es schon, dem Bruder Einblick in sein Liebesleben gegeben zu haben. Achims verständnisvolles Grinsen war ihm widerlich. »Du brauchst nicht in die Tiefgarage zu fahren, laß mich bei Halle B aussteigen«, bat Paul, als das Terminal auftauchte.

Aber Achim meinte, er würde doch seinen lädierten Bruder nicht einfach so aus dem Auto kippen. Vielleicht müsse Paul lange auf die Bahn warten, dann könne man noch ein Pils zusammen trinken.

Erst nachdem der Koffer geholt und das Bier getrunken war, erkundigte sich Paul nach dem nächsten Zug.

»Weißt du was«, schlug Achim vor, »bevor du hier eine volle Stunde herumlungern mußt, kannst du doch schnell mit mir in die Klinik fahren. Ich wollte auf jeden Fall heute noch bei Papa vorbeischauen, er wird Augen machen, wenn wir alle beide zur Tür hereinkommen.«

Obwohl ihn ein vages Gefühl warnte, willigte Paul ein, es war natürlich nicht unpraktisch, wenn er das heute in einem Aufwasch erledigen konnte.

Dummerweise habe er sich nicht gemerkt, ob der Kranke im Mainzer Klinikum oder in Wiesbaden liege, sagte Achim.

Paul suchte vergeblich in der Jackentasche nach seinem Handy, um die Mutter anzurufen.

»Und meines ist nicht aufgeladen«, meinte Achim, »aber das ist ja weiter keine Katastrophe, wir fahren kurz zu Hause vorbei und überraschen Mama. Dann könnten wir als komplette Familie beim Alten aufmarschieren. Schau mal, ob der Blumenladen an der Ecke geöffnet hat.«

Inzwischen war vom morgendlichen Sonnenschein nichts mehr übriggeblieben.

Der Himmel hatte sich verfinstert, es fing an zu graupeln. »So ein Scheißwetter, dabei ist es laut Kalender bereits Frühling«, schimpfte Paul.

Das Elternhaus war durch die dichten Tannen nur schemenhaft zu sehen. Dennoch entdeckte Achim ein Licht in der Küche. »Sollen wir wetten, daß Mama gerade einen Osterkuchen bäckt? Entweder Rosinenzopf oder Mohnstriezel…«

»…oder Gugelhupf«, ergänzte Paul. »Weißt du noch, wie wir beim Kneten halfen und heimlich Gummibären in den Teig eingearbeitet haben?«

Achim lachte. »Mama wurde zur Furie. Hm, ich kriege direkt Lust, mal wieder frischen Hefeteig zu naschen. Paß auf, wir spielen Indianer und schleichen uns an wie früher.«

Achim stellte den Wagen nicht in die Einfahrt, sondern etwas verdeckt auf der Straße ab und kramte seinen Schlüsselbund aus der Hosentasche. Es erschien Paul wie ein Symbol, daß er selbst schon lange keinen Schlüssel mehr zum Elternhaus besaß. Andererseits war es sinnvoll, daß sein Bruder jederzeit Zugang hatte; Achim wohnte in der

Nähe der Eltern und wurde daher häufig zu Hilfsdiensten herangezogen.

Eigentlich kam sich Paul wie ein Depp vor, als er Achims infantilen Vorschlag widerspruchslos befolgte. Die Haustür ließ sich leise öffnen. Wie verschwörerische Lausbuben huschten die Brüder durch die Diele, sprangen dann mit einem Satz in die Küche und riefen wie in Kindertagen: »Hände hoch! Das ist ein Überfall!«

Aber es war nicht die lachende Mutter, die in einer mehligen Schürze herumwirbelte, sondern ein fremder Mann im offenen Bademantel. Der Schreck war wohl auf beiden Seiten gleich groß. Der Fremde hatte gerade Orangen ausgepreßt und stellte Obst und Käsegebäck auf ein Tablett. Paul bemerkte auch zwei leere Sektgläser. »Was machen Sie hier? Wo ist unsere Mutter?« fragte er fassungslos.

Der Fremde zurrte den Frotteegürtel um den muskulösen Körper und machte einen beschämten Eindruck. Im übrigen schien er nur wenig älter als Paul zu sein und sah gut aus. »Lassen Sie mich erklären«, begann er und brach hilflos wieder ab.

Achim ballte gut sichtbar die Fäuste.

Der Mann versuchte einen zweiten Anlauf. »Die Situation ist auch für mich nicht einfach. Ich bitte Sie vor allem, Ihre Mutter nicht in Verlegenheit zu bringen, sie hat genug Sorgen. Wenn Sie sofort das Haus verlassen und erst in einer Stunde wiederkommen, bin ich bis dahin spurlos verschwunden.«

Paul begriff und nickte betreten, aber Achim konterte: »Woher sollen wir wissen, daß unsere Mutter nicht ermordet in ihrem Bett liegt?«

Der Fremde lächelte ein wenig: »Ich schwöre, daß sie zwar im Bett liegt, aber durch und durch lebendig ist.«

Diese Bemerkung provozierte Achim derart, daß Paul seinen Bruder nur mit Mühe am Ärmel festhalten und wegzerren konnte. Während sie sich bereits der Haustür näherten, drehte sich Achim wieder um und brüllte: »Weißt du zufällig, in welchem Krankenhaus unser Vater liegt?«

Der Mann im Bademantel wußte es.

9

Ohne Ruh'

Kaum saßen Paul und Achim im Wagen, steckten sie sich beide mit zittrigen Händen eine Zigarette an. »Seit wann rauchst du wieder?« fragte Paul.

»Seit eben«, meinte Achim, ließ den Motor an und fuhr zwei Straßen weiter bis zum nächsten Parkplatz. »Wahnsinn, das ist doch Wahnsinn! Einfach nicht zu fassen! Nächstes Jahr wird Mama 60.«

»Sie sieht aber aus wie 49«, behauptete Paul, »wie alt mag ihr Galan wohl sein? Und woher kennt sie ihn überhaupt?« Er hatte das vage Gefühl, den Mann schon einmal gesehen zu haben, wahrscheinlich wohnte er in der Nachbarschaft.

Achim zuckte bloß hilflos mit den Schultern.

»Sag mal«, fragte Paul und inhalierte tief, »neulich hast du angedeutet, Mama sei alles andere als eine Heilige. Wie war das gemeint?«

Achim schüttelte den Kopf. Er wisse nichts Konkretes; hin und wieder habe sie geflunkert, ein wenig übertrieben, manches auch verschwiegen – mehr wolle er dazu nicht sagen. Verdächtig erscheine ihm eher ihr zwanghaftes Bemühen, möglichst jung, schlank und schön auszusehen. Wenn Besuch komme, habe sie zwar immer lecker gekocht, aber selbst kaum einen Bissen angerührt.

»Und wie sollen wir uns jetzt bloß verhalten?« grübelte Paul. »Vielleicht ist es wirklich am klügsten, wenn wir diese absurde Szene aus unserem Gedächtnis streichen und niemandem etwas darüber erzählen. Der Kerl hat recht, daß man seine Mutter nicht bloßstellen darf.«

Nach der zweiten Zigarette meinte Achim, auf keinen Fall könne er in einer Stunde bei der Mutter anklopfen und »Frohe Ostern« wünschen. Wenn Paul dazu imstande sei: bitte sehr. Aber sie ahne ja zum Glück nicht, daß ihre Söhne bereits in die Küche vorgedrungen waren – gesetzt den Fall, dieser Mensch habe dichtgehalten.

»Davon würde ich mal ausgehen«, sagte Paul. »Schließlich ist es auch für ihn bequemer, wenn sie keinen Nervenzusammenbruch kriegt. Das Schäferstündchen mußte er allerdings zügig beenden; soll sie sich ruhig darüber wundern!«

Beide schauten gedankenverloren durch die beschlagenen Scheiben, über deren Außenseite silberne Glitzertropfen liefen. Der Regen rauschte leise, die beiden frisch gekauften Sträuße verbreiteten einen frühlingshaften Duft nach Rosen, Hyazinthen und Erde. Eine Frau mit rot-violettem Gesicht kämpfte draußen mit ihrem Schirm. Unter dem gestreiften Mantel blitzte ihr Unterhemd und eine Kette aus Glaskugeln. Ein nasser Hund schien genau zu wissen, wohin er wollte, und lief in zügigem Tempo quer über den Parkplatz. Er hob nur einmal kurz das Bein an einem Autoreifen, um sofort seinen Weg zielstrebig weiterzuverfolgen. Der Köter habe auch nichts anderes im Kopf, sagte Paul und dachte kurz an Olga.

»Vielleicht nistet sich der Typ immer bei Mama ein, wenn unser Vater wieder mal durch Abwesenheit glänzt«, sagte Achim, »vielleicht … ach, Scheiße, laß uns jetzt den Krankenhausbesuch hinter uns bringen.«

Eine wachsame Ärztin fing die Brüder vor der Tür zur Intensivstation ab. »Wollen Sie zu Herrn Wilhelms? Sind Sie die Söhne?« fragte sie. »Kommen Sie doch bitte einen Moment ins Stationszimmer.«

O Gott, dachte Paul, nicht noch mehr Hiobsbotschaften.

Aber die Ärztin, die ihnen höflich einen Platz anbot, hatte eher Erfreuliches zu berichten. Heute früh sei der Vater auf die Allgemeinstation verlegt worden, weil es ihm bessergehe; allerdings könne er sich nur mühsam bewegen. Bei entsprechender Therapie werde er Fortschritte machen.

Aus einem anderen Grund wolle sie die Besucher aber vorwarnen.

Paul und Achim wechselten einen beunruhigten Blick.

»Wir haben immer wieder Patienten, die eine drohende Behinderung partout nicht akzeptieren wollen«, sagte sie, »sie entwickeln einen ohnmächtigen Zorn und lassen ihre Aggressionen an den Angehörigen aus. Ihre Mutter hat bei ihren Besuchen bei Gott nichts zu lachen; eine bewundernswerte Frau! Also nehmen Sie es Ihrem Vater nicht allzu übel, wenn er um sich beißt.«

»So haben wir ihn bereits als Kinder erlebt«, sagte Paul, »das ist nichts Neues für uns.«

Die Ärztin lächelte freundlich. »Dann trauen Sie sich

jetzt in die Höhle des Löwen, ich lasse zwei Vasen für die schönen Sträuße bringen.«

Da keine Reaktion auf sein Klopfen erfolgte, öffnete Paul behutsam die Tür und trat ans Bett seines halbseitig gelähmten Vaters, Achim folgte. »Hallo, Paps!« sagten sie so herzlich und munter wie möglich.

»Die Aasgeier wittern Beute«, kläffte der Vater zur Begrüßung.

Da seine Söhne mit Bosheit oder gar Beleidigungen gerechnet hatten, blieben sie einigermaßen beherrscht.

Paul gelang sogar eine taktisch meisterhafte Replik: »Anscheinend hast du deinen galligen Humor nicht verloren, Papa. Das bedeutet bestimmt, daß es aufwärtsgeht.«

Achim rückte zwei Stühle ans Bett.

Nach weiteren Attacken verschlechterte sich die Stimmung und wurde immer gereizter.

Schließlich fragte der cholerische Patient: »Wo habt ihr eigentlich eure Frauen gelassen? Sind sie euch weggelaufen, weil ihr ihnen keine Kinder machen könnt?«

Paul stand auf. Sie kämen ein andermal wieder.

»Ja, schert euch endlich weg, ihr Versager«, rief der Vater, so laut es ihm seine leicht verwaschene Sprache gestattete. »Jahrelang hat man für die Ausbildung der Herren Söhne gezahlt und nichts als Undank geerntet. Packt euch heim zu euren Schlampen!«

»Wir sind wohl im Irrenhaus gelandet«, murmelte Paul, während Achim, kurz bevor er explodierte, zu zittern begann.

Paul vermochte seinen Bruder nicht mehr zu besänftigen. »Hast du Schlampe gesagt?« brüllte Achim. »Du hast es gerade nötig, du seniler Schlappschwanz! Wir haben soeben deine treusorgende Frau mit einem Liebhaber erwischt. Immer wenn du auf krank machst, treibt sie es mit einem Gigolo!«

»Komm«, flüsterte Paul, »du gehst zu weit! Er ist sehr krank und weiß nicht, was er sagt! Hinterher tut es ihm leid.« Um Schlimmeres zu verhüten, mußte er seinen schäumenden Bruder energisch zur Tür hinausschieben.

Schwer atmend gelangten sie auf den Krankenhausparkplatz und zündeten sich wie zuvor sofort eine Zigarette an. Das sei ja ein einziger Alptraum heute, stöhnte Paul; er könne Achims Wut nachvollziehen, fürchte aber, sein Bruder habe einen Riesenfehler gemacht. Der Vater dürfe sich auf keinen Fall aufregen, und bestimmt müsse die Mutter jetzt alles ausbaden.

»Und wenn schon«, sagte Achim trotzig.

Wieder saßen sie eine ganze Weile untätig im Wagen und beobachteten einige Pfleger und Krankenschwestern, die sich von einander verabschiedeten und sich schöne Feiertage wünschten. Paul hätte gern geweint.

Eigentlich brauche Paul dringend ein neues Auto, sagte Achim unvermittelt, er hätte da einen Vorführwagen, einen fast neuen Toyota Corolla Verso, den er günstig anbieten könne.

Paul schüttelte den Kopf. Im Augenblick stehe ihm nicht der Sinn danach. Außerdem müsse er am Dienstag Annettes Wagen von der Inspektion abholen und könne ihn zunächst benutzen. Diese Woche habe er sowieso noch Urlaub. Wann Achim wieder arbeiten müsse?

»Ach, ich seh' das nicht so eng«, sagte sein Bruder. »Ich habe schließlich gekündigt; jetzt nehme ich mir alle Freiheit der Welt. Wenn ich demnächst selbständiger Unternehmer bin, kann ich so schnell keine Ferien mehr machen.«

Als er endlich losfuhr, fragte Achim etwas lau, ob Paul noch zu ihm kommen und seine neue Wohnung besichtigen wolle? Er könne wieder kochen.

»Nein, danke«, sagte Paul müde, »ehrlich gesagt möchte ich jetzt allein sein. Bring mich bitte zum Bahnhof.«

Inzwischen schien Achim seine Unbeherrschtheit zu bereuen. Er fluchte nicht mehr, sondern bemühte sich um Haltung. Am Mainzer Hauptbahnhof bot er sogar an, rasch eine Fahrkarte zu kaufen. Paul holte währenddessen sein Gepäck aus dem Kofferraum und entdeckte das mobile Telefon unter zerknülltem Blumenpapier. In einem plötzlichen Impuls drückte er auf die Speichertaste, denn er hatte das dringende Bedürfnis nach einem Lebenszeichen seiner Mutter.

Zu seinem Befremden vernahm er eine Tonbandansage: Autohaus Schmidt, guten Tag. Unser Geschäft bleibt bis einschließlich Ostermontag geschlossen. Verwirrt legte Paul auf und erkannte zu spät, daß sein Bruder ein ähnliches Handy besaß.

Als Achim den Koffer auf den Bahnsteig getragen hatte, kaufte er unaufgefordert eine Zeitschrift für den Bruder. »Damit du dich nicht langweilst«, rief er, »bis bald, Paulemann!«

So hatte man Paul seit seiner Kindheit nicht mehr genannt, und eigentlich konnte er es schon damals nicht ausstehen.

Er ließ die Zeitschrift sinken und sah mit leerem Blick aus dem Fenster. Der Rhein hatte Hochwasser, die Bäume am Ufer bekamen nasse Füße. Man konnte sich gut vorstellen, wie sanft ein Ertrinkender mit der Strömung dahingleiten würde.

Paul ließ seine Gedanken ebenfalls treiben und versuchte vergeblich, verwirrte Gefühle zu ordnen: Wut, Trauer, Schuld. Hätte er nicht Annette betrogen und eine gemeinsame Reise mit Olga geplant, wäre er gar nicht erst zum Flughafen gefahren. Und ohne jenen Unfall hätte Achim ihn niemals besucht und in weitere verhängnisvolle Aktionen verstrickt.

Als er wieder zu Hause war, rief Paul als erstes im Marienkrankenhaus an. Er könne Annette heute nicht besuchen, es gehe ihm selbst nicht gut, sagte er, ohne auf ihre besorgte Frage einzugehen. Dann verbrachte er untätige Stunden auf dem Sofa, bis er schließlich zwei Schlaftabletten schluckte und früh zu Bett ging.

Es war noch dunkel draußen, als Paul durch anhaltendes Telefonklingeln geweckt wurde. Er nahm den Hörer ab und sah schlaftrunken auf die Uhr.

»Jean Paul«, schluchzte seine Mutter und konnte vorerst nur weinen. Schließlich brachte sie heraus, daß sein Vater gestorben sei.

Noch in einem Niemandsland zwischen Wachsein und

Traum gelang es Paul nicht, einen zusammenhängenden Satz zu formulieren. Lächerlicherweise befürchtete er, seine Mutter könnte ihn für betrunken halten.

Als disziplinierte Persönlichkeit faßte sie sich allerdings bald und berichtete, daß sie den Kranken bei ihrem gestrigen Besuch in einem unerklärlichen Erregungszustand angetroffen habe. Als er sie anschrie: *Raus, raus, raus!*, habe sie schleunigst den Raum verlassen, um ihn nicht noch mehr aufzuregen.

Eigentlich hatte die Mutter vorgehabt, mit der Ärztin oder einer Krankenschwester zu sprechen, um auf das verfärbte Gesicht und den exaltierten Gemütszustand ihres Mannes hinzuweisen. Aber zufälligerweise befand sich an diesem Samstagabend gerade niemand im Stationszimmer. Pauls Mutter wußte zudem, daß sich der Kranke durch wiederholte Wutausbrüche auch beim Pflegepersonal unbeliebt gemacht hatte und sich keiner darum riß, häufiger als unbedingt nötig bei ihm hereinzuschauen. Nun fühlte sie sich schuldig, weil sie nicht länger nach einem Helfer gesucht hatte, sondern gekränkt nach Hause gefahren war. Heute in aller Frühe kam dann die Nachricht, der Vater sei – wahrscheinlich nach einem weiteren Schlaganfall – von der Nachtschwester tot aufgefunden worden. Die Mutter vermutete, er sei so zornig geworden, weil sie ihn ausnahmsweise erst am frühen Abend besucht habe.

»Und warum?« fragte Paul und konnte nicht verhindern, daß es wie ein Vorwurf klang.

Vormittags sei sie beim Frisör und hinterher im Supermarkt gewesen, heute sei schließlich Ostern. Aber das habe er durchaus gewußt, denn sie habe es am Vortag bereits mit ihm abgesprochen.

Unter seinem Bett lag ein Taschentuch, das Paul mühselig mit dem Fuß herbeiangelte. Er mochte nicht auf die Rechtfertigungen seiner Mutter eingehen. Mit welcher Selbstverständlichkeit konnten Frauen lügen, wie plausibel klang ein Frisörbesuch, während man sich in Wirklichkeit vom Liebhaber Sekt ans Bett bringen ließ.

Plötzlich wechselte sie das Thema und fragte: »Weißt du zufällig, wo Achim ist? Ich kann ihn nicht erreichen. Allerdings hatte er schon immer einen gesunden Schlaf und wird nicht so schnell wach wie du!« Paul hatte keine Ahnung, aber durch ihre Frage wurde ihm klar, daß sie eigentlich ihren jüngeren Sohn zuerst hatte anrufen wollen.

In diesem eigentümlichen Zustand zwischen Erregung und Halbschlaf hatte Paul immer wieder das Gefühl, alle Ereignisse der letzten Tage seien ein böser Traum gewesen. Er hätte keine Schlaftabletten nehmen dürfen, denn er mußte einen klaren Kopf bewahren. Es war jetzt seine verdammte Pflicht, der Mutter bei organisatorischen Aufgaben beizustehen. Zum Händchenhalten würde sich Achim anbieten, falls nicht schon ein anderer an ihre Seite geeilt war. Es war jedoch zu erwarten, daß sie das baldige Eintreffen ihrer Kinder erwartete und ihren Lover vorerst auf Distanz hielt.

Je länger er sich im Bett herumwälzte, desto klarer realisierte Paul, daß sein Vater nicht mehr lebte. Nach und nach machte er sich auch Gedanken, inwieweit man die

Mutter, den Bruder oder sogar ihn selbst für den Tod des Vaters verantwortlich machen konnte. Barfuß und im Schlafanzug tappte er nach einer halben Stunde in die Küche und rührte sich einen starken Instantkaffee an, saß mit dem Becher in der Hand auf einem unbequemen Hocker und starrte lange in die schwarze Brühe.

Gerade in den letzten Wochen hatte er häufig an seinen Papa gedacht und bedauert, daß sie so selten ins Gespräch gekommen waren. Im Grunde wußte Paul sehr wenig über die Kindheit und Jugend seines Vaters. Hatte er vor seiner späten Ehe Freundinnen gehabt? War er während seiner Kuraufenthalte und Geschäftsreisen fremdgegangen? Hatte er seine Familie geliebt, obwohl er sie tyrannisierte? Wie hatte er es verkraftet, daß die Mutter durch ein spätes Erbe zu mehr Geld gekommen war als er selbst durch jahrzehntelange Arbeit? Fragen über Fragen, auf die Paul wohl nie mehr eine Antwort erhalten würde.

Obwohl er ihren Seitensprung von ganzem Herzen mißbilligte, machte ihm die verhaltene und häufig stockende Stimme seiner Mutter große Sorgen. Er kannte sie gut genug, um ihre Verzweiflung herauszuhören. Da sie ihren kranken Mann wohl nur deshalb nicht am Vormittag besucht hatte, um mit ihrem Geliebten stundenlang im Bett liegen zu können, hatte sie allen Grund für Gewissensbisse. Immer wieder suchte Paul nach Erklärungen für ihr Verhalten. Vielleicht hatten die Eltern seit Jahren ein Abkommen, das beiden Partnern die Freiheit für eine außereheliche Beziehung gab. Andererseits war das bei seinem konservativen und autoritären Vater kaum vorstellbar.

Auch Paul betrog seine Frau; es stand ihm nicht an, seine Mutter dafür zu verurteilen. Vor seinem geistigen Auge strömte der Rhein, auf dessen Fluten die rosagekleidete Mutter wie eine hingestreute Blüte trieb. Reichlich verstört griff er zum Telefon. Leider hörte er diesmal nur das Besetztzeichen.

10

Kein Sugardaddy

Am Ostersamstag hatte Annette zwar auf Pauls Besuch verzichten müssen, aber dafür erschien ihre Sekretärin mit einem Blumenstrauß und einer österlichen Schokoladenkollektion. »Die Süßigkeiten sind vom Chef«, sagte Jessica. »Sei froh, daß er dir keine Viererpackung Quark schickt; Ostereier kann man wenigstens weiterverschenken.«

Nach einem anfangs lustigen Gespräch mußte Annette etwas enttäuscht zur Kenntnis nehmen, daß sie in der Firma durchaus entbehrlich war. Ihre Reise nach Venezuela war problemlos auf unbestimmte Zeit verschoben worden. Nachdem sich ihre Mitarbeiterin schon bald wieder verabschiedet hatte, weil sie ihren Freund nicht allzu lange warten lassen wollte, blätterte Annette gelangweilt in der Frauenzeitschrift, die ihr Jessica hinterlassen hatte. Eine Wirtschaftszeitung wäre ihr lieber gewesen.

Für heute war wohl keine weitere Abwechslung in Aussicht, denn leider lag sie auf der chirurgischen Abteilung, für die Markus nicht zuständig war.

Als er am Nachmittag trotzdem bei ihr hereinschaute, war sie freudig überrascht. »Ich dachte, du hättest frei?« fragte sie.

Das stimme schon, er sei nur rasch gekommen, um Unterlagen für ein Gutachten herauszusuchen.

»Süß siehst du aus«, sagte er herzlich, aber Annette empfand sein Kompliment als peinlich. Dieser Hauch von einem Negligé war zwar als Fluggepäck ideal, mochte aber nicht so recht ins Krankenhaus passen. Ohne lange zu überlegen, hatte Paul ihrem Koffer zwei seidene Hemdchen entnommen. Natürlich hatte er es gut gemeint, aber die Krankenschwestern guckten befremdet.

Zum Glück schien Markus nicht zu glauben, Annette wolle die Ärzte verführen, denn er fragte ein wenig anzüglich: »Und wo bleibt dein Göttergatte?«

Annette verzieh ihm diesen Ausdruck. Für heute habe sich Paul abgemeldet, es gehe ihm wohl nicht gut, sagte sie. Wann sie wieder nach Hause dürfe?

Markus wollte dem Kollegen von der Chirurgie zwar nicht vorgreifen, aber aus seiner Sicht sprach nichts gegen eine baldige Entlassung. »Wahrscheinlich werden sie deinen Arm noch mal röntgen, und wenn er gut heilt, kann Paul dich am Dienstag abholen«, meinte er.

Gut gelaunt schlug Markus vor: »Komm doch noch auf einen Sprung in mein Zimmer, dann kannst du testen, wie dir ein kleiner Spaziergang bekommt.« Behutsam half er Annette, den Ärmel des Kimonos über den Gips zu streifen.

Über endlose Flure wanderten sie Arm in Arm bis zur inneren Abteilung, wo Markus die benötigten Krankenblätter und das Diktiergerät holen wollte.

In seinem Dienstzimmer ließ sich Annette in einer kleinen Sitzecke mit blauen Sesseln nieder und sah sich neugierig um. Auf dem Schreibtisch stand ein Foto in silbernem Rahmen, allerdings war der bemerkenswerte Bauch der neuen Freundin noch unsichtbar. Annette fragte unschuldig: »Ist sie das?«

Es schien fast so, als habe Markus den Ausflug nur deshalb angeregt, um von der ersten Begegnung mit seiner Liebsten zu erzählen: Krystyna stand pfeifend auf einer Leiter und putzte gerade die Fenster seines Zimmers. Angetan von ihrer Fröhlichkeit, verwickelte Markus sie in ein längeres Gespräch. Er erfuhr, daß sie – genau wie seine Großmutter – aus Wroclaw stammte und dort Germanistik studierte. Um Geld zu verdienen und ihre Sprachkenntnisse zu verbessern, arbeitete sie in den Semesterferien in Deutschland. Inzwischen wohne er mit Krystyna zusammen, und sie besuche die hiesige Universität. »Und jetzt halt dich fest: Wir erwarten ein Baby!«

Noch nie zuvor hatte Annette so viel Glück und Vorfreude eines werdenden Vaters gesehen. Immerhin wurde Markus bald fünfzig und hatte diesbezügliche Hoffnungen längst begraben. »Weiß Olga Bescheid?« fragte sie und erfuhr, daß Olga zwar über eine neue Partnerin, nicht aber über Krystynas Schwangerschaft informiert sei.

»Ehrlich gesagt«, sagte Markus, »habe ich mich bisher um die Beichte gedrückt; schließlich haben wir uns jahrelang ein Kind gewünscht. Wenn es jetzt bei einer anderen Frau auf Anhieb geklappt hat, wird es Olga weh tun.«

Ohne zu überlegen, sagte Annette: »Früher wollte ich

eigentlich keine Kinder haben, aber plötzlich wird mir bewußt, daß mein Verfallsdatum bald überschritten ist.«

Markus nickte. »Dann mal ran! Was hält denn Paul davon?«

»Er hat noch keine Ahnung«, seufzte Annette. »Wie alt ist sie eigentlich, deine Krystyna?«

Er runzelte leicht verdrossen die Stirn. »Ich bin fast doppelt so alt. Ja, ich weiß schon, was du denkst: Ein Mann in der Midlife-crisis lechzt nach frischem Blut, eine junge Frau aus einem armen Land findet den reichen alten Sack, der dumm genug ist, sie zu schwängern. Ob du es nun glaubst oder nicht, in unserer Beziehung spielt weder das Alter noch die soziale Stellung eine Rolle.«

Annette nickte und versuchte, einen restlos überzeugten Eindruck zu machen. Markus hatte bei der Altersfrage empfindlich reagiert, da war Vorsicht geboten. Um ihn versöhnlich zu stimmen, meinte sie: »Du hast mich falsch verstanden, meine Frage war keineswegs kritisch gemeint. Ich weiß genau, daß du kein Sugardaddy bist.«

Schon die Erwähnung dieses Ausdrucks ließ Markus zusammenzucken, doch er sagte nur: »Komm, ich bring' dich wieder zurück!«

Als sie endlich am Bett anlangten, wurde es Annette sekundenlang schwarz vor den Augen. Tapfer ließ sie sich nichts anmerken und dankte Markus für seine Anteilnahme. Zum Abschied wollte er ihr die Hand reichen, aber sie zog ihn dicht an ihr Gesicht herunter. Aus unerklärlichem Grund kamen ihr die Tränen. »Entschuldige«, sagte sie, »ich bin im Moment wahnsinnig anlehnungsbedürftig.«

Dann war sie allein und überlegte, ob Markus etwas von Pauls und Olgas Affäre ahnte. Falls nicht, sollte sie ihn darauf hinweisen? Früh brachte man ihr zum Abendessen den Hagebuttentee und zwei Scheiben Vollkornbrot mit Leberwurst und Quark. Mit Genugtuung stellte Annette fest, daß der Käse aus der Nostalgieserie *Großmutters Kräutergarten* stammte. Fast wie zu Hause, dachte sie.

Um sechs hatte sie schon alles aufgegessen, die Zähne geputzt und das Gesicht eingecremt. Gottlob hatte sie ihre Kulturtasche bereits für die Reise gefüllt, weiß der Teufel, welche Kosmetika Paul hineingepackt hätte. Ob sie ihn mal anrufen sollte? Vielleicht war er ernsthaft krank geworden. Nach einem vergeblichen Versuch, ihn zu erreichen, schlief Annette früh ein, um bereits um elf Uhr wieder wach zu werden.

Als sie zum zweiten Mal bei Paul anläutete, hatte sie wiederum keinen Erfolg. Immerhin war es möglich, daß er bereits schlief, denn Achim hatte geplant, noch heute abzureisen. Plötzlich fiel es ihr wie Schuppen von den Augen: Natürlich nächtigte Paul jetzt bei Olga, die sicherlich nicht ohne ihn nach Granada geflogen war. Während sein Bruder bei ihm wohnte, hatte sich Paul wohl nicht zu seiner Geliebten davonstehlen wollen. Jetzt würde er die heißen Nächte zwar nicht in Andalusien, aber doch in Olgas Armen verbringen.

Früher hatte Annette die Privatnummer der Baumanns auswendig gewußt, aber das war schon eine Weile her. Blöderweise steckte das Adreßbüchlein in ihrer Handtasche, die Paul nicht mitgebracht hatte. Falls sich Olga bei einem anonymen Testanruf meldete – und sie war eine Nachteule und mindestens bis Mitternacht wach –, war jedenfalls bewiesen, daß sie nicht nach Spanien gereist war.

Annette zögerte, die Auskunft zu bemühen. In einem Krankenhaus mußte doch irgendwo ein Telefonbuch liegen. Als sie durch den Flur schlich, kam ihr das gesamte Gebäude unbewohnt vor, obwohl in vielen Zimmern schlaflose, schmerzgepeinigte, vielleicht sogar sterbende Patienten liegen mußten. Im Stationszimmer entdeckte sie eine menschliche Silhouette hinter der Milchglasscheibe. Wenn sie dort eintrat und ein Telefonbuch verlangte, würde man sie mit Sicherheit energisch zurück ins Bett schicken. Gedankenverloren folgte Annette den gleichen Gängen wie schon Stunden zuvor. Markus hatte den Schlüssel seines Arbeitszimmers außen steckenlassen, und die Tür ließ sich geräuschlos öffnen.

Fast automatisch knipste Annette das Licht an; die hübsche Frau im Silberrahmen lächelte ihr zu. Seltsam, daß Markus dieses Bild so offen aufstellte, schließlich war er noch nicht geschieden, und Krystyna war hier keine Unbekannte. Wahrscheinlich war der Stolz auf die junge Freundin größer als die Furcht vor Klatsch. Nachdem sich Annette vergeblich nach einem Telefonbuch umgesehen hatte, wollte sie schließlich die oberste Schreibtischschublade öffnen. Ebenso wie alle anderen war sie abgeschlossen.

Ganz wohl war ihr bei ihrer hektischen Schlüsselsuche nicht. Es war schließlich nicht Pauls Schreibtisch. Als Annette plötzlich Schritte hörte, die sich leise und zielstrebig näherten, wurde ihr heiß und kalt vor Angst. Falls der

Hausmeister einen Kontrollgang machte und die Tür von außen zuschloß, war sie gefangen. Fast schlimmer wäre es, wenn man sie wie eine Diebin erwischte.

Tatsächlich bewegte sich die Klinke, und Annette konnte noch in letzter Minute hinter einen Wandschirm schlüpfen. Ein Stuhl und ein Kleiderhaken samt Bügel ersetzten die Umkleidekabine, an einem Haken hing ein Arztkittel. Mit Entsetzen bemerkte Annette, daß der Paravent nicht bis zum Boden reichte und ihre chinesischen Pantöffelchen zu sehen sein mußten. Schleunigst setzte sie sich hin und zog die Beine an. Durch einen Spalt konnte sie erkennen, daß eine Frau in einem schwarzen Regenmantel eintrat. Es war Olga.

Wenigstens kann ich mir jetzt die Suche nach dem Telefonbuch schenken, dachte die aufgeregte und völlig verblüffte Annette. Ohne Lover war Olga also nicht nach Spanien gereist, aber Paul konnte momentan auch nicht in ihren Armen liegen.

Doch was hatte sie hier bloß zu suchen?

Die eingeschaltete Lampe schien Olga nicht mißtrauisch zu machen. Als erstes nahm sie das Foto vom Tisch, setzte die Brille auf und betrachtete ihre Nachfolgerin mit zusammengezogenen Brauen. Heftiger als Annette rüttelte Olga an den Schubladengriffen, knöpfte sich aber dann den offen liegenden Terminkalender vor und sah ihn aufmerksam durch. Hin und wieder schrieb sie etwas in ein Vokabelheftchen und stieß dabei ein fast lautloses *álla*! aus.

Annette schickte ein Stoßgebet nach dem anderen gen Himmel. Eine aufdringliche Fliege setzte sich immer wieder auf ihre nackten Beine, der gebrochene Arm schmerzte in dieser Zwangshaltung.

Etwa zehn Minuten später war Olga mit ihren Recherchen fertig. Bevor sie das Zimmer verließ, warf sie noch einen prüfenden Blick in alle vier Ecken, hatte es aber plötzlich eilig, wieder zu verschwinden.

Lange blieb Annette regungslos hocken, bis ihr Herzklopfen nachließ. Als sie sich mühsam hochzog, fühlte sie einen harten Gegenstand in der Tasche des Arztkittels. Das mußte wohl der Schlüsselbund sein, den sie mit einem gewissen Triumph herausfischen wollte; leider war es nur ein mit Pfefferminzpastillen gefülltes Blechkästchen.

Was mochte Olga im Wochenkalender gesucht und gefunden haben? Bei aller Aufregung konnte Annette nicht umhin, ihn ebenfalls durchzublättern. Markus war nebenberuflich als Gutachter tätig, an jeweils drei Wochentagen hatte er Termine für Untersuchungen eingetragen. Aber gelegentlich waren auch private Vorhaben wie Besuche beim Zahnarzt, Steuerberater oder Frisör vermerkt, Einladungen, ein Kinobesuch. *Anruf P.* las sie neben der ihr wohlbekannten Telefonnummer der Anwaltskanzlei; darüber hinaus hatte sich Markus für nächste Woche mit Paul verabredet und hierfür einige Fragen notiert: 1. Eigentumswohnung, 2. Lebensversicherung, 3. Versorgungsanspruch. Auch ein rot eingetragener Tag dürfte für Olga interessant gewesen sein: Krystynas voraussichtlicher Geburtstermin.

Auf dem Rückweg wurde Annette von einer Nachtschwester angesprochen. »Wohin laafe Se denn?«

Sie habe sich anscheinend verirrt, sagte Annette errötend und wurde von der kopfschüttelnden Pflegerin bis ins Zimmer begleitet. Die Patientin sei arg *wusslich* und brauche eine Schlaftablette, sagte die diensteifrige Frau, und Annette nickte ergeben.

Ohne die Pille zu schlucken, wälzte sie sich ständig herum und grübelte. Es war anzunehmen, daß Markus seine Lebensversicherung zugunsten des Babys umschreiben lassen wollte. Wie sehr hatte ihr das Wort Police in Pauls E-Mail zu schaffen gemacht, weil sie bloß an ihre eigene Versicherung gedacht hatte. Daß Paul seinem Freund Markus juristische Ratschläge gab, war Annette bekannt, für Olga womöglich aber neu und sicherlich verletzend. Trieb Paul ein doppeltes Spiel? Es war eigentlich nicht seine Art zu intrigieren. Eher konnte sich Annette vorstellen, daß er unfreiwillig zwischen den Interessen von Freund und Geliebter taktieren mußte. Neulich hatte Paul, der sich selten über persönliche Dinge äußerte, von einem ekligen Traum erzählt: Er hatte eine gespaltene Zunge und konnte sich gleichzeitig den rechten und den linken Mundwinkel ablecken. Vielleicht hatte sich sein schlechtes Gewissen im Unterbewußtsein gemeldet.

Irgendwann schlief Annette doch noch ein. Sie ahnte nicht, daß Paul und Achim inzwischen ihre Mutter besucht, dort eine schockierende Entdeckung gemacht und sich anschließend mit dem erregten Vater überworfen hatten. Noch viel weniger konnte sie wissen, daß ihr Schwiegervater in dieser Nacht starb, ohne daß ein Arzt oder eine Krankenschwester zu Hilfe gekommen war.

Als sie zeitig zum Fiebermessen geweckt wurde, fühlte sich Annette ausgeschlafen und gesund. »Leider kein schönes Osterwetter«, sagte eine altkluge Praktikantin, die ihr das Frühstück brachte. Ein bunt gefärbtes Ei und eine Tulpe sollten den Patienten Festtagsfreude bereiten.

»Ich will nach Hause«, maulte Annette. Sehnsüchtig wartete sie auf Besuch.

Als das Telefon klingelte, meldete sich jedoch nicht Paul, sondern sein Bruder.

»Wie geht's dir? Weißt du schon Bescheid?« fragte er mit sanfter Stimme.

Annette erschrak. »Was ist ihm passiert?« sagte sie tonlos.

»Er ist heute nacht gestorben«, sagte Achim leise.

Annette wurde schwarz vor den Augen. Als sie wieder zu sich kam, lag der Hörer vor ihr auf der Bettdecke. Wie aus weiter Ferne drangen Töne aus dem Telefon. »Hallo?« fragte sie unsicher.

»Um Gottes willen, Kleines«, sagte Achim, »was war los mit dir? Ich konnte doch nicht ahnen, daß es dich so trifft. Schließlich war er alt und krank.«

»Wer?« fragte sie und begriff endlich, daß es sich nicht um Paul handelte.

»Unsere Mutter braucht jetzt Beistand«, sagte Achim, »ich werde mich sofort auf den Weg zu ihr machen. Paul sitzt vielleicht schon im Zug, ich konnte ihn nicht erreichen. Deswegen nahm ich an, er sei an deiner Seite.«

Noch nie hatte Annette die Schwiegereltern sonderlich geliebt. Bei ihrer Heirat hatte sie noch gehofft, eine Ersatzfamilie zu finden, aber bald bekam sie zu spüren, daß sie nur als Pauls Anhängsel galt. Sein Vater hatte zwar einen gewissen Respekt vor ihren beruflichen Erfolgen, aber er schien im großen ganzen kein Mensch zu sein, der sich über andere Leute Gedanken machte. Pauls Mutter war eifersüchtig auf Annette, was sie durch zuckersüße Komplimente und kleine Geschenke tarnen wollte. Im übrigen waren sich Pauls Eltern in einem Punkt wohl einig: Die unfreiwillige Enkellosigkeit lag einzig und allein an der karrieresüchtigen Schwiegertochter. Doch alles in allem mußten sicher viele Leute mit Verwandten auskommen, an denen es weitaus mehr auszusetzen gab. Trotzdem konnte Annette keine wirkliche Trauer über den Tod des Schwiegervaters empfinden.

Um so dankbarer war Annette, als Paul endlich anrief, schämte sich aber gleichzeitig ein wenig, daß sie tiefes Mitgefühl heuchelte. Ihr Mann sprach verstört, ja fast wirr. Dummerweise habe er gestern zwei Schlaftabletten genommen und müsse noch ein bißchen liegen, weil er sich kaum auf den Beinen halten könne. »Es wäre am besten, wenn mich jemand fahren könnte. Ob es zuviel verlangt ist, wenn ich meinen Bruder darum bitte?«

Gegen Mittag stand Achim mit einem Frühlingsstrauß vor Annettes Krankenbett.

Sie war gerührt. Wo denn Paul sei? wollte sie wissen.

»Pennt sich aus«, sagte Achim, »deswegen lasse ich ihn noch ein Weilchen in Ruhe, dann wird er aber abgeschleppt. Notfalls mit sanfter Gewalt.«

Es tat gut, ein wenig zu plaudern. Achim redete hauptsächlich über seinen Vater, jedoch ohne Larmoyanz. Schon seit zwanzig Jahren habe dieser immer wieder seinen baldigen Tod angekündigt, jetzt sei niemand sonderlich überrascht. Hoffentlich sei er friedlich eingeschlafen.

»Spricht etwas dagegen?« fragte Annette.

Achim zuckte mit den Schultern.

Schließlich unterhielten sie sich über völlig andere Dinge und ertappten sich sogar bei einer gewissen Fröhlichkeit. Es wäre nett, so einen Bruder zu haben, dachte Annette. Schade, daß sie Achim so selten zu Gesicht bekam. Zum Abschied umarmte er sie herzlich, und Annette wollte ihn gar nicht wieder loslassen.

11

Die Frau in Weiß

Nachdem Paul seinen Bruder erreicht und herbestellt hatte, damit er ihn zur Mutter nach Mainz mitnähme, schlief er nochmals ein. Als Achims stürmisches Klingeln ihn kurz darauf weckte, rief er durchs Fenster, er brauche noch Schlaf. Etwas vorwurfsvoll nörgelte Achim, daß er selbst in aller Herrgottsfrüh habe aufstehen müssen, um auf Pauls Befehl herbeizueilen. Dann zog er ab ins Krankenhaus.

Gern wäre Paul den ganzen Tag liegengeblieben und hätte sich von einer guten Seele einen heißen Grog bereiten lassen. Dabei kam ihm eine vertraute Szene in den Sinn: Der Vater lag kränkelnd im Bett, und Mama servierte ihm ein opulentes Frühstück. Zwei Spiegeleier mußten es schon sein, das Wörtchen Cholesterin war verpönt. Ob die Mutter in all den Jahren nicht auch manchmal unpäßlich gewesen war? Wie hatte sie die Wechseljahre überstanden? In seiner Familie war die Rolle des Kranken ein für allemal besetzt, sicherlich hätte sich die Mama hin und wieder auch ganz gern bedienen lassen. Nun hatte sich das Blatt gewendet, und sie bekam von ihrem Geliebten Champagner ans Bett gebracht.

Peinlicherweise war es bereits zwölf, als Paul endlich ins Bad trottete. Unter der heißen Dusche gab sein Nacken seltsame Knirschlaute von sich, was sicherlich auf mangelnde sportliche Betätigung zurückzuführen war.

Vergeblich hatte seine Mutter versucht, die Söhne für ihre spezielle Kraftquelle zu begeistern, gelegentlich hielt sie eine missionierende Rede. *Tai Chi Chuan ist eine alte chinesische Kunst, die den Menschen als Einheit von Körper und Seele anspricht. Die langsam fließenden, harmonischen Bewegungen wirken ausgleichend, entspannend und wohltuend. Sie korrigieren die Körperhaltung, stabilisieren den Kreislauf und fördern die Beweglichkeit.* Für einen Augenblick bedauerte Paul, daß er nicht auf sie gehört hatte. Seine Körperhaltung, sein Kreislauf und seine Beweglichkeit verkümmerten, und momentan tat ihm eigentlich alles weh. Außerdem empfand es Paul als Zumutung, sich nach dem gestrigen Fiasko schon wieder ins Elternhaus begeben zu müssen.

Beim zweiten Mal kam Achim mit einem anderen Auto vorgefahren. »Das ist der Toyota, den ich dir anbieten könnte«, sagte er. »Du wirst sehen, wir machen Tempo.« Doch bereits an der nächsten Baustelle war es damit vorbei. Viele Menschen wollten die Ostertage für einen Besuch oder Kurzurlaub nutzen, und der Engpaß brachte den Verkehr zum Erliegen. Es sei schade, daß er keinen Zeichenblock mitgenommen habe, sagte Paul, die mächtigen Straßenwalzen hätten es ihm angetan. Besonders, wenn sie reglos stillständen.

»Das darf doch nicht dein Ernst sein«, stöhnte Achim, »wir müssen uns jetzt über ganz andere Dinge den Kopf zerbrechen.«

»Klar«, sagte Paul, »wie wir uns Mama gegenüber verhalten sollen, wann die Beerdigung ist und so weiter.«

Als habe sie seit Stunden dort gewartet, lehnte die Mutter wie eine Statue an der Haustür. Sie umarmte ihre Söhne und wirkte gefaßt, aber gealtert. Selbst Tai Chi schien bei Schicksalsschlägen seine Wirkung zu verlieren.

»Wie geht es Annettchen?« fragte sie höflich. »Wird sie zur Trauerfeier kommen können?«

»Sie läßt dich herzlich grüßen«, log Paul, »bestimmt wird sie bald entlassen. Wann hast du denn diesen köstlichen Hefezopf gebacken?«

»Schon vor Tagen«, sagte sie, »ich habe ihn nur schnell aufgetaut. Ist der Kaffee zu dünn?«

Später formulierten sie gemeinsam den Text der Todesanzeige und stellten eine Liste der Empfänger zusammen; Achim tippte alles in seinen Laptop. Paul wurde bewußt, daß er noch nie im Leben einen Toten zu Gesicht bekommen hatte.

»Kann ich Papa noch mal sehen?« fragte er. Und kaum hatte er seine Frage geäußert, wurde er von unbehaglicher Neugierde überwältigt.

»Willst du das wirklich?« fragte die Mutter. »Man sollte ihn vielleicht so im Gedächtnis behalten, wie er in glücklichen Momenten ausgesehen hat. Im übrigen liegt er noch im Krankenhaus, die haben dort einen extra Raum…« Unvermutet brach sie in Tränen aus, und Achim reichte ihr sein Taschentuch.

Dann galt es, verschiedene Papiere zu sichten. Während Paul einen Ordner mit Versicherungspolicen und Rentenbescheiden durchsah, deckte Achim den Tisch ab, und die Mutter sortierte allerlei persönliche Gegenstände.

»Jean Paul, für dich ist die goldene Taschenuhr, dein Vater hat sie zur Konfirmation bekommen. Und für Achim ist dieser Orden, ich weiß selbst nicht, wofür euer Großvater ihn erhalten hat. Wer möchte die Manschettenknöpfe?« Und so ging es eine Weile hin und her, bis Achim sich entschuldigte. Er müsse noch mal an die frische Luft.

Inzwischen war es Abend; Paul schwankte zwischen dem Verlangen, den toten Vater zu besuchen, und der Pflicht, die Mutter nicht allein zu lassen.

»Ach, Mama«, sagte er, »wahrscheinlich ist es unmöglich, dir in diesen Tagen eine echte Hilfe zu sein. Eigentlich können wir dir nur ein paar organisatorische Dinge abnehmen. Wie es in deinem Inneren…« Er stockte und wußte nicht mehr weiter.

Seine Mutter lächelte. »Vielleicht hört es sich seltsam an: Ich bin zwar sehr traurig, ich fühle mich auch ein wenig schuldig – aber hauptsächlich empfinde ich eine unerhörte Erleichterung. Ich bin jetzt frei und kann aufstehen oder schlafen gehen, wann ich will. Ich kann essen, wann ich Hunger habe, ich kann verreisen, wohin ich möchte. Die Fernbedienung liegt jetzt ganz in meiner Hand. Das klingt wahrscheinlich herzlos, aber so ist es nicht gemeint. Ich habe deinen Vater geliebt und mich mehr als vierzig Jahre nach seinen Bedürfnissen gerichtet. Aber jetzt…« Sie schwieg.

Paul wußte nicht recht, was er entgegnen sollte. So oft hatte er seine Mutter nie zuvor *ich* sagen hören. Eigentlich fehlte nur noch: Ich kann jetzt ins Bett gehen, mit wem ich will.

Schon bei der Vorstellung eines Bettes sehnte er sich selbst danach, allerdings ohne Annette, Olga oder sonstige Gesellschaft. »Wenn du mir Wäsche herauslegst, kann ich schon mal die Decken für Achim und mich beziehen«, bot er an; aber es war bereits alles hergerichtet, denn ein derartiges Angebot hätte die Mutter nie und nimmer von Paul erwartet.

»Wo Achim bleibt?« fragte sie, »ob er zu seiner Freundin gefahren ist?«

»Wie ist sie denn?« fragte Paul.

»Darüber würde ich mir niemals ein Urteil erlauben«, sagte seine Mutter, »*ihr* müßt euch mit euren Partnerinnen vertragen, auf uns Eltern kommt es nicht an.«

Keine Antwort sei auch eine Antwort, murmelte Paul.

In diesem Moment tänzelte Achim herein, er balancierte drei Kartons auf dem linken Unterarm. »Pizza«, sagte er, »eine Margherita, eine Napoletana, einmal Calzone. Nicht direkt lukullisch, aber auch nicht von schlechten Eltern!«

Beim Essen wurde wenig gesprochen. Paul liebte das WMF-Besteck Stockholm, mit dem er während seiner Kindheit jede Mahlzeit eingenommen hatte. Fast gerührt blickte er auf die skandinavische Emailschale aus den sechziger Jahren, auf die Stringregale mit den Inselbändchen, den Couchtisch aus Teakholz und die blau-grün karierten Wollgardinen. Hier war er aufgewachsen, und Annettes Urteil *spießig* hatte ihn gekränkt. Es gab Dinge, die Heimat vermittelten und nicht mit der Skala jeweiliger Modetrends gemessen werden konnten.

Achim brachte seinen Bruder zum Krankenhaus, mochte ihn aber nicht bis zur Leichenhalle begleiten. »Du brauchst nicht zu warten, ich nehme mir nachher ein Taxi«, sagte Paul, »danke für alles.«

Man führte ihn in einen pietätvoll ausgestatteten Raum mit gedämpfter Beleuchtung, einem Kreuz an der Wand und weißem Blumenschmuck. Auf einer Bahre lag der abgedeckte Tote. Der Krankenpfleger zog das Leinentuch ein Stück herunter und ließ Paul allein.

Die vormals rote Gesichtsfarbe seines Vaters mußte nun – wie Paul es manchmal gelesen hatte – wächsern genannt werden, und sein Ausdruck war starr, fern, nicht von dieser Welt, ja entrückt.

»Du hörst mich nicht mehr«, flüsterte Paul, »aber du wolltest mir auch zu Lebzeiten nicht zuhören. Was weiß ich von dir? Deine Unbeherrschtheit war mir fremd, aber womöglich habe ich den Hang zur Selbstbeobachtung und die Flucht in Traumwelten dir zu verdanken. Mama schenkte mir vorhin eine Zeichnung, die du in jungen Jahren angefertigt hast – interessanterweise war es ein vom Blitz gefällter Baumstamm.«

Bis der Krankenpfleger erneut erschien und ihn freundlich-professionell hinausgeleitete, blieb Paul vor seinem leblosen Vater stehen und dachte vorwiegend über sich selbst nach. Ob er in vierzig Jahren ein ganz ähnliches Bild abgab wie sein Vater auf dem Totenbett?

Als er im Taxi saß und in die Dunkelheit hinausstarrte, fühlte er sich unendlich einsam.

»Alleweil is Schluß mit lustig, die scheuche mich ja fast uffs Trottoir«, schimpfte der Fahrer, als sie bereits nah am Ziel waren. Sirenen und Blaulicht zwangen ihn dazu, scharf zu bremsen und halb auf dem Gehweg anzuhalten. Es dauerte eine ganze Weile, bis ein Konvoi von Polizeiwagen vorbeigerast war und sie wieder starten konnten.

Vor dem Elternhaus erhellte eine Leuchte die Stufen zur Haustür, aber innen war alles dunkel. Anscheinend waren Achim und die Mutter bereits schlafen gegangen. Was bin ich für ein Schwein, fuhr es Paul durch den Kopf, daß ich sogar jetzt wieder an Inzest denken muß, mit mir stimmt etwas nicht. Als er die Mansardentreppe zu seinem ehemaligen Kinderzimmer hinaufstieg, bemerkte er eine merkwürdige Verlangsamung seiner Bewegungen, seiner Gedanken und seiner Lebensuhr. *Gleich bleibt mein Herz stehen*, befürchtete er, bevor ihn der Schlaf übermannte.

Ostermontag war das Bestattungsunternehmen geschlossen. Dieser Punkt wurde für den nächsten Tag aufs Programm gesetzt. Morgen, Dienstag, müsse sie auch Kontakt zu einem Geistlichen aufnehmen, was ihr nicht leichtfalle, sagte die Mutter beim Frühstück. Da die Eltern den Gottesdienst ja fast nie besucht hätten, könne man sich die Heuchelei doch schenken, schlug Paul vor, aber das ließ sie auf keinen Fall gelten. »Keine Grabrede! Das wäre eurem Vater aber gar nicht recht!« rief sie entrüstet. Später machten sie einen gemeinsamen Spaziergang zum Friedhof und sahen sich fremde Ruhestätten an, um erstaunt den unterschiedlichen Geschmack der jeweiligen Epochen zu vergleichen.

»Am liebsten hätte Papa bestimmt einen Jugendstilengel«, sagte Achim, »die haben wenigstens einen anständigen Busen.«

»Kommt nicht in die Tüte«, schalt die Mutter und blieb betroffen vor dem Grab eines kleinen Mädchens stehen.

Die ungewohnte familiäre Gemeinsamkeit versetzte Paul in eine träumerische Stimmung, die allerdings immer wieder durch den starken Kaffee der Mutter vertrieben wurde. Zuweilen gelang es ihm, Achim als Bruder und nicht als Feind anzusehen. Die praktischen Fähigkeiten des Jüngeren erwiesen sich als hilfreich – Achim kochte und beförderte die Sachen des Vaters von der Klinik ins Elternhaus. Er war es auch, der dem schlappen Paul das Telefon vor die Nase stellte. »Annette traut sich vielleicht nicht, hier anzurufen, aber sie wird sicherlich ungeduldig warten!«

»Morgen werde ich wohl entlassen«, sagte sie, »könntest du zuerst meinen Saab von der Werkstatt abholen und dann mich vom Krankenhaus? Wie ist die Lage bei euch? Wann ist die Beerdigung?«

Paul wußte so schnell keine Antwort auf die vielen Fragen.

Achim hatte zugehört und übernahm den Hörer. »Hey, Kleines! Wie geht's dir? Leider gibt es gerade morgen noch eine Menge zu regeln, so daß Paul unabkömmlich ist. Bei den behördlichen Dingen kennt er sich besser aus als ich. Vielleicht kann ich mich aber für ein paar Stunden davonstehlen und den Krankentransport nach Mainz übernehmen.«

Annette schwieg. Es zog sie nicht zu der Familie nach Mainz, sondern nach Hause, aber andererseits fühlte sie sich noch nicht in der Lage, dort ganz allein zu wirtschaften. Sie müsse sich die nächsten Tage schonen und viel liegen, hatte man befohlen, auf keinen Fall einkaufen, kochen und mit ihrem Gipsarm den Herrn Gemahl bedienen.

Sie einigte sich mit Achim, daß sie sich am Dienstag noch einmal melden würde.

Zum Schluß verlangte Annette nach der Schwiegermutter und leierte artig die üblichen Beileidsworte herunter.

Unbeteiligt saß Paul daneben und polierte die ererbte Taschenuhr.

Am Dienstag morgen war es Paul nicht ganz geheuer, daß sein Bruder schon früh aufbrach, um Annette zu chauffieren. War das nicht die Pflicht des Ehemanns? Doch Paul war noch angeschlagen, hatte einen Horror vor dem Autofahren und erwartete in Kürze den Vertreter des Bestattungsinstituts. Letzten Endes war er dankbar, eine Weile ganz allein mit Kaffeetasse und Zeitung am Frühstückstisch sitzen bleiben zu können. Die Mutter wollte ins Bad, ihre Haare sähen furchtbar aus.

»Warst du nicht erst am Samstag beim Frisör?« fragte Paul und wurde rot, weil er sich wie ein listiger Kommissar vorkam.

»So?« fragte sie. »Ja richtig, aber mir ist, als sei es hundert Jahre her.«

Als Paul den Lokalteil der Zeitung aufschlug, fiel sein Blick auf die großformatige Abbildung eines Mannes, dem er erst kürzlich begegnet war. Oder war eine Verwechslung möglich?

MORD IM MAINZER STADTTEIL BRETZENHEIM

Am Sonntag abend hatte ein Hund auf dem Gelände der Stadtgärtnerei eine Leiche aufgespürt. Falls er nicht einen eineiigen Zwillingsbruder hatte, mußte der Tote Mutters Liebhaber sein.

Um Gottes willen, das darf sie auf keinen Fall lesen, entschied Paul und riß die Seite heraus.

Dann erst studierte er den gesamten Text. Der Ermordete hieß Heiko Sommer und war der Inhaber eines beliebten Speiselokals. Wie der Gastronom letztendlich ums Leben gekommen sei, müsse die Obduktion ergeben, aber alles spreche für Strangulation. Es kursierten Gerüchte, daß es sich um eine Tat der Mafia handle, denn Schutzgelderpressungen seien im Gaststättengewerbe ja gang und gäbe. Allmählich dämmerte es Paul, warum ihm dieser Mann bekannt vorgekommen war. Vor längerer Zeit hatte er mit den Eltern und Annette dort gegessen, sein Vater hatte die gute Küche gepriesen und fast euphorisch beschlossen: »Hier werden wir meinen achtzigsten Geburtstag feiern.«

Angestrengt überlegte Paul, wie man seiner Mutter diese Nachricht vorenthalten könnte. An der Zeitung war sie wohl an einem Tag wie heute nicht sonderlich interessiert, aber ganz Mainz würde sich über dieses Verbrechen entrüsten. Beim Bäcker, im Supermarkt, beim Zahnarzt würde es in den nächsten Tagen kein anderes Thema geben.

Schließlich fielen ihm die vielen Polizeiwagen wieder ein, die an seinem Taxi vorbeigeschossen waren. Kurz zuvor war Heiko Sommer umgebracht worden.

Gerade als er die abgetrennte Zeitungsseite unter die Tischdecke geschoben hatte, kam seine Mutter die Treppe herunter. Sie trug einen lavendelblauen Frotteeturban, war ganz in Weiß gekleidet und glich ein wenig den lasziven Friedhofsengeln. »Schwarz steht mir nicht«, erklärte sie, »ich habe niemals dunkle Kleider getragen. In China ist Weiß die Trauerfarbe, das sieht viel stilvoller aus.«

Ob sie sich für den Bestatter hübsch gemacht hat? fragte sich Paul mißtrauisch. Aber er empfand auch Mitleid. Über kurz oder lang würde ihr zu Ohren kommen, daß nicht nur ihr Mann, sondern auch ihr Geliebter tot war.

Ohne daß es Paul verhindern konnte und viel früher, als er erwartet hatte, wurde sie von einem korpulenten Angestellten des Beerdigungsunternehmens über die Bluttat in Kenntnis gesetzt. Nachdem alle Formalitäten besprochen waren und der Bestatter sich bereits zum Gehen anschickte, meinte er: »Es ist doch sicherlich ein Trost, daß Ihr Gatte in hohem Alter friedlich im Bett gestorben ist. Als ich heute die Zeitung aufschlug, habe ich bloß gedacht: In welchem Land leben wir denn! Ein Mafia-Mord hier in Mainz!«

»So?« fragte die Mutter teilnahmslos, und ehe Paul die Sprache auf etwas anderes bringen konnte, fuhr der Trauerkloß fort: »Ausgerechnet den netten Heiko Sommer hat's erwischt! Wenn das nicht zum Himmel schreit! Erst neulich haben wir unsere Silberhochzeit in der ›Wildgans‹ gefeiert.«

Paul beobachtete seine Mutter scharf. Im Laufe der Jahre hatte sie wohl ihre Fähigkeit zur Verstellung derartig perfektioniert, daß sie sich auch in einer brisanten Situation keine Blöße gab.

»Wir waren auch ein paarmal dort, mein Mann war von der erstklassigen Küche tief beeindruckt«, sagte sie. »An den Besitzer kann ich mich allerdings nur vage erinnern.«

Wider Willen mußte Paul seine Mutter bewundern: Ganz Dame in Weiß, die Unschuld in Person. Mit beschützender Geste legte er den Arm um ihre Schultern und brachte dann den Bestatter nach draußen.

12

Ein Adonis

Eigentlich hatte Annette gehofft, daß man weniger Umstände machen und den gebrochenen Unterarm nicht erneut röntgen würde. »Sieht gut aus«, sagte der Chirurg, »noch drei Wochen Ruhigstellung!«

Eine abnehmbare Gipsschale wurde angepaßt, die kleine Splitterverletzung ein letztes Mal versorgt. Leider mußte die unbequeme Halskrause noch mindestens vier Tage lang getragen werden. Schließlich half ihr eine Schwester in die Kleider, und Annette verabschiedete sich vom Krankenhauspersonal. Sie suchte nach Markus, der aber gerade in einer Besprechung war. Kurz hatte sie überlegt, ob sie ihm etwas von ihrer nächtlichen Begegnung mit Olga verraten sollte, denn sie hatte große Lust, der falschen Freundin eins auszuwischen. Aber wie sollte sie ihre eigene Anwesenheit in seinem Dienstzimmer rechtfertigen?

Achim saß im Warteraum und las. Als Annette auftauchte, sprang er hoch. »Hallo Kleines, siehst ja wie neugeboren aus!« Er übernahm die Plastiktüte mit dem Kulturbeutel und den Nachthemden und hielt ihr die Wagentür auf; Annette strich über den goldbraunen Lack und sagte: »Ich vermute mal, das ist ein Toyota?«

»Richtig«, sagte Achim, »genauer gesagt ein Corolla

Verso mit 135 PS; gibt es auch als Diesel mit 90 PS. Paul könnte diesen Vorführwagen günstig haben.«

»Wie geht es eurer Mutter?« fragte Annette. »Als ich gestern mit ihr sprach, wirkte sie ziemlich cool. Aber sie wird trotzdem froh sein, ihre Söhne um sich zu haben.«

Auf ihn könne sie locker verzichten, meinte Achim, aber Paul halte sie für unentbehrlich. Das sei schon immer so gewesen.

Annette mußte grinsen. »Da habe ich allerdings ganz anderes zu hören bekommen. Paul meint, daß du von Geburt an Mamas Herzblatt warst!« Dann bat sie darum, noch bei ihr zu Hause vorbeizufahren, weil sie sich umziehen und ein paar Klamotten einpacken wolle.

Es sei ihm ein Vergnügen, sagte Achim, im übrigen irre sich Paul. »Unsere Eltern haben mich immer für einen Trottel gehalten, dem sie überhaupt nichts zutrauten. Mein Bruder war der Kluge, der Philosoph, das halbe Genie. Ich war das kleine Dummerle, unbedacht und hilflos ohne ihre Unterstützung. Glaubst du etwa, das hätte mir gutgetan?«

Ein wenig scherzhaft versuchte Annette, die heftigen Emotionen des Schwagers in ruhigere Bahnen zu lenken. Er sei das netteste kleine Dummerle, das sie kenne. Und außerdem ein attraktiver und sensibler Mann, auf den seine Mutter bestimmt sehr stolz sei.

Erwartungsgemäß hatte Paul das Wohnzimmer und die Küche nicht besonders ordentlich hinterlassen; hoffentlich würde sich die Haushaltshilfe erbarmen und nicht nur putzen, sondern auch aufräumen. Annette verschwand im ungelüfteten Schlafzimmer, pellte sich mühsam aus ihren Sachen und griff nach ihrem einzigen schwarzen Kleid.

Der tiefe Ausschnitt paßte eher zu einer Silvesterparty. Da Achim aber in Jeans und Sweatshirt steckte, hatte ihre Schwiegermutter offenkundig keine Parolen für die Trauerkleidung ausgegeben. Also entschied sie sich für das graue Kostüm. Damit lag man niemals falsch. Das Aus- und Anziehen war beschwerlich, wenn man nur eine Hand benutzen konnte und eine Halskrause trug. »Achim«, rief sie ein wenig kläglich, »kannst du bitte mal Kammerzofe spielen und mir Reißverschluß und Knöpfe zumachen?«

Prüfend betrachtete Achim seine Schwägerin in ihrer Businesskleidung. »Wie wolltest du dir eigentlich mit einer Hand die Strumpfhose anziehen? Möchtest du es nicht bequemer haben?« fragte er.

»Was schlägst du denn vor?« sagte sie und staunte, daß sich ein Mann über das einhändige Hochrollen von Strumpfhosen Gedanken machte.

»Schlabberpullover, Jogginghosen und Wollsocken«, meinte Achim, »du brauchst dich doch für die Autofahrt nicht fein zu machen! Bei uns zu Hause wirst du froh sein, wenn du dich schleunigst wieder hinlegen kannst.«

Er hatte recht. Annette war jetzt schon erschöpft und zerrte ungeduldig an der Kostümjacke.

»Laß mich mal machen«, sagte Achim und half ihr aus Rock, Jacke und Bluse, bis sie in Unterwäsche vor ihm stand. Sie ließ es erleichtert geschehen und hatte nichts dagegen, daß er ihr einen Kuß gab, den man so eben noch brüderlich nennen konnte. Um eine leichte Erregung zu verbergen, klapperte sie demonstrativ mit den Zähnen und verlangte unverzüglich nach Pauls dickem Norwegerpullover.

Als sie endlich zum Aufbruch bereit waren, sah Annette unversehens Blitze vor den Augen, und alles um sie herum schien sich zu drehen; schweißgebadet ließ sie sich auf das ungemachte Bett fallen. Wahrscheinlich deutete Achim ihren Schwächeanfall falsch, denn er lag sofort neben ihr, und sein zweiter Kuß war alles andere als brüderlich. Annette hatte nicht die Kraft, ihn abzuwehren.

Erst als das Entkleiden von neuem losging, kehrte ihre Energie halbwegs zurück. Mit möglichst schwesterlicher Geste strich sie ihm durchs Haar. »Hör bitte auf damit, laß uns nach Mainz fahren!« bat sie sanft. »Schließlich bin ich Pauls Frau, und du bist immerhin sein Bruder.«

Eine Weile blieb er stumm und beleidigt liegen, aber irgendwann stiegen sie wieder in den Wagen.

Nach etwa einer Viertelstunde rasanter Fahrt fragte Achim, ob Paul ihr eigentlich treu sei.

Annette spielte vorsichtshalber die Ahnungslose.

Wieder vergingen einige Minuten, bis Achim sagte: »Wenn du mir versprichst, daß du es für dich behältst…«

Das sei Ehrensache, behauptete Annette.

»Wunderst du dich gar nicht, daß Paul zur Zeit keine Gerichtstermine hat? Während deiner Geschäftsreise wollte er nicht etwa fleißig arbeiten, sondern mit einer Nutte auf Tour gehen.«

»Hat er dir das etwa selbst erzählt?« fragte Annette mit vorgetäuschter Bestürzung.

»Mehr oder weniger«, meinte Achim, »durch euren Unfall wurde ihm der Plan allerdings vermasselt. Aber seine Dulzinea ist wohl auch ohne ihn ausgeflogen.«

Nein, wollte Annette am liebsten entgegnen, das stimme nicht, Olga sei erstens keine Nutte und zweitens kurz vor Mitternacht durchs Krankenhaus gegeistert.

Eine Weile lang dudelte nur das Radio, aber beide hörten kaum hin. Sie hätte vorhin durchaus Lust gehabt, sich mit Achim einzulassen, stellte Annette fest. Es war eine Ewigkeit her, daß Paul zuletzt mit ihr geschlafen hatte. Seit Monaten betrog er sie und brüstete sich sogar seinem Bruder gegenüber mit seiner Affäre. Sie dagegen hatte Skrupel. Hatte ihr Mann soviel Loyalität verdient?

Etwas befangen trat sie schließlich gemeinsam mit Achim ins Mainzer Haus. Die weißgewandete Mutter saß mit Paul im Wohnzimmer, ein Album lag vor ihnen.

Annette war inzwischen froh, nicht als einzige in dunklen Kleidern zu stecken, und begrüßte zuerst die Schwiegermutter, dann ihren Mann. Beiden fiel nicht weiter auf, wie leichenblaß die Rekonvaleszentin aussah.

»Schaut doch mal«, rief Paul, als hätte er eine einzigartige Entdeckung gemacht, »Papa sieht mir auf diesem Foto zum Verwechseln ähnlich!«

»Umgekehrt, Jean Paul«, korrigierte die Mutter.

»Entschuldigt bitte, ich muß mich hinlegen«, sagte Annette, »der Arzt hat mich für die nächsten vierzehn Tage krank geschrieben; die Fahrt war ein bißchen viel für mich.«

Paul hörte gar nicht hin. »Achim, kommst du mal«, sagte

er und zog den Bruder mit unheilverkündender Miene ins Nebenzimmer.

Die Mutter seufzte. »Armes Annettchen, jetzt habe ich noch gar kein Zimmer für dich gerichtet. Würde es dir etwas ausmachen, wenn du vorerst mit Pauls Bett vorliebnimmst?«

Annette stieg die steile Stiege hinauf und bedauerte, nicht zu Hause geblieben zu sein. Auch ohne Pflege hätte sie sich dort wohler gefühlt.

Gleich nach dem Abitur hatte Paul das Elternhaus verlassen, sein ungeheiztes Mansardenzimmer sah wohl immer noch so aus wie damals. Ein psychedelisches Pink-Floyd-Poster an der Tür, Frank Zappa an der schrägen Wand, eine schmale Liegestatt, naturwissenschaftliche Jugendbücher. Aber auch ein altmodischer Schließkorb, ein ausrangierter Fernseher und ein vorsintflutliches Bügeleisen waren hier oben gestrandet.

Ohne Kammerzofe mochte sich Annette nicht lange mit dem Ausziehen plagen, sondern schlüpfte in Hose und Pullover unter das klamme blaukarierte Federbett. Vor Schwäche fielen ihr die Augen zu.

Als sie wach wurde, stand Paul vor dem Regal und blätterte interessiert in seinen Kinderbüchern. Wieviel Uhr es sei, fragte Annette verschlafen.

»Hier, ist das nicht ein toller Fund«, sagte Paul und hielt ihr ein zerfleddertes Exemplar unter die Nase, »diesen Band muß ich unbedingt mit heimnehmen, besser noch alle meine Lieblingsbücher.«

»Was?« fragte Annette gähnend.

Paul zog seine Schätze schwungvoll heraus, wobei ihn der aufwirbelnde Staub zum Niesen brachte. Er las die Titel vor: *Biologie am Bach*, *Die Welt im Mikroskop*, *1000 Experimente für junge Forscher*.

Annette mußte ein wenig lächeln. »Du alter Spinner«, sagte sie. »Für deine Favoriten findet sich bestimmt ein schönes Plätzchen bei uns. Aber für mich müßt ihr noch eins suchen, denn hier oben steht ja nur ein Einzelbett.«

»Das haben wir gerade besprochen«, sagte Paul, »du kriegst das Gästezimmer im ersten Stock, zwischen Mama und Achim.«

»Und wenn mich dann dein Bruder heute nacht verführen will?« fragte sie.

Paul starrte sie an. Sie solle keine blöden Witze machen, dafür habe er im Augenblick überhaupt keinen Nerv, sagte er schroff und verließ den Raum.

Noch nie zuvor hatte Annette in Pauls Elternhaus übernachtet, weil sie bei ihren sporadischen Besuchen stets am Abend wieder nach Hause gefahren waren. In Pauls Kinderzimmer kam sie sich abgeschoben und unerwünscht vor, von Komfort und verwöhnender Pflege konnte bisher keine Rede sein. Im Dachgeschoß gab es zudem kein Bad, keine Toilette, ja nicht einmal einen Wasseranschluß. Nachdem sie das rot-gelbe Pink-Floyd-Poster zur Genüge und mit gelindem Abscheu betrachtet hatte, bekam Annette Hunger. Es war lange her, seit sie im Krankenhaus gefrühstückt hatte. Wohl oder übel mußte sie hintersteigen.

Das Haus der Schwiegereltern war in den 60er Jahren gebaut worden und mochte damals als nobel gegolten haben. Irgendwann hatten sie das Bad renovieren lassen und eine freistehende Wanne in einem schmiedeeisernen Gestell angeschafft. Der WC-Sitz war mit einem imaginären Wappen verziert, auf den marokkanischen Fliesen war zu lesen: *Ma salle de bain*. Es war auffällig still im Haus. Annette hatte Zeit, die Kosmetika ihrer Schwiegermutter kritisch zu begutachten: edel, teuer, konservativ. Als sie sich die Hände waschen wollte, roch sie sofort die französische Nelkenseife. Ob Paul seine Mutter derart haßte, daß er ihren Duft auch an Annette nicht ertragen konnte? Oder ob er sie wie eine Madonna verehrte und jede andere Frau ihre Seife entweiht hätte? Annette war mit beiden Erklärungen nicht recht zufrieden.

Die Schlafzimmertür stand offen. Weiße Batistgardinen, weiße Spitzenwäsche. Das Bett des Vaters war abgezogen und zeigte deutlich, daß es nur noch im Wege stand. Annette hoffte sehr, die Mutter würde nicht auf die Idee kommen, selbst ins Gästezimmer zu ziehen und das Elternschlafzimmer für Paul und Annette freizugeben. Sie mochte auf keinen Fall im Bett des Verstorbenen schlafen.

Selbst im Erdgeschoß war es ruhig, anscheinend waren alle fortgegangen. In der Küche fand sich ein Rest Hefezopf, über den sie sich hermachte.

Als ihr Hunger gestillt war, begab sich Annette erneut ins obere Stockwerk, um das ihr zugedachte Gästezimmer zu inspizieren. Schon auf den ersten Blick wirkte es geräumiger und heller als Pauls Mansarde, weiß der Teufel, warum man den Ältesten dorthin verbannt hatte.

Auch Achims Zimmer war großzügig geschnitten. In einem hölzernen Blumengestell hatte sich eine ganze Herde von Plüschtieren versammelt, erstaunlicherweise war kein einziger Teddy darunter. Annette durchschaute rasch, daß es sich um afrikanische Wildtiere handelte: Löwe, Gorilla, Elefant, Nashorn und Nilpferd, Schlange, Zebra, Giraffe und Antilope. Achim kam ihr noch infantiler als Paul vor, der sich mit rührender Begeisterung auf seine Kinderbücher gestürzt hatte.

Dann entdeckte sie den schicken Laptop und konnte ihre Neugier wieder einmal nicht zügeln. Sie wußte im Grunde viel zu wenig von Achim und fast nichts über sein Sexualleben. Als sie den Deckel anhob und starten wollte, lag ihr seine Computerwelt mit den erwarteten Liebesbriefen jedoch keineswegs zu Füßen. Annette kannte das Paßwort nicht, und wie sie sich auch mühte, alle Versuche scheiterten; bedauerlicherweise waren ihr die Vornamen von Achims Freundinnen unbekannt.

Ein plötzliches und sehr forsches Klingeln an der Haustür ließ sie den Laptop eilig zuklappen. Es waren aber keine Familienmitglieder, die den Schlüssel vergessen hatten, sondern zwei fremde Männer. Es gehe um eine reine Routinebefragung, sagten die Kriminalkommissare und zückten ihre Ausweise.

»Momentan bin ich ganz allein im Haus und kann Ihnen wahrscheinlich nicht weiterhelfen«, sagte Annette. »Wir haben einen Todesfall in der Familie, deswegen bin ich heute erst angereist.«

Ob sie trotzdem hereindürften? fragten die Beamten, und Annette konnte es nicht gut verhindern.

»Sie haben sicher erfahren, daß in unserem friedlichen Bretzenheim ein Tötungsdelikt begangen wurde«, sagte der Ältere, »und zwar zum Nachteil eines gewissen Heiko Sommer; kennen Sie ihn?«

Es täte ihr leid, sagte Annette, da müßten sie ihren Mann oder ihre Schwiegermutter fragen.

Deswegen seien sie ja hier, erfuhr sie, denn der Wagen des Toten sei kürzlich vor dieser Tür gesichtet worden. Wann Annette ihre Angehörigen zurückerwarte?

Im selben Moment hörte Annette ein Motorengeräusch und lief eilig an die Haustür. »Paul, komm bitte schnell ins Wohnzimmer«, sagte sie, »da sitzen zwei von der Kripo. Weißt du etwas von einem Mord hier in Bretzenheim?«

Paul reagierte nicht gleich, sondern packte umständlich zwei Plastiktüten mit Lebensmitteln aus dem Kofferraum.

Achim schaltete schneller. »Mama, es wäre lieb von dir, wenn du Annette mit in die Küche nimmst, sie verhungert uns sonst noch. Paul und ich kümmern uns in der Zwischenzeit um die Bullen.«

Diese Bezeichnung für zwei höfliche Herren fand Annette zwar deplaciert, aber es war einfühlsam von Achim, seine Mutter zu schonen; Paul wäre nie auf die Idee gekommen.

In der Küche band sich ihre Schwiegermutter eine kürbisgelbe Schürze über das weiße Kleid und fragte: »Möchtest du einen Schluck Kakao trinken? Wir müssen jetzt endlich mit dem Kochen beginnen, es gibt neue Kartöffelchen und Roastbeef mit Kräutersoße, das mag Jean Paul so gern.«

Angestrengt versuchte Annette, die Stimmen der vier Männer im Nebenzimmer auseinanderzuhalten.

Einer von ihnen schien schließlich die Tür zum Flur zu öffnen, denn jetzt konnte man Achim halbwegs verstehen: »Wann das war, kann ich nicht mehr genau sagen. Herr Sommer wollte damals meinen Wagen kaufen und hatte ausschließlich mit mir verhandelt. Sie brauchen meine Mutter also nicht zu befragen, sie kennt ihn bestimmt nicht.«

Annette bezweifelte seine Behauptung ein wenig, denn Achim wohnte ihres Wissens schon lange nicht mehr im Elternhaus, und Autos verkaufte er sicher nicht dort im Wohnzimmer.

»Annettchen, einarmig kann man wohl keine Kräuter hacken«, sagte ihre Schwiegermutter. »Erzähl mir lieber etwas von deinen aufregenden Reisen! Übrigens mußte man zu meiner Zeit nach einer Gehirnerschütterung geschlagene drei Wochen flachliegen.«

Endlich hörten sie die Haustür zufallen. Aber Paul und Achim hatten wohl keine Lust, beim Küchendienst zu assistieren, denn sie unterhielten sich weiter, nur konnte man leider kein Wort verstehen.

»Auch ein trauriger Anlaß kann seine guten Seiten haben«, sagte die Mutter. »Es war immer mein größter Wunsch, daß meine Söhne ihr Leben lang gute Freunde bleiben. Leider hatten sie in den letzten Jahren nicht viel Kontakt miteinander, ihre Interessensgebiete waren immer grundverschieden. Aber jetzt sind sie wieder ein Herz und eine Seele, Blut ist eben dicker als Wasser.«

Annette hatte diesen Spruch aus dem Munde ihrer Schwiegermutter schon häufig gehört und haßte ihn. Wurde damit nicht unterstellt, daß sie in dieser Familie als dünne Wassersuppe galt?

Beim Abendessen, das früher als sonst stattfand, fragte Paul seinen Bruder: »Wann lerne ich endlich deine Freundin kennen?«

Annette blickte interessiert vom Teller hoch, als Achim antwortete: »Keine Ahnung. Sie kommt erst in den nächsten Tagen aus dem Urlaub zurück.«

Wie sie denn heiße? wollte Annette wissen.

Paul und seine Mutter antworteten gleichzeitig *Gina* und *Grazia*.

Alle lachten, Annette fragte: »Ja, wie denn nun?«

Aber Achim hielt es nicht für nötig, näher darauf einzugehen. »Sei nicht so neugierig, Kleines«, sagte er und strahlte sie an wie der leibhaftige Adonis.

Wie immer nach einem guten Essen war die Stimmung heiter, über den Toten wurde nicht mehr gesprochen. Von zwei Gläsern Rotwein und einigen Lachanfällen bekam Annette rote Wangen und sah immer hübscher aus. Trotzdem wurde sie bald müde, denn sie war noch an den Rhythmus des Krankenhauses gewöhnt.

Ihre Schwiegermutter hatte Erbarmen, wollte sie vielleicht auch los sein, und bezog endlich das Gästebett. Annette schlummerte sofort ein und hörte nicht mehr, wann die anderen schlafen gingen.

Tief in der Nacht spürte Annette einen Körper an ihrer Seite und stöhnte vor lang entbehrter Wollust tief auf. Noch bevor sie richtig wach wurde, gewann jedoch die Selbstkontrolle wieder die Oberhand. »Nebenan schläft deine Mutter«, flüsterte sie und wollte ihre erneute Ablehnung durch eine freundschaftliche Liebkosung ausgleichen. Als sie aber einen kahl werdenden Kopf tätschelte, schrie sie gellend auf.

Paul machte die Nachttischlampe an und schaute seine Frau kopfschüttelnd an. »Dann eben nicht«, sagte er und ging.

13

Im Reich des Adlers

An seinem 12. Geburtstag wurde Paul in die Mansarde umquartiert. Man hatte ihm dieses eigene Reich mit allen Mitteln schmackhaft gemacht. Hoch oben unter dem Firmament, hatte die Mutter gesagt, lebe es sich adlergleich. Sie hatte seinen Erwachsenenstatus derart herausgestrichen, daß er nichts dagegen zu sagen wagte. Der Vater war nur ein einziges Mal heraufgekommen, um Paul zu warnen. Er dürfe das elektrische Heizöfchen nur an sehr kalten Tagen anstellen, sonst müsse er den verbrauchten Strom selbst bezahlen. Paul hielt sich zwar nicht daran, denn es wurde nie nachgerechnet. Er fror aber trotzdem; im Sommer dagegen konnte es unter dem Dach unerträglich heiß werden.

Erst Jahre später gestand Paul seiner Mutter, daß er damals lieber bei Achim im Kinderzimmer geblieben wäre, in unmittelbarer Nähe der Eltern. Und erst bei dieser Gelegenheit erfuhr er, daß Achim unter dem älteren Bruder gelitten habe und ihm Pauls nächtliche Vorträge nicht länger zugemutet werden sollten.

Als Knabe beschäftigte ihn zuweilen eine quälende Idee: Hatte man ihn nach oben verbannt, weil er ein Kuckucksei und gar nicht das Kind seiner Eltern war? Paul hatte seine infantilen Ängste nicht vergessen. Jetzt, wo er über die triebhafte Seite seiner Mutter etwas besser Bescheid wußte, schien eine andere Variante besser zu passen: Der Vater hatte aus Großmut eine bereits schwangere Frau geheiratet, aber insgeheim Achim, seinen leiblichen Sohn, bevorzugt. Das war natürlich auch Unsinn, sagte sich Paul, denn seine auffällige Ähnlichkeit mit dem Papa konnte niemand leugnen.

Im Gegensatz zu heute hatte Paul früher meistens durchgeschlafen. Trotzdem wußte er noch genau, wie lästig es war, wenn er nachts doch mal aufs Klo mußte. Immer wieder hatte er versucht, ein provisorisches Pissoir zu basteln, das dank kühner Konstruktion in die Regenrinne mündete. Warum hatte er damals nicht das leerstehende Gästezimmer bekommen, dachte er mißmutig, und warum hatten seine Eltern ihr eigenes Bad mit großem Pomp renovieren lassen, aber für seine Bedürfnisse keinen Pfennig investiert. Außerdem war ihm nicht recht klar, warum sein Bruder heute auch hier schlafen wollte, denn er hatte es schließlich nicht weit bis zur eigenen Wohnung. Dann könnte Paul jetzt in Achims Bett liegen. Allein die Vorstellung, daß alle anderen die Toilette in Reichweite hatten, er aber die steile Treppe hinuntersteigen müßte, ließ Paul grollend einschlafen.

Um drei Uhr wurde er wach, konnte sich aber noch eine geringe Verzögerung abringen, um halb vier war es endgültig vorbei. Zu müde zum Fluchen, begab er sich nach unten. Als er aus dem Bad herauskam, sah er Licht unter Achims Zimmertür. Behutsam drückte Paul auf die

Klinke, um nach dem Rechten zu sehen. Das Bett seines Bruders war leer. War Achim also doch heimgefahren?

Eine schreckliche Idee fuhr Paul plötzlich durch den schweren Kopf. Mit Schwung riß er die Tür des elterlichen Schlafzimmers auf und knipste rücksichtslos das Licht an. Zum Glück wurde seine Mutter nicht wach.

Konnte seine Horrorvision noch überboten werden? Pauls Hände zitterten, als er die Tür des Gästezimmers öffnete. Auch hier mußte er erst das Licht anmachen, um sich zu orientieren. Annette schlief fest und sah aus wie ein Unschuldslamm. Paul schaltete die Lampe wieder aus und ließ sich neben seine Frau auf das Bett plumpsen. Er fühlte sich wie gerädert.

Etwa eine Viertelstunde später ging es ihm besser, ja ziemlich gut. Olga trieb sich im Augenblick in Andalusien herum – wahrscheinlich über kurz oder lang mit einem Latin Lover. Was sprach dagegen, es wieder einmal mit der eigenen Frau zu versuchen? Annette fühlte sich weich und warm an und reagierte auf seine Berührung zwar schlaf-trunken, aber positiv. Schließlich wurde sie munter, drehte sich herum und flüsterte ihm etwas ins Ohr. Paul konnte sich nicht erklären, warum sie gleich darauf schrie.

Um sich in seinem Kämmerchen von obsessiven Vorstel-lungen abzulenken, wälzte Paul verschiedene Bildbände des ehemals geliebten Kinderkosmos. Aber weder *Erfin-dungen der Frühzeit* noch *Tiere an Strand und Küste* konnten ihn vom finsteren Grübeln abhalten. Schließlich griff er zu den *Sagen des klassischen Altertums*. Bereits als Jugendlicher hielt er Jupiters geile Gaunereien für besonders hinterhältig, denn der Göttervater hatte unter anderem Amphitryons Gestalt angenommen, um sich nachts bei dessen Gattin einzunisten. Angeblich ahnungslos hatte sich Alkmene dem listigen Doppelgänger hingegeben. Sollte man ihr glauben?

Selbst wenn Annette wie ein artiges kleines Mädchen im Bett zu liegen schien, so hatte sie im Gegensatz zu Alkmene vielleicht gar nicht ihren angetrauten Amphitryon, sondern von vornherein den Jupiter erwartet.

Sollte er Annette morgen fragen, warum sie diesen spitzen Schrei ausgestoßen hatte? Paul konnte sich ihre Antwort schon im voraus denken: Nicht Schreck, sondern Schmerz habe es bedeutet, weil er versehentlich an ihren gebrochenen Arm gestoßen sei.

Es war bereits halb fünf, als Paul leise Schritte im ersten Stock hörte. Kam sein Bruder jetzt erst nach Hause? Wie der Blitz sprang er aus dem Bett und stürzte fast die Stiege hinunter. Die Flurbeleuchtung brannte, das Bad war besetzt. Frierend kauerte sich Paul auf den Teppichboden und wartete angespannt.

Zwei Minuten später ging die Badezimmertür auf, und Achim trat heraus; er trug einen tadellosen schwarzen Anzug.

Die Brüder starrten sich an. »Was machst du hier auf dem Fußboden?« fragte Achim.

Und Paul sagte gleichzeitig: »Wo kommst du her? Wie siehst du überhaupt aus!«

Schließlich behauptete Paul, er habe auf das Freiwerden der Toilette gewartet.

Achim sagte: »Simon hat mir seinen Smoking ausgeliehen, übermorgen ist doch die Trauerfeier. Leider haben wir uns ein wenig festgeredet.«

Vernünftigerweise schlug er vor, daß man jetzt unverzüglich zu Bett gehen solle.

Aber Paul konnte immer noch nicht einschlafen. Heute war Mittwoch, für Freitag war die Beerdigung geplant, erst am Samstag ging es endlich nach Hause. Eigentlich müßte Olga bereits morgen wieder eintreffen. Auch sein eigener Urlaub ging bald zu Ende, schon in der nächsten Woche gab es Termine, unter anderem ein Treffen mit Markus. Für Olgas Scheidung stand der Tag längst fest; es war nur eine Frage der Zeit, wann sie von Krystynas Schwangerschaft erfahren und maßlos keifen würde. Ob er sie morgen anrufen sollte oder mußte? *Schatz, hat dir Granada gefallen?* Aber vielleicht hatte Olga inzwischen vom Tod seines Vaters gehört und meldete sich ihrerseits mit unaufrichtigen Beileidsworten. Paul hatte große Lust, sich allen Verpflichtungen zu entziehen und noch in dieser Nacht nach Kamtschatka auszuwandern.

»Die Jungs schlafen noch«, sagte die Mutter zu Annette, »wir müssen das Frühstück ohne männliche Gesellschaft einnehmen.«

Da sich die beiden Frauen nicht allzu viel zu sagen hatten, blätterte jede in einem Teil der Zeitung. »Da steht wieder etwas über den Mord in Bretzenheim«, sagte Annette, »soll ich mal vorlesen?«

»Ich hebe es mir für später auf«, sagte ihre Schwiegermutter. »Sag mir bloß, ob sie den Mörder schon gefaßt haben?«

»Nein«, sagte Annette, »es scheint ein kniffliger Fall zu sein. Der Tote, also Heiko Sommer, hatte einen großen Bekanntenkreis. Außerdem hohe Schulden. Kanntest du ihn?«

»Nicht eigentlich«, sagte die Mutter. »Wir waren ein paarmal in seinem Restaurant, da hat er manchmal die Gäste begrüßt.«

»Hier steht«, berichtete Annette, »daß er ein durchtrainierter, sportlicher Typ war und sein Mörder demnach das reinste Muskelpaket sein müßte. Tod durch Strangulation, das klingt ja gräßlich!«

Kaum hatte sie es gesagt, als sich Annette schämte. Kurz vor der Beerdigung hätte der sensible Achim seine Mutter niemals mit solchen Schauergeschichten unterhalten. Aber ihre Schwiegermutter nahm es gelassen auf.

»Im Fernsehen gucke ich mir zwar jeden Krimi an«, sagte sie, »aber ich schätze es weniger, wenn ein Mord vor unserer Haustür stattfindet. Nun gut, ich nehme an, daß es sich um eine persönliche Abrechnung handelt, und dann haben wir im Grunde nichts zu befürchten, auch wenn der Mörder noch frei herumläuft. Bleib sitzen, Annettchen, ich räume nur unsere Tassen weg. Mit einer Hand kannst du sowieso nicht viel helfen.«

Nach einer Weile kam Pauls Mutter mit einem Kästchen wieder. »Jean Paul und Achim haben bereits ein kleines Andenken an ihren Vater erhalten. Ich könnte mir denken, daß du vielleicht ein Schmuckstück aus dem väterlichen Erbe tragen möchtest. Such dir etwas aus!«

Gespannt lüftete Annette den Deckel und betrachtete ein buntes Kettengewirr aus Glas oder Halbedelsteinen.

»Danke, Helen«, sagte sie wohlerzogen, »ich hätte gern das kleine Korallenkettchen.« Wahrscheinlich sah man Annette die Enttäuschung an, denn sie hatte auf die Kronjuwelen spekuliert.

Die Mutter seufzte. »Hat es Jean Paul dir nie erzählt? Vor zehn Jahren wurde bei uns eingebrochen, alles Wertvolle ist futsch. – Du siehst heute so blaß aus, was macht eigentlich dein Blutdruck?«

Annette sagte, daß er zu niedrig sei. Im Ausland spotte man allerdings über *the German Disease*, denn Hypotonie sei im Grunde keine Krankheit.

Das Stichwort Blutdruck war für ihre Schwiegermutter ein willkommener Anlaß, um Tai Chi aufs wärmste zu empfehlen. »Leider sind meine Söhne ja so faul, beide treiben praktisch gar keinen Sport. Ich habe Jean Paul zugeredet wie einem lahmen Gaul, aber ohne Erfolg. Achim ist auch nicht viel besser, immerhin hat er zum Glück meine leptosome Konstitution. Jean Paul ist ein pyknischer Typ wie sein Vater. Er müßte dringend etwas tun, man sieht in letzter Zeit sein Bäuchlein förmlich wachsen. Wenn ihr schon von Tai Chi nichts wissen wollt, könntet ihr doch zusammen in den Tennisclub gehen oder Golf spielen! Auch für deinen Kreislauf gilt das Motto: Bewegen bringt Segen!«

Als die übernächtigten Söhne endlich zum Frühstück erschienen, war Annette zwar erleichtert, aber auch befangen. Sie versuchte erneut, mit dem Mord in Bretzenheim ein interessantes Thema anzusprechen, und merkte zum zweiten Mal, daß sie sich wie ein Elefant benahm. Unmißverständlich wurde sie von Achim gebremst.

Paul fragte seine Mutter, was er am Freitag anziehen solle.

Sie überlegte: »Besitzt du denn keinen dunklen Anzug?«
Paul verneinte.

»Dann leih dir Achims nachtblauen Blazer«, empfahl sie.

Annette mußte laut loslachen, weil sie sich ihren Mann in zu enger Jacke und mit langen, wedelnden Ärmeln als Friedhofs-Vogelscheuche vorstellte. Wie zu erwarten war, stand Paul auf und verließ gekränkt den Raum.

»Ich geh' mal ein bißchen spazieren«, sagte Achim. »Kommst du mit, Kleines?«

Bewegen bringt Segen, dachte Annette und wollte den Rat der Schwiegermutter ausnahmsweise beherzigen, gab aber zu bedenken, daß sie für längere Wege noch zu wackelig auf den Beinen sei.

Nach kurzer Autofahrt erreichten sie Mainz-Gonsenheim, wo es einige prächtige Jugendstilvillen gab. »Wir laufen höchstens zehn Minuten, das wird dich nicht überanstrengen«, sagte Achim. »Häuser angaffen ist meine Leidenschaft, denn dabei denke ich mir aus, welches ich von einem Lottogewinn kaufen würde.«

Annette kannte dieses Spiel und mochte es. »Sollen wir das gelbe nehmen?« fragte sie und wies auf ein idyllisches Haus mit einer großen Trauerweide im Vorgarten.

Es kämen noch bessere, meinte Achim.

An einem Gartentörchen kläffte ein reizbarer Rauhhaardackel und lief hinter dem schmiedeeisernen Gitter bis ans Ende des Grundstücks neben ihnen her. »So einen hatten wir auch mal«, sagte Achim, »eigentlich gehörte er sogar mir.«

»Eigentlich?« fragte Annette.

»Na ja«, sagte er, »ein Hund hält sich im allgemeinen an den Chef der Familie und im besonderen an die Futterquelle. Mit anderen Worten: Mein Dackel glaubte, er sei Mutters Hund.«

»Wie alt warst du damals?«

»Als ich ihn zum Geburtstag bekam, war ich neun, und als er starb, zehn.«

Achim blieb plötzlich stehen und nahm Annette an die Hand. Sie sah, daß er sich aufregte. »Mit Sicherheit liebte unsere Mutter diesen Köter mehr als mich. Sie hat ihm frische Leber und Karotten geschabt und ist dauernd mit ihm spazierengegangen; wenn sie las, lag er ihr zu Füßen. Gelegentlich, wenn sie keine Lust hatte, mußte ich ihn ausführen, dann war es auf einmal mein Hund. Um die Sache abzukürzen: Ich nahm ihn eines Tages nicht an die Leine, obwohl sie es mir eingeschärft hatte. Als er plötzlich eine Katze sah, lief er mit einem Affenzahn quer über die Straße und wurde vor meinen Augen überfahren.«

»Wie schrecklich für dich!« rief Annette bestürzt.

»Ja«, sagte Achim, »das war heftig! Aber noch schlimmer war es, daß man mich für seinen Tod verantwortlich machte. Mutter war sicher selbst sehr traurig, aber ich war schließlich noch ein Kind! Anstatt mich zu trösten, hat sie mir eine Ohrfeige verpaßt und mich wie einen Verbrecher behandelt. Später hieß es auch von unserem Vater: Nie wieder kommt ein Tier ins Haus, weil unser Sohn nicht weiß, was Pflichtbewußtsein bedeutet. Aber niemand sagte etwas dagegen, als sich Paul eine stinkende alte Ratte zulegte.«

Annette küßte Achim auf die Wange. »Armer Junge«, sagte sie mitleidig, »komm, laß uns weitergehen.«

Vor einer Villa mit wunderschönen Bleiglasfenstern stiegen gerade zwei Polizeibeamte in ihren grünen Wagen. Als sie außer Sichtweite waren, las Annette verblüfft auf dem Namensschild: Heiko Sommer.

»Man ermittelt also immer noch«, sagte Achim. »Übrigens hatte er keine Familie, das Haus kommt jetzt sicher unter den Hammer.«

Annette hätte für ihr Leben gern einen Blick ins Innere geworfen; ob man vielleicht von der Rückseite aus…?

Achim grinste. »Du bist ja neugieriger, als die Polizei erlaubt«, meinte er. »Komm, wir probieren es mal an der Gartentür.«

Ohne Probleme gelangten sie über einen seitlichen Plattenweg auf die rückwärtige Veranda und konnten von da aus in einen Wintergarten sehen. Eingelegte weiße Fliesen mit türkisfarbenen Ornamenten bildeten die Oberfläche eines großen Holztisches, mit dem ein weißer Bücherschrank harmonierte, zwei Korbsessel luden zum Verweilen ein. Wie an der Vorderseite des Hauses gab es Fenster aus blau-grün-gelb-gemustertem Glas, durch das smaragdfarbenes Licht flutete.

Tief beeindruckt sagte Annette: »Ist ja traumhaft! Für

diese Villa würde ich sogar Mannheim verlassen. Hatte er das Haus geerbt?«

»Nein«, sagte Achim, »er hat's inklusive Inventar gekauft, es steht unter Denkmalschutz. Angeblich hat er sich übernommen, denn er glaubte wahrscheinlich, sein Restaurant würde zur Goldgrube. ›Die Wildgans‹ war zwar beliebt und meistens voll, aber nicht jeder Gastwirt kann kalkulieren.«

»Woher weißt du so gut Bescheid?« fragte Annette verwundert.

Achim meinte, er habe sich umgehört, und im Augenblick rede alle Welt über den Mordfall.

»Du meinst, ganz Bretzenheim«, verbesserte sie lächelnd.

Immer noch standen sie im fremden Garten. »Hat dir Paul denn gar nichts von Heiko Sommer erzählt?« fragte Achim; sie schüttelte den Kopf. »Dieser Typ war der Geliebte unserer Mutter«, sagte er kaum hörbar.

»Nein«, schrie Annette, »das kann ich nicht glauben!« Doch im gleichen Moment empfand sie leichte Schadenfreude, weil Pauls gepriesene und verehrte Mama nun einen gehörigen Kratzer im Lack hatte.

»Leider ist es wahr«, sagte Achim, »Paul und ich haben sie sozusagen in flagranti ertappt.«

Langsam verließen sie das große Grundstück mit den vielen alten Kiefern, das zum Glück von den angrenzenden Gärten aus nicht einsehbar war.

Nun, da die erste Welle der Gehässigkeit verebbte, empfand Annette nichts als Traurigkeit. Wieso hatte Paul ihr kein Wort davon mitgeteilt? Mußte sie erst durch seinen Bruder die Wahrheit erfahren? Warum benahm sich ihr eigener Mann so, als würde sie nicht zur Familie gehören und könnte kein Geheimnis für sich behalten? Unversehens wurde ihr wieder schwindelig, und sie sank auf ein Mäuerchen.

Etwas ratlos befahl Achim: »Bleib bitte hier sitzen und rühr dich nicht von der Stelle, ich hole das Auto. Du hast dich sicher übernommen!«

Sie nickte.

Im Wagen lehnte sich Annette zurück und schloß die Augen. »Geht's besser, Kleines?« fragte Achim besorgt.

»Bin wieder okay«, log sie und zwang sich zu mehr Haltung.

Bereits nach einer Minute hielt Achim wieder an. »Hier wohne ich«, sagte er, »magst du als Kontrastprogramm noch rasch meine bescheidene Hütte besichtigen?«

Heute nicht, wollte sie sagen, aber die Wißbegierde siegte. Das dreistöckige Mietshaus war natürlich keine Jugendstilvilla, sondern ein Kasten aus den siebziger Jahren. Vielleicht sollte sie doch mit Tai Chi beginnen, überlegte Annette, weil ihr schon zwei Treppen schwerfielen. Ihre nächsten Gedanken waren jedoch ziemlich verworren: Auf was hatte sie sich da eingelassen? Wie würde Achim ihre Bereitwilligkeit deuten? Würde er noch einmal versuchen, sie zu küssen und auszuziehen, obwohl sie ihn einmal abgewiesen hatte? Letzten Endes wußte sie selbst nicht so recht, ob sie es wollte.

Die beiden Zimmer waren ohne großen Aufwand, jedoch modern und praktisch eingerichtet. Außer einem Plüschkrokodil lag nichts Persönliches herum. Achim war viel ordentlicher als Paul, urteilte Annette und vermied es, den Blick auf das große Bett zu richten. »Hübsch hast du es hier«, sagte sie, »ich muß aber noch mal auf eure Mutter zurückkommen. Heute früh habe ich nämlich mit ihr über den Mordfall gesprochen, und sie hat sich herzlich wenig dafür interessiert. Irgendeine auffällige Reaktion wäre doch zu erwarten gewesen!«

»Hast du eine Ahnung«, meinte Achim. »Sie kann sich ausgezeichnet beherrschen. Hat sie sich etwa bei Papas Tod wie ein Klageweib aufgeführt?«

»Ich kann es trotzdem kaum glauben«, sagte Annette. »Wann habt ihr die beiden denn erwischt?«

»Am Samstag vor Ostern. Sie lag im Bett, er preßte in der Küche Apfelsinen aus.«

»Es könnte doch ein Eindringling gewesen sein.«

»Das glaubst du doch wohl selbst nicht! Ein Dieb in Papas altem Bademantel? Es war eindeutig Heiko Sommer, sein Foto war ja in der Zeitung abgebildet. Außerdem hat er sich mehr oder weniger zu seinem Status als Hausfreund bekannt.«

Annette gab auf. »Eure heiß- oder kaltblütige Mutter bleibt mir ein Rätsel«, seufzte sie.

Achim nahm sie in die Arme: »Kleines, du bist süß, aber grenzenlos arglos. Die Welt ist leider schlechter, als du denkst.«

Daraufhin wollte Annette einwenden, daß sie keineswegs ein naives Kind, sondern fünf Jahre älter sei als er, aber sein Kuß verhinderte langes Argumentieren und ließ auch etwaige Widerstände schmelzen.

Trotzdem wiederholte Annette wie eine Gebetsmühle: »Paul ist schließlich dein Bruder…«

Während Achim mit ihrem BH-Verschluß beschäftigt war, sagte er: »Wahrscheinlich betrügt er dich schon seit Jahren. Außerdem gibt es noch etwas, wovon du keinen blassen Schimmer hast. Rücksichtnahme hat Paul weiß Gott nicht verdient.«

Als zu guter Letzt auch Achims Kleider am Boden lagen, hatte sich Annette sowohl ihrer Hemmungen als auch ihrer Halskrause entledigt.

14

Trauersmoking

In der Mansarde nahm Paul sich den ausrangierten Schwarzweißfernseher vor. Vom Forschergeist überwältigt, schraubte er die Rückwand des Geräts heraus und bastelte so lange, bis zwei Programme wieder zu empfangen waren. Als er gerade mit großem Interesse verfolgte, wie ein englischer Seehund einen deutschen Schäferhund vor dem Ertrinken rettete, klopfte es leise.

Annette hätte lauter gepoltert, es war seine Mutter, die hinaufgestiegen war. »Entschuldige, Jean Paul, störe ich? Kannst du mal ins Schlafzimmer kommen?« fragte sie und lächelte ihn an.

Paul wurde feuerrot. Aber bevor er sich seiner schmutzigen Phantasie schämen konnte, erfuhr er, daß sie gerade den Kleiderschrank des Vaters ausräumte. Morgen komme ein Fahrer vom Roten Kreuz und hole ein paar Säcke ab. Um einige dieser Sachen täte es ihr leid. In ihren Worten lag eine unausgesprochene Bitte, und Paul verstand ganz gut, daß sie es lieber sähe, wenn die Söhne Vaters Mäntel auftrugen.

Er stand also gehorsam auf und folgte ihr. »Wo ist eigentlich Annette?« fragte er.

Wahrscheinlich habe sie sich hingelegt, meinte seine Mutter und griff beherzt in die Tiefen des Wandschranks, sie sei ziemlich lange mit Achim spazieren gewesen.

»Zieh doch bitte mal dieses Jackett über«, schlug sie vor. Widerwillig tat er ihr den Gefallen und besah sich im Spiegel. Zu seinem Entsetzen paßte der uralte Tweedsakko wie maßgeschneidert.

»Den hat sich Papa 1972 in Glasgow gekauft«, erzählte die Mutter. »Die Lederflicken an den Ellbogen galten als besonders schick, das Material ist unverwüstlich.«

Anstandshalber gab Paul ihr recht: »Papa hat immer Wert auf Qualität gelegt.« Insgeheim hatte er vor, allen Debatten diplomatisch aus dem Weg zu gehen, den Ballast mit nach Hause zu nehmen und von dort aus eigenhändig zu entsorgen.

Beim weiteren Sortieren packte die Mutter auch einen schwarzen Anzug auf den Rot-Kreuz-Stapel.

»Moment«, sagte Paul, »der kommt doch wie gerufen!«

Das sei ein Smoking, belehrte sie, Abendgarderobe könne man doch nicht auf einer Beerdigung tragen.

Paul erzählte schadenfroh, sein Bruder hätte sich für diesen Anlaß extra einen Smoking ausgeliehen.

Daraufhin besann sich die Mutter auf ihren ebenso alten wie ungerechtfertigten Dünkel. »Im Grunde hat Achim völlig recht. Es besteht kein Anlaß, daß wir als Spießerfamilie mit Witwenschleier oder Trauerflor auftreten. Wahrscheinlich werde ich Weiß tragen, wie die Urchristen. Sollen sich die Leute ruhig das Maul zerreißen! Zieht an, was ihr wollt, ihr habt meinen Segen!« Und dabei bürstete sie hurtig über das feine Tuch. »Die Jacke paßt bestimmt, probier zuerst mal die Hose«, befahl sie.

Gerade als Paul im Slip vor seiner Mutter stand, kam Achim herein und setzte ein perfides Grinsen auf. »Hübsche Wampe hast du dir angefressen«, stellte er fest.

»Du kommst genau zur rechten Zeit«, rief die Mutter, »diese Schuhe sind noch wie neu und könnten dir ...«

»Nein danke«, sagte Achim und knurrte beim Verlassen des Schlafzimmers: »Ihr seid ja fix dabei, Papas Klamotten wegzuschmeißen!«

Leicht betroffen wandte die Mutter ein, es müsse ja doch einmal sein.

Im stillen gab Paul seinem Bruder recht, wenn er es auch anders formuliert hätte. Er hatte schon ein paarmal gehört, daß Hinterbliebene mit wütender Verzweiflung tabula rasa machten und sich durch rastloses Aufräumen und Organisieren von ihrem Kummer ablenken wollten.

Die Mutter schien ihr eiliges Handeln jedoch selbst in Frage zu stellen, denn sie rechtfertigte sich noch ein weiteres Mal: »Bald seid ihr alle beide wieder fort, dann kann ich euch nicht mehr fragen.«

Annette hatte sich in ihrem Bett vergraben. Falls jemand hereinkäme, würde sie sich totstellen. Anscheinend interessierte es Paul nicht im geringsten, wie es ihr ging; vielleicht hatte er noch nicht einmal bemerkt, daß sie mit Achim unterwegs gewesen war.

Sollte einer klug werden aus dieser Familie! Da hielt ihr eigener Mann gern endlos lange Reden, sagte aber bloß ja oder nein, wenn es um private Probleme ging, und verschwieg ihr wichtige Fakten. Und konnte man dem schmeichlerischen Achim trauen, der wiederum alle Geheimnisse verriet? Angeblich hatte er eine Freundin, aber kein Foto auf seinem Nachttisch belegte ihre Existenz. Wollte er mit seinen geglückten Annäherungsversuchen dem Bruder eins auswischen? Andererseits schlief er in diesen Tagen nicht in seiner eigenen Wohnung, obwohl es für ihn sicherlich bequemer wäre. Das tat er doch nicht seiner Mama zuliebe, dachte Annette geschmeichelt.

Es war schwer zu sagen, ob sich Annette nach diesem kurzen, heftigen Beischlaf besser oder schlechter fühlte, denn beides traf zu. Einerseits dachte sie bereits darüber nach, wie und wo man sich ohne Zeitdruck mit intensiverem Genuß lieben könnte, andererseits wollte sie eigentlich kein zweites Mal riskieren.

Als es an die Tür klopfte, war es ihre Schwiegermutter. »Kind, dir geht's wohl nicht gut?« fragte sie so mitfühlend, daß Annette nicht umhinkonnte, sich aufzusetzen.

»Ich bin ein bißchen schlapp«, klagte sie, »und wahnsinnig müde. Wahrscheinlich sehe ich scheußlich aus.«

»Ach was«, sagte Pauls Mutter, »du bist und bleibst eine Hübsche. Aber vielleicht solltest du vor der Beerdigung zum Frisör gehen. Wenn die Haare sitzen, fühlt man sich gleich besser.«

Annette hatte sich tatsächlich noch nicht den Kopf waschen können, an dem immer noch verkrustetes Blut klebte.

»Ich werde mal bei meinem Figaro anrufen und einen Termin aushandeln, damit du nicht warten mußt«, bot ihr die Schwiegermutter an.

Als sie zurückkam, berichtete sie: »Am Donnerstag und Freitag geht es leider nicht. Wenn du dich fit genug fühlst, würden sie dich jetzt gleich drannehmen und ganz vorsichtig mit deinem armen Köpfchen umgehen. Ich frage mal, wer von meinen Jungs dich fahren könnte.«

Kurz darauf saßen Annette und Paul im elterlichen Auto. Er machte ein unfrohes Gesicht, konnte sich dieser Aufgabe aber nicht gut entziehen. Als sie am Ziel waren, schlug er vor: »Ich komm' schnell mit rein und frage, wie lange es dauert. Wenn es schnell geht, werde ich warten.«

Man versprach, unverzüglich mit der Verschönerung zu beginnen, und Paul schielte lüstern nach den von Olga und Annette verachteten Illustrierten. Als das Telefon an der Kasse klingelte, erschien die Chefin und notierte eine Anmeldung.

Schon wieder kam sich Paul wie ein Schnüffler vor. Sobald er sich einen Moment lang unbeobachtet fühlte, nahm er das Auftragsbuch an sich und blätterte zurück. Die Mutter behauptete, am vergangenen Samstagvormittag hiergewesen zu sein, und im Terminkalender konnte man tatsächlich nachlesen: 11 Uhr, Frau H. Wilhelms, Schneiden + Färben.

Dieser Eintrag irritierte Paul in hohem Maße. Irgend etwas kam ihm an der ganzen Geschichte mit dem halbnackten Kerl faul vor, und am liebsten hätte er seine Mutter unverzüglich zur Rede gestellt. Aber wie sollte er es anfangen, ohne dabei ihre Intimsphäre zu verletzen?

Um sich abzulenken, griff Paul nach einem Boulevardblatt. Beim unkonzentrierten Überfliegen einer haarsträubenden Story kam ihm eine neue schaurige Idee: Hatte sich die Mutter bei ihrem Frisör bloß ein Alibi verschafft, um gemeinsam mit Heiko Sommer einen teuflischen Plan auszubrüten? Im Krankenhaus war sie meistens mit ihrem gelähmten Mann allein, sie hätte ihn mit Hilfe ihres eingeschleusten Gigolos viel wirkungsvoller zur Weißglut bringen können, als es die Söhne unabsichtlich getan hatten. Erst vor kurzem hatte sie Paul gestanden, daß sie endlich ein selbstbestimmtes Leben führen wollte, war das etwa kein Mordmotiv? Vielleicht hatte der erregte Vater gar nicht wegen Achims unbedachter Worte einen weiteren Schlaganfall erlitten, sondern durch die gezielte Provokation seiner Frau.

Paul ließ die Zeitschrift sinken und sinnierte weiter: Als Heiko Sommer für seine Dienste einen allzu hohen Preis verlangte, mußte seine Mama ihn einen Tag später ebenfalls umbringen. An diesem Punkt verwandelte sich die griechische Tragödie allerdings in eine absurde Farce, denn die Mutter war zwar dank Tai Chi gut konditioniert, konnte aber unmöglich einen muskulösen Mann erwürgen. »Alles Blödsinn«, sagte Paul laut. Zornig über die Absurdität seiner eigenen Einfälle, las er lieber den harmlosen Klatsch über europäische Königshäuser.

Nach einer halben Stunde legte Annette ihre Halsmanschette wieder an und bezahlte. »Álla! Das ging ja wirklich flott«, sagte sie zufrieden. »Jetzt stellt sich nur noch die Frage nach angemessener Kleidung. Legt eure Mutter großen Wert auf Schwarz?«

»Achim und ich tragen einen Trauersmoking, die Witwe geht in Weiß«, sagte Paul. »Solltest du dich ebenfalls für die

Farbe der Unschuld entscheiden, dann sehen wir aus wie zwei Brautpaare.«

Annette mußte zwar kichern, sagte aber trotzdem: »Ich denke, das ist kein Anlaß, um Witze zu reißen.«

Bereits von weitem erspähte sie, daß die Haustür von Achim aufgehalten wurde.

»Hinreißend siehst du aus, Kleines«, sagte er. »Du willst wohl Miss Bretzenheim werden!«

Annette schnitt ein Gesicht, Paul verbesserte: »Sie will die schönste Braut auf dem Friedhof abgeben.«

Es war offensichtlich, daß Achim diesen Scherz mißverstand, denn er wurde aschfahl; wahrscheinlich befürchtete er, daß Annette ihren Seitensprung bereits gestanden hatte.

Es war Annette ganz lieb, daß es nach dem Frisörbesuch Tee und nicht den üblichen starken Kaffee gab. Es täte ihr zwar leid, sagte ihre Schwiegermutter nach einer friedlichen Plauderstunde, aber sie müsse ihren Ältesten noch mal entführen und mit Papierkram quälen. Damit es gerecht zugehe, könne Achim ja im Sommer wieder den Rasen mähen.

Paul stand sofort auf. »Natürlich, Mama, du kannst mich immer und jederzeit einsetzen, wenn du Hilfe brauchst.«

Eigentlich mochte Annette nicht mit Achim im Wohnzimmer bleiben, denn sie wußte immer noch nicht, ob sie ihre flüchtige Affäre fortsetzen wollte. Eine drängende Frage beschäftigte sie jedoch seit Stunden. »Du hast angedeutet, daß Paul etwas auf dem Kerbholz hat«, sagte sie. »Gibt es am Ende noch andere Weibergeschichten?«

Kaum hatte sie den Ausdruck in den Mund genommen, als es ihr schon leid tat. Wer im Glashaus saß, sollte nicht mit Steinen werfen.

»Es ist lange her«, sagte Achim vielsagend. Annette merkte, daß er sich mit seinen Andeutungen interessant machen wollte. Trotzdem ließ sie nicht mehr locker, um schließlich zu beklagen, daß Achim kein Vertrauen zu ihr habe.

»Es ist längst verjährt, vorbei«, wiederholte Achim genüßlich. »Aber ich kann es nie vergessen. Paul hat mir selbst gestanden, daß er mit Mama geschlafen hat. Allerdings nur ein einziges Mal.«

Mit offenem Mund starrte ihn Annette an. »Ich glaube dir kein Wort«, zischte sie schließlich. »Untersteh dich, je wieder so etwas über Paul zu sagen. Ich werde ihn in deiner Gegenwart darauf ansprechen, und dann werden wir ja sehen!«

»Er wird leugnen«, sagte ihr Schwager, »und dich hassen bis in alle Ewigkeit. Amen.«

Achim sei ein böser Mensch, sagte sie aufgebracht, so etwas könne man sich nur ausdenken, wenn man eine völlig perverse Phantasie habe. Sie stand auf, flüchtete in ihr Zimmer, warf sich aufs Bett und weinte.

Wie zwei Brautpaare würden sie am Grabe stehen, hatte Paul gespottet. Vor dem Sarg, dessen Insasse nicht mehr aufbegehren konnte, sah Annette ein inzestuöses Quartett vorbeidefilieren: sie selbst mit Achim – ihrem Schwager und Lover – und Paul am Arm seiner weißgewandeten Mutter. Ich haue ab, beschloß Annette, in diesem Haus bleibe ich keine Minute länger. In meinem Beruf bin ich eine erfolgreiche und geachtete Frau, hier werde ich hysterisch und völlig versaut.

Irgendwann gingen ihr die Tränen aus, und sie schlich in Helens *salle de bain*. Seit Weihnachten hatte das Badezimmer der Eltern nicht mehr das übliche Schloß mit einem herausnehmbaren Schlüssel, sondern eine drehbare Schließe, die notfalls mit einem Schraubenzieher oder einer Münze von außen geöffnet werden konnte.

Nach einem Schwächeanfall des Vaters hatten beide Söhne den Eltern geraten, das Bad nicht mehr abzusperren, aber sie waren auf taube Ohren gestoßen. Da die Toilette nicht vom Badezimmer abgetrennt war, empfanden sie eine solche Regelung als unzumutbar. Man einigte sich schließlich auf ein neues System, das beiden das Gefühl gab, nicht gestört zu werden. Natürlich war es Pauls Idee gewesen, denn er galt als erfinderischer Mensch; für die Umsetzung hatte man jedoch Achim verpflichtet. Der eine kassiert die Lorbeeren, der andere muß die eigentliche Arbeit übernehmen, dachte Annette, genau wie bei uns im Büro. Im Augenblick fand sie allerdings wenig Gefallen an Pauls Kreativität, sondern hatte das Bedürfnis, sich wenigstens im Badezimmer mit einem ganz normalen Schlüssel zu verbarrikadieren.

Leider sah es hier nicht so penibel sauber aus wie sonst: Kleidungsstücke lagen verstreut am Boden, die Wanne hatte einen schmierigen Rand aus Seife und dunklen Bartstoppeln, das Wasser war nicht abgelaufen. Als Schmutzfink kam jedoch diesmal nicht Paul, sondern offenbar nur der adrette Achim in Frage. Indizien wie eine grüne Unterhose und eine Flasche Honigshampoo überführten den Täter. Annette haßte jegliches Chaos. Hier mochte sie sich noch nicht einmal die Hände waschen.

Die Tür zu Achims Zimmer stand weit auf. Alles sah nach einem überstürzten Aufbruch aus, denn auch hier lagen Wäsche und Schuhe herum. Selbst die Stofftiere waren vom Blumenständer gepurzelt, als sei jemand in Eile dagegen gerempelt. Ihre Wut auf die ganze Welt ließ Annette an einer Giraffe aus, die sie in hohem Bogen zur Tür hinausschleuderte. Das platschende Geräusch ließ befürchten, daß das steife Tier bis ins Bad geflogen und in der Wanne gelandet war. Mit sadistischer Freude schnappte sich Annette nach und nach die restliche Menagerie und versenkte Afrikas gesamte Fauna im Wasserloch. Als sie ihr Werk vollendet hatte, blieb sie eine Weile in andächtiger Fassungslosigkeit davor stehen.

»Anscheinend stößt man nicht folgenlos mit dem Kopf durch die Windschutzscheibe«, sagte Paul, den sie wegen ihres nervösen Lachanfalls nicht hatte kommen hören.

Annette drehte sich um und schluchzte übergangslos gegen die peinliche Situation an.

Er nahm sie etwas lasch in die Arme. »Du hättest besser noch ein paar Tage im Krankenhaus bleiben sollen«, sagte er und strich ihr über den Rücken. Fasziniert beobachtete aber auch er, wie Achims Lieblinge im Schmutzwasser trieben und sich langsam vollsogen.

»Hast du Mama gesehen?« fragte Paul. »Ich suche Papas Manikürbesteck. Das Futteral ist aus Kroko, wäre

doch schade, wenn es ebenfalls beim Roten Kreuz landet.«
Er öffnete den eingebauten Badezimmerschrank und begann zu kramen.

Auch Annette tastete zwischen Handtüchern und Toi-
lettenpapier-Vorräten herum, bis sie auf einen festen
Gegenstand stieß und triumphierend rief: »Ich hab' es!«
An einer Handschlaufe zog sie allerdings kein elegantes
Etui, sondern ein seltsames schwarzes Ding heraus.

»Merkwürdig«, meinte Paul.

»Warum? Wieso? Was ist das überhaupt?« fragte Annette und beäugte mißtrauisch das unheimliche Gerät, das
eine entfernte Ähnlichkeit mit einem Hirschkäfer aufwies.
Hatte es etwas mit abartigem Sex zu tun?

Das sei ein Elektroschocker, belehrte Paul und wurde
nachdenklich, er besäße auch einen, den er irgendwann bei
einem Versandhaus bestellt habe.

Wofür er denn so etwas brauche? fragte Annette miß-
billigend.

»Eigentlich war er für dich gedacht. Du könntest eine
Verteidigungswaffe gut brauchen, wenn du mal nachts
allein unterwegs bist«, behauptete Paul. »Ein Angreifer
wird im Nahbereich, aber auch aus einer Entfernung bis zu
2 Metern, außer Gefecht gesetzt. Stell dir mal vor: 200.000
Volt aus den vergoldeten Elektroden durchschlagen selbst
starke Kleidungsstücke, sogar Leder…«

»Bist du vun eme Aff gebisse!« rief Annette und fiel vor
Empörung ganz kurz in den heimatlichen Dialekt. »Hast
du etwa im Ernst geglaubt, ich würde mir mit so einem
ekelhaften Objekt die Handtasche ausbeulen?« Mit diesen
Worten verließ sie das Badezimmer und flüchtete wieder

schmollend ins Bett. Die spinnen ja alle, urteilte sie und mußte doch vor sich selbst zugeben, daß ein neutraler Beobachter die ersoffenen Plüschtiere erst recht für die Tat einer Wahnsinnigen halten würde.

Der bedrohliche Gegenstand unter der Kleenexpackung beschäftigte sie noch lange. Offensichtlich hatte ihn jemand dort versteckt, allerdings so, daß er schnell wieder hervorgezogen werden konnte. Ihrem Schwiegervater traute sie eher den Besitz einer alten Duellpistole als einer vergleichsweise modernen Waffe zu. Und Pauls Mutter?

Annette hatte einmal gefragt, ob Tai Chi ein Kampfsport sei.

Ursprünglich ja, hatte sie erfahren, aber heutzutage diene es eher der Meditation, der sanften Aktivierung aller Muskeln und der Zirkulation der Körperenergie.

Paßte es zu einer Frau, die gern in einer stillen Ecke des Gartens ihre langsamen, harmonischen Übungen ausführte, daß sie sich einen Elektroschocker zulegte?

15

Das Murmellied

Schon immer hatte es Paul geliebt, im warmen Bett zu liegen und den fallenden Tropfen zu lauschen. Mit dreizehn Jahren hatte er einmal an einem verregneten Zeltlager teilgenommen, und während die anderen Jungen über das schlechte Wetter klagten, fühlte er sich geborgen und glücklich. Er hatte ein paar spannende Bücher im Rucksack, lag auf seiner Luftmatratze und las von früh bis spät die Expeditionsberichte norwegischer Polarforscher. Ein andermal hatte er in der Kajüte eines Binnenschiffs übernachten dürfen und konnte stundenlang das leise Schwappen des Neckars hören. Seitdem sehnte er sich nach einem eigenen Boot mit teakverkleideten Kojen.

In der Kindheit hatte er sich gelegentlich einsam gefühlt, aber früh gelernt, solche Defizite auszugleichen, ja das Alleinsein zu zelebrieren. Die schönsten Stunden in seiner dämmrigen Mansarde waren stürmische Herbsttage. Wenn es draußen goß und pladderte, ließ er den Inhalt seiner Urinflasche unauffällig über die nassen Ziegel in die Dachtraufe rieseln und stieg nur zu den Mahlzeiten widerwillig in die Unterwelt hinab. Für Notzeiten hatte er einen kleinen Vorrat Studentenfutter gehortet.

Seine Leidenschaft für rauschenden Regen war eng mit der waagerechten Haltung verknüpft, denn Paul haßte es, mit einem Schirm oder gar Gummistiefeln herumzulaufen. Er konnte den forschen Spruch nicht ausstehen, es gebe kein schlechtes Wetter, sondern nur die falsche Kleidung. Manchmal, wenn er nachts aufwachte und beglückt die Tropfen zerplatzen hörte, malte er sich aus, er würde friedvoll unter der Erde liegen. Ganz allmählich löste sich sein Körper auf, um schließlich im ewigen Kreislauf des Wassers über Dächer, Straßen, Felder und Wälder zu strömen.

Die Feuerbestattung ist Unfug, dachte er, Verbrennen fördert nur den Anstieg der Ozonwerte, viel besser wäre es, alle Menschen hätten das Recht auf ein Seemannsgrab oder eine Ruhestätte ohne den üblichen Eichensarg. Jeder tote Körper sollte anderen Organismen zugeführt werden, um unseren Planeten mit seinen vielfältigen Lebewesen im Gleichgewicht zu halten. Das Thema war aktuell: Da kein Familiengrab vorhanden war, favorisierte die Mutter eine Feuerbestattung. Achim hatte zugestimmt, aber Paul war froh, daß er sie am Ende doch zur traditionellen Beerdigung überredet hatte.

Sein Vater mochte nun bald die Radieschen von unten besehen oder sich als unsichtbarer Gast zu seiner Familie gesellen; für das übliche Geschwätz und die frommen Lieder in der Friedhofskapelle brauchte er sich nicht mehr zu interessieren. Während seine Seele noch wie ein Lichtstrahl in den hohen Bäumen schwebte, ruhte sein Körper in der dunklen Grube und schlummerte seinen Ursprüngen entgegen. *And his soul goes marching on*, pfiff Paul.

Wenn er sich solchen Gedanken hingab, fühlte er sich gelegentlich seinem Namensvetter Jean Paul ganz nahe, nur konnte er sich leider nicht wie ein Dichter ausdrücken. Von wem waren eigentlich die Verse, die ihm seine Mutter abends vorgesprochen hatte, als er noch nicht einmal zur Schule ging und alles begierig aufnahm? Als Kleinkind verlangte Paul oft nach dem »Murmellied«, denn er dachte dabei weniger an murmelnde Bächlein als an seine gläsernen, bunten Klicker.

Eilig lief er nach unten und rief wie als Knabe: »Mama, Mama!«

Sie hatte gerade die Küche aufgeräumt, band ihre gelbe Schürze ab und fragte belustigt, was es gebe.

Als sie seine Bitte erfüllte, spitzte Paul aufmerksam die Ohren. Sie hatte immer noch eine wunderschöne Stimme.

Singt ein Lied so süß gelinde
Wie die Quellen auf den Kieseln,
Wie die Bienen um die Linde
Summen, murmeln, flüstern, rieseln.

Natürlich kannte sie auch den Namen des romantischen Poeten. »Wie schön, daß du mich an das Wiegenlied von Clemens Brentano erinnerst«, sagte sie. »Ursprünglich sollte ja dein Bruder nach ihm heißen, aber Papa gefiel dieser Vorname nicht. Daher entschieden wir uns für Achim von Arnim als Namensgeber. Unter uns gesagt: Mir wäre eine Bettina lieber gewesen.«

»Wäre es nicht eine originelle Idee, wenn du diese Verse bei der Beerdigung aufsagen würdest?« schlug Paul vor. »Eine Rede von einem wildfremden Pfarrer ist doch völlig unpersönlich.«

Befremdet sah sie ihren Sohn an. »Ich wüßte zwar noch viele schöne Wiegenlieder«, sagte sie, »aber es käme mir kitschig und unpassend vor, wenn ich am Grab meines Mannes Gedichte rezitierte. Nein, Jean Paul, das lassen wir lieber.«

Sie schwiegen beide. Schließlich wechselte die Mutter den Gesichtsausdruck und das Thema: »Komm mal mit, ich will dir etwas zeigen, bevor ich dort Ordnung schaffe. Ich mach' mir nämlich Sorgen um deinen Bruder.«

»Das tust du doch, seit er auf der Welt ist«, sagte Paul etwas bitter und folgte ihr ins Badezimmer.

»Sieh dir das mal an!« rief sie entrüstet, »das kann doch nicht normal sein! Der Junge ist 35 und badet mit seinen Spielsachen!«

Paul grinste ein wenig und meinte: »Da muß ich Achim ausnahmsweise verteidigen, dieses entzückende Arrangement geht auf Annettes Konto.«

»Nun hör aber auf, du brauchst ihn gar nicht erst in Schutz zu nehmen. Ich weiß genau, daß er es war!« brauste sie auf. Dann erklärte sie: Als sie Achim ans Telefon rief, kam er tropfend und nur mit einem Frotteetuch um die Hüften aus dem Bad. Es mußte wohl etwas Wichtiges gewesen sein, denn er sei Hals über Kopf auf und davon gestürmt. Aber das sei keine Entschuldigung.

Paul fragte, wer angerufen habe, aber die Mutter konnte sich nur an eine Frauenstimme erinnern. Sie sei Achim noch nachgelaufen, weil seine Brieftasche auf dem Boden lag.

Als Vertreter der Gerechtigkeit fühlte sich Paul verpflichtet, ein Plädoyer für seinen Bruder zu halten: Achim hätte zwar höchstpersönlich die Wanne verdreckt, aber wohl ohne seinen Zoo gebadet. Die empfindliche Annette habe sich dermaßen über das schmutzige Bad geärgert, daß sie ein bißchen ausgeflippt sei und die Tiere ins Wasser gefeuert habe. »Ja, schau mich nicht so entsetzt an, sie hatte schließlich eine schwere Gehirnerschütterung!«

Die Mutter fischte die unappetitlichen Klumpen aus der Brühe, warf sie ins Waschbecken und fragte sich eher selbst: »Ob man sie in den Trockner stecken kann?«

»Stopf sie in die Mülltonne, oder häng sie auf die Wäscheleine«, empfahl Paul. »Du kannst Achim ja sagen, du hättest sein angestaubtes Getier in der Maschine gewaschen. Weißt du übrigens, wo Papas Nageletui ist?«

»Müßte im Schrank liegen«, sagte sie und wrang einem Elefanten die Ohren aus.

»Dort habe ich schon gesucht und dabei dieses UFO gefunden!« Paul schwenkte den Elektroschocker vor ihr herum.

Ohne richtig hinzusehen, fragte ihn seine Mutter: »Was soll'n das sein?« und fuhr mit ihrer Tätigkeit fort.

»Mama, das ist ein sehr spezielles Gerät«, sagte Paul behutsam. Sie richtete sich ungeduldig auf: »So?«

Ob dieser Gegenstand dem Vater gehört habe? forschte Paul, aber sie zuckte nur ratlos mit den Schultern und meinte leicht verlegen, das Ding sehe ziemlich elektrisch aus, ob es vielleicht etwas mit Papas Videosammlung zu tun habe?

Paul mußte lächeln, als ihr schließlich die Erleuchtung kam: Bestimmt habe Achim das Instrument zum Rasieren benützt.

»Mit Sicherheit nicht«, sagte Paul. »Es ist nämlich eine Verteidigungswaffe.«

Seine Mutter schien aufzuatmen, daß keine Videos im Spiel waren, und begab sich mit einem Waschkorb voll nasser Plüschtiere in den Keller. Paul schob das suspekte Abwehrgerät in das Versteck zurück.

Beim Abendessen sprach vorsichtshalber niemand über schmutzige Badewannen, Kuscheltiere oder Elektroschocker. Achim hatte eingekauft und gekocht, und alle waren wieder einmal beeindruckt von seiner Fähigkeit, in relativ kurzer Zeit ein köstliches Essen auf den Tisch zu bringen.

»Ich bin der Meinung, Achim könnte ein erstklassiges Schlemmerrestaurant eröffnen«, sagte Paul, und die Mutter nickte zustimmend.

Achim hatte Annettes Teller auf den seinen gestellt und schnitt ihr die Kalbsleber in mundgerechte Stücke. Vielleicht werde er ja wirklich ein Lokal aufmachen, sagte er, man hätte ihm heute angeboten, ›Die Wildgans‹ zu übernehmen.

Aber er habe doch schon einen Vertrag mit den Toyota-Leuten, wandte die Mutter etwas beunruhigt ein.

»Noch nicht unterschrieben«, sagte Achim, »aber mach dir keine Sorgen, Mama, deine Söhne sind keine kleinen Kinder mehr.«

Das wisse sie durchaus, sagte sie, und Sorgen habe sie sich um ihren prachtvollen Nachwuchs noch nie gemacht.

Über diese kühne Behauptung mußte Annette gickeln.

Nach dem Essen sah man gemeinsam einen Fernsehfilm, und der Mythos des Grafen von Monte Christo zog wie zu allen Zeiten das Publikum in seinen Bann. Kurz nach zehn verschwand zuerst Annette, dann die Mutter und schließlich auch Paul von der Bildfläche. Achim blieb als einziger im Wohnzimmer sitzen und vergnügte sich mit der Fernbedienung.

Zum Glück regnete es schon wieder, und Paul lag erfreut in seinem Bett und lauschte. Im Laufe der Jahre war der Efeu bis zur Dachkante gewachsen, und das Rauschen des Regens hörte sich noch behaglicher an als früher. Kindheitserinnerungen wurden wach, und über kurz oder lang dachte Paul wieder über seine Familie nach. Achim war zwar heute bei Annette und seiner Mutter in Mißkredit geraten, hatte aber seine Nachlässigkeit durch das gute Abendessen wieder wettgemacht. So war es immer, sein Bruder konnte sich alles erlauben, für Mama war er schon immer das Goldkind gewesen; und nun erwies er sich auch noch als hochgelobter Küchenprofi. Leider konnte Paul auf diesem Gebiet erst recht nicht mit Achim konkurrieren.

Annette grauste sich vor der Trauerfeier und sehnte sich nach dem Wochenende im eigenen Haus. Als sie sich in aller Frühe einen Becher Tee ans Bett holen wollte, traf sie ihre turnende Schwiegermutter. Beim Versuch, sich diskret an ihr vorbeizuschlängeln, kam sie diesmal nicht um eine Belehrung herum. »Alle Bewegungen sind der Natur abgeschaut«, sagte Pauls Mutter und demonstrierte, wie man rückwärts geht und dabei den Affen abwehrt. Annette mußte sich zeigen lassen, wie man den Tiger schlägt, den

Spatzenschwanz fängt und dem Wildpferd die Mähne teilt. Zum Glück wurden sie von Frau Ziesel, die zweimal in der Woche zum Putzen kam, mitten in der Tai-Chi-Vorführung unterbrochen.

Auch Paul zählte die Stunden bis zur Abreise, dachte häufig an Olga und versuchte erneut, sie telefonisch zu erreichen. Diesmal war sie am Apparat.

»Wie war's in Granada?« fragte Paul und gab sich Mühe, seiner Stimme weder einen süßlich-anbiedernden noch einen gekränkten Ton zu geben.

»Wie soll es schon gewesen sein?« fragte sie zurück. »Sonnig natürlich. Warum hat mir kein Mensch verraten, daß Markus seiner Putzfrau ein Kind gemacht hat?«

»Olga«, sagte Paul beschwörend, »ich habe im Moment andere Sorgen. Mein Vater ist gestorben und wird morgen beerdigt.«

Nun schnaufte sie hörbar auf und beteuerte pflichtschuldig, daß es ihr leid täte. Wo Paul sich im Augenblick aufhalte?

Sie verabredeten sich für das Wochenende. Paul würde vorgeben, daß er nach der Zwangspause dringende Arbeiten im Büro erledigen müsse. Er freute sich schon jetzt darauf, bei Olga erst zu schlemmen und anschließend eine aufgeweckte Siesta zu halten. Es war im Grunde kein schlechtes Arrangement, Tisch und Bett mit zwei Frauen zu teilen: bei der Geliebten Lust und Abenteuer, bei der Ehefrau Ordnung und Ruhe.

Bereits am heutigen Donnerstag wurden Verwandte erwartet. Paul kannte die Tante nur flüchtig, die Kusine gar

nicht. »Wie alt ist diese Saskia eigentlich? Und was macht sie so?« fragte er beim Frühstück, denn er konnte sich Familiengeschichten nie merken.

Saskia sei etwas jünger als Achim und spiele im Rundfunkorchester die Querflöte, sagte die Mutter.

»Verheiratet? Kinder?« fragte Annette.

Geschieden, jetzt lebe sie mit einem Partner zusammen, der ebenfalls Musiker sei.

Nicht nur für die Verwandtschaft, sondern auch für Freunde hatte die Mutter Hotelzimmer reservieren lassen. Insgesamt würde die Trauerfeier aber im kleinen Rahmen stattfinden.

»Der Kaffee wird kalt«, sagte die Hausfrau vorwurfsvoll. »Jean Paul, schau doch mal, wo Achim bleibt.«

Doch Paul fand nur das unberührte Bett seines Bruders vor.

Annette hätte zu gern Näheres erfahren und fragte ihre Schwiegermutter möglichst beiläufig, was denn von Achims Freundin zu halten sei.

Die Reaktion sprach nicht gerade für Sympathie. »Achim hat uns schon so viele Mädels vorgestellt, daß man die Übersicht verliert«, sagte die Mutter, »aber diese Carmen ist eine ziemlich unver...«

Annette konnte einen Laut der Belustigung nicht unterdrücken und wurde mit mißbilligendem Räuspern gestraft, nahm es aber nicht übel. Es kam ihr eigentlich gelegen, daß ihr Schwager ein Hallodri war, so hatte ihre kurze Affäre kaum Gewicht und konnte jederzeit zu den Akten gelegt werden. Einmal war keinmal.

Es fiel ihr auf, daß Pauls Mutter nicht bei der Sache war,

sondern über etwas anderes nachdachte. »Kinder«, sagte sie kurz entschlossen, »ich werde jetzt in die Stadt fahren und mir ein schwarzes Kostüm kaufen.«

Paul und Annette tauschten einen erstaunten Blick.

»Nicht wegen der Leute, sondern um Papas Schwester nicht zu schockieren«, erklärte die Mutter. »Tante Lilo ist eine durch und durch bourgeoise alte Schachtel. Annett-chen, magst du vielleicht mitkommen?«

Paul wurde nicht gefragt und blieb allein im Haus.

Er nutzte die Gelegenheit, um seiner Mutter einen Teil der verhaßten Schreibarbeit abzunehmen. Leider hatte Achim den Laptop mitgenommen, aber ein Drucker war sowieso nicht im Haus. Auf einer uralten Maschine tippte Paul mühselig die erforderlichen Briefe an Krankenkasse und Rentenstelle, Bank, Versicherung und Finanzamt und legte jeweils eine beglaubigte Sterbeurkunde dazu. Jetzt brauchte die Mutter nur noch zu unterzeichnen.

Als er im Schreibtisch seines Vaters nach Umschlägen suchte, kam sein Bruder herein.

»Immer noch kein Testament gefunden?« fragte Achim erwartungsvoll.

Soweit ihm bekannt sei, habe der Vater keine letztwillige Verfügung hinterlassen, meinte Paul, und in solchen Fällen trete die gesetzliche Erbfolge in Kraft: »Ehepartner und Kinder bilden eine Erbengemeinschaft. Mama kriegt die Hälfte, wir teilen uns den Rest. Aber da Papas Vermögen hauptsächlich in unserem Elternhaus steckt, brauchst du dir keine Hoffnung auf Bargeld zu machen.«

Diese Auskunft schien Achim nicht zu gefallen. Für eine

Person sei das Haus doch viel zu groß, sagte er, die Mutter werde sicherlich in eine kleinere Wohnung ziehen wollen. Spaßeshalber habe er mal einen Makler nach dem Verkehrswert gefragt…

Paul unterbrach ihn scharf. Sein Bruder wolle doch nicht etwa die eigene Mutter vor die Tür setzen! Bisher habe sie mit keiner Silbe geäußert, daß sie nicht bis ans Ende ihrer Tage in ihrem Haus leben wolle. Wenn Paul einmal ins Moralisieren kam, konnte er nicht so schnell wieder aufhören. Besonders geldgierige Erben – wie zum Beispiel sein Bruder – würden gelegentlich verlangen, daß die Immobilie innerhalb von drei Monaten versteigert werde. Allein der Gedanke sei widerlich!

Er habe es nicht so gemeint, beteuerte Achim kleinlaut, natürlich solle die Mutter hier wohnen bleiben, das sei doch selbstverständlich. Aber andererseits sei sie vor kurzem durch den Verkauf einer Villa zu einem beträchtlichen Vermögen gekommen, es wäre doch die einfachste Lösung, wenn sie ihre Söhne auszahle.

»Was willst du eigentlich? Du hast doch bereits abkassiert«, knurrte Paul gereizt. »Mama hat dir einen Haufen Kohle überwiesen, und ich bin wie immer leer ausgegangen. Du kannst den Hals wohl nicht voll genug kriegen?«

Im Grunde hatte Paul schon befürchtet, daß es über kurz oder lang zu Auseinandersetzungen kommen würde, und hatte schärfer reagiert als beabsichtigt. Wenn er es allerdings richtig bedachte, war es eigentlich gar nicht so abwegig, was Achim über die Auszahlung ihres Erbteils gesagt hatte. Vor seinem geistigen Auge tauchte eine kleine Yacht auf. Die gesamte Mannschaft bestand aus Sympathisanten, die ihre Pflichten aus Leidenschaft und nicht gegen Bezahlung erfüllten. In seiner Kajüte befand sich ein Wasserbett, und Paul konnte ein paar Jahre verträumen und vertrödeln, von einer griechischen Insel zur anderen segeln und dort die schönsten Ruinen zeichnen.

Achim bohrte nicht weiter, sondern dachte angespannt nach.

Er werde mal unter vier Augen mit Mutter reden, lenkte Paul ein, aber ganz behutsam und erst bei einer günstigen Gelegenheit.

16

Monster

Annette war ihre Halsmanschette mittlerweile los. Da sie sich nun nicht mehr wie ein Kragenbär fühlte, hatte sie beschlossen, sich gemeinsam mit Pauls Mutter geziemende Kleidung für die Trauerfeier zuzulegen. Eventuell einen anthrazitfarbenen Hosenanzug, den sie im Büro mit einer bunten Bluse oder einer modischen Kette tragen konnte.

Den Fahrstil ihrer Schwiegermutter hatte sie bisher nicht kennengelernt, aber er erwies sich erstaunlicherweise als vorzüglich. Auch der Kauf eines schwarzen Kostüms klappte auf Anhieb.

»Schwarz steht dir ausgezeichnet, Helen«, sagte Annette anerkennend und nahm einen dunklen Anzug von der Stange. »Meinst du, ich sollte den mal anprobieren?«

»Doch nicht etwa für morgen?« fragte die Mutter. »Nein, Annettchen, du solltest kein Geld für diese Beerdigung ausgeben, du bist ja gar nicht blutsverwandt…«

Annette wurde puterrot vor Wut, aber sie beherrschte sich und schlug vor, erst einmal einen Espresso zu trinken.

Ihre Schwiegermutter hatte wohl bemerkt, daß Annette verärgert war, und tätschelte ihr die Hand. »Kind, du hast mich mißverstanden, natürlich gehörst du auch zur Familie«, sagte sie, »aber manchmal bist du konservativer als wir Alten!«

»Damit meinst du wohl eher spießig«, konterte Annette gereizt, »aber lieber möchte ich eine Spießerin sein als eine Heuchlerin wie du!«

Da die Mutter auf diesen Angriff überhaupt nicht reagierte, wurde Annette noch aggressiver: »Wieso kaufst du plötzlich schwarze Klamotten? Deine angebliche Trauer gilt in Wirklichkeit doch bloß deinem Hausfreund!«

Jetzt erst schien Helen wie vom Donner gerührt.

»Wie bitte?« fragte sie mit spitzer Stimme und rang sich ein künstliches Lachen ab. »Hast du Hausfreund gesagt? Wie kommst du auf so einen Blödsinn?«

Gut gespielt, dachte Annette, und lang verdrängter Groll gewann die Oberhand. Sie wisse Bescheid.

Es war kein ungeschickter Schachzug, daß sich ihre Schwiegermutter auf Annettes Kosten reinwaschen wollte. »Heiko Sommer? Das ist doch der ermordete Restaurantbesitzer! Jetzt bringst du aber alles durcheinander, Annettchen! Wie konnte ich vergessen, daß du eine Gehirnerschütterung hattest! Wir fahren sofort nach Hause, du mußt dich hinlegen!«

Annette schüttelte vehement den Kopf, wobei sie sofort merkte, daß die heftige Bewegung genau das Falsche für ein Schleudertrauma war. »Helen«, sagte sie jetzt etwas ruhiger, »ich werde dein Geheimnis bestimmt nicht herumposaunen, aber ich ticke völlig richtig. Auch Paul war dabei, als sie deinen Lover in eurer Küche erwischt haben!«

Wann das gewesen sein sollte, wollte Helen wissen und zog mit ungläubiger Miene die Stirn in Falten. »Am vergangenen Samstag war ich beim Frisör«, behauptete sie,

»wenn sich tatsächlich ein fremder Mensch in unser Haus eingeschlichen haben sollte, müssen wir unverzüglich die Polizei verständigen. Aber ich habe nicht bemerkt, daß Wertgegenstände fehlen. Es könnte sich also höchstens um eine absurde Intrige handeln. Annette, bist du wirklich sicher, daß Achim dir diesen hanebüchenen Unsinn erzählt hat? Und was sagt Jean Paul dazu?«

Der Kaffee war heiß und stark. Annette wischte sich den Schweiß von der Oberlippe. Mit einem Mal fühlte sie sich im Unrecht, und als sie in das fassungslose Gesicht ihrer Schwiegermutter blickte, zweifelte sie ernsthaft daran, daß Achim die Wahrheit gesagt hatte.

»Entschuldige, Helen«, sagte sie, »seit dem Unfall bin ich tatsächlich etwas durcheinander. Oder kann es sein, daß Achim mir einen Bären aufgebunden hat?«

»Ich werde ihn fragen«, sagte Pauls Mutter, »wenn es mir auch in hohem Maße unangenehm ist. Annette, ich weiß, daß du krank bist, und ich weiß auch, daß Achim ein ewiger Kindskopf bleibt. Manchmal übertreibt er oder macht sich mit phantastischen Einfällen ein bißchen wichtig. Aber so eine infame Lüge würde er niemals erfinden!«

Inzwischen bereute Annette längst, daß sie ihre Schwiegermutter mit einer taktlosen Unterstellung beleidigt hatte. Wie konnte man unüberlegte Worte rückgängig machen? Unter Tränen brachte sie hervor, daß ihr Kopf nicht mehr richtig funktioniere und sie es bedauere, einen wirren Traum für Realität gehalten zu haben.

»Wenn ihr in Mannheim seid, mußt du sofort einen Nervenarzt aufsuchen«, sagte Helen, aber es klang nicht mitleidig oder besorgt, sondern distanziert.

Aus purer Verlegenheit stand Annette auf und ging zur Toilette. Als sie nach fünf Minuten einigermaßen gefaßt zurückkam, saß ein junger Mann auf ihrem Platz, erhob sich aber sofort. »Es tut mir wirklich sehr leid«, sagte er und reichte der Mutter die Hand.

Helen hielt es nicht für nötig, den Fremden vorzustellen. Sie winkte der Kellnerin, zahlte und verließ das Café.

Annette trabte wie ein begossener Pudel hinterher; beide sprachen kein Wort, bis sie vor der Haustür ankamen.

»Du legst dich am besten gleich ins Bett«, befahl Pauls Mutter, »es war sehr egoistisch von mir, eine psychisch Kranke um Begleitung zu bitten.«

Gerade hatte sich Annette mühsam die Schuhe ausgezogen, als Helen noch einmal den Kopf durch den Türspalt steckte. »Jean Paul fährt mich zum Bahnhof, wir müssen Lilo und Saskia abholen. Falls Achim auftaucht, sag ihm bitte, er soll schon mal den Kaffeetisch decken.«

Wenn Achim auftauchen sollte, mußte sie ihm etwas ganz anderes sagen, dachte Annette; aus irgendeinem Grund log er ihr die Hucke voll. Aber sollte er in diesem Moment zur Tür hereinkommen und sie in die Arme nehmen, würde sie sicherlich schwach. Er war der einzige hier, der sich um sie kümmerte, der daran dachte, daß auch sie Hilfe und Zuwendung brauchte. Für Paul und seine Mutter stand ausschließlich die eigene Befindlichkeit im Vordergrund.

Doch Achim ließ sich nicht blicken. Irgendwann beschloß Annette, einhändig den Kaffeetisch zu decken, um auf diese Weise vielleicht etwas gutzumachen.

Den ganzen Tag schon wurde Paul von diffusen Schuldgefühlen geplagt, weil er kurz vor der Beerdigung so oft an
Sex, Essen und Geld denken mußte. Er wurde zu dick, sein
Doppelleben mit zwei Frauen war verdammt ungesund.
Bevor Olga wieder mit der Anfütterung begann, sollte er
unbedingt eine Diät machen. Um endlich damit anzufan-
gen, holte er sich eine rohe Möhre und biß lustlos hinein.
Als er von seiner Mutter gerufen wurde, setzte er sich un-
wirsch ans Steuer. Seit seinem Unfall empfand er immer
noch eine starke Abneigung gegen das Fahren, aber es war
eine alte Tradition der Familie, daß die Mutter nicht selbst
lenken mußte, wenn einer ihrer Söhne zur Verfügung stand.
    Er sah sofort, daß sie ebenfalls angeschlagen war. Sie
könne ruhig hierbleiben, er werde die Tante schon erkennen, bot er an, aber sie lehnte ab.
    »Weißt du, Jean Paul«, sagte sie zögernd, »diese Tage
sind für uns alle nicht ganz leicht. Aber ich hätte nicht erwartet, daß gerade Annette die Contenance verliert.«
    Paul lächelte. »Da mußt du dir keine Sorgen machen,
Mama«, sagte er. »Die Plüschtiere werden wieder trocknen. Annette ist im Grunde eine zähe Person, auch wenn
sie aussieht wie ein Püppchen. In ein paar Tagen ist sie wieder die alte.«
    Sie habe gar nicht mehr an die Spielsachen gedacht, sagte
die Mutter, aber als sie vorhin zusammen einkaufen waren,
sei Annette plötzlich durchgedreht.
    Angestrengt überholte Paul einen besonders lahmen
Sattelschlepper. Er nahm die Worte seiner Mutter nicht
weiter ernst, fragte aber trotzdem: »Was hat sie denn jetzt
wieder angestellt?«

Als ihm seine ratlose Mama die Geschichte vom Hausfreund erzählte, wurde ihm etwas mulmig, und er wußte im Moment nicht, wie er reagieren sollte. Gemeinerweise hatte Achim geplaudert, das war gegen die Abmachung. Genau wie Annette hatte er das vage Gefühl, daß die Empörung seiner Mutter nicht gespielt war. Sollte er sie beruhigen und ihr vorschwindeln, daß Annette neuerdings unter Halluzinationen litt?

Um sich aus dem Dilemma irgendwie herauszuwinden, versuchte Paul auf ein neutrales Thema überzuleiten. Es war sicher nicht der richtige Moment, um nach der Auszahlung des väterlichen Erbes zu fragen, also wollte er einige belanglose Details über die eintreffenden Verwandten wissen.

Aber seine Mutter ließ sich nicht abwimmeln. Gleich wären sie am Bahnhof, dann hätte sie keine Gelegenheit mehr, ungestört mit ihm zu sprechen. Annette habe zwar behauptet, Achim habe ihr diesen Stuß erzählt – was sie einfach nicht glauben könne –, doch andererseits...

»Was?« fragte Paul und suchte einen Parkplatz.

Wieder stockte sie und sagte erst nach einer Pause, Achim hätte vielleicht schon vor Jahren eine Therapie machen sollen. Immer habe er in Pauls Schatten gestanden und allerhand verbockt, wovon sein Bruder vielleicht gar nichts ahne. »Einmal wollte er sogar...«

»Was?« fragte Paul und steuerte schleunigst eine frei werdende Parklücke an.

Seine Mutter hatte den Faden verloren. »Wie kann man sich nur so eine unsinnige Geschichte ausdenken! Das stimmt doch alles vorn und hinten nicht!« rief sie erregt.

»Du hättest mich doch vorher angerufen, wenn ihr eine Fahrt nach Mainz geplant hättet. Und bestimmt hättest du Papa besucht, wenn du tatsächlich hier gewesen sein solltest!«

»Bestimmt«, murmelte Paul undeutlich.

»Mein Gott, Jean Paul, als ob man nicht schon genug Sorgen hätte…«

»Was denn noch?« fragte er.

Seine Mutter stieg aus. Auf dem Weg zum Bahnsteig murmelte sie: »Es gibt Dinge, die sind mir einfach zu peinlich.«

Was mochte sie mit diesen Worten meinen? Es war ein Risiko gewesen, der Mutter den Krankenhausbesuch beim Vater zu verschweigen, aber ihr schlechtes Gewissen hatte Paul und Achim davon abgehalten. Erst kürzlich hatten sie erfahren, daß die Stationsärztin am Ostersonntag ihren Urlaub angetreten hatte, ohne zuvor mit der Mutter zu reden und dabei womöglich das Gespräch mit ihren Söhnen zu erwähnen. Langsam begriff Paul, daß seine Mama immer noch fest daran glauben mußte, den folgenschweren Erregungszustand des Kranken höchstpersönlich provoziert zu haben.

Auf der kurzen Fahrt vom Bahnhof nach Mainz-Bretzenheim interessierte sich Saskia für die Stadtgeschichte. Paul konnte glänzen und erzählte, daß bereits die Römer ihre Zelte vor den Toren von Mogontiacum aufgestellt hatten, aber erst die Franken dem Stadtteil seinen Namen gaben.

»Unser Bretzenheim war zwar ein richtiges Bauerndorf,

aber das erste Gebiet in ganz Rheinhessen, wo man Reben anbaute«, sagte er stolz. »Nachher könnt ihr unseren Hauswein probieren. Schade, daß ihr nicht am Fastnachtssonntag hier seid, wenn sich der Zug durch die engen Gassen quält, oder gar im Juni zu unserem Brezelfest…«

»Junge«, sagte seine Kusine trocken, »das mag ja alles rattenscharf sein, aber dies hier ist keine Sause.«

Paul schwieg beschämt. Wie immer bewahrte seine Mutter Haltung und setzte, ohne auf das Intermezzo einzugehen, den belehrenden Vortrag ihres Sohnes fort. »1946 wurde das Land Rheinland-Pfalz gebildet, und Mainz wurde Hauptstadt. Als die Universität wieder eröffnet wurde, entstand das Neubaugebiet, in dem wir heute wohnen. Voilà! Herzlich willkommen trotz des traurigen Anlasses!«

Die Tante hatte immer wieder beifällig genickt, denn sie war selbst hier aufgewachsen. Bedauernd stellte sie fest: »Schad, daß ich so lang nit mehr bei eich war; als Borzel hab' ich ganz in de Näh' Schelleklobbe gemacht un die Schmiss gekrieht.«

Erst als die Gäste bereits am Tisch saßen und den steifen Kaffee aus gesundheitlichen Gründen ablehnten, erschien Achim. Er trug eine neue Schirmmütze, von Tante Lilo Batschkabb genannt, hatte Krapfen und gebutterte Laugenbrezeln mitgebracht und machte sich sofort nützlich. Als erstes wurde für die Kusine eine Flasche Sekt geöffnet, dann bekam Tante Lilo ihren Muckefuck.

»Hol bitte noch e Dibbche mit Milch! Die Krebbel sin fabelhaft«, lobte die Tante.

Die Mutter beobachtete angespannt ihren emsigen jüngeren Sohn.

Sie macht sich bestimmt ihre Gedanken, dachte Annette, aber eher wird sie mich für total übergeschnappt halten als einen ihrer Lieblinge. Es wird höchste Zeit, daß ich nach Hause komme, hier drehe ich tatsächlich noch durch.

Die Kusine war eine unscheinbare, aber witzige Person, Paul mochte sie auf den ersten Blick. Sie war eine Spur zu dick, trug einen schwarzen Pullover und Jeans, hatte die dunkelblonden Haare zu einem Pferdeschwanz zusammengebunden und knabberte gelegentlich unauffällig an ihren Fingernägeln herum.

Als Tante Lilo ein neueres Foto ihres verstorbenen Bruders verlangte, schleppte die Mutter mehrere dicke Alben herbei. Über kurz oder lang waren alle mit Anschauen und Kommentieren beschäftigt. Nur Annette langweilte sich, denn erst kürzlich hatte man ihr den ganzen Packen vorgelegt. Unbemerkt stand sie auf und nahm Pauls Sakko vom Sofa, um ihn in der Garderobe auf einen Bügel zu hängen. Dort zog sie sein Handy aus der Jackentasche, drückte rasch die Wiederholungstaste und lauschte aufmerksam. Als sich Olga meldete, legte sie auf. Die Hoffnung, daß Paul anläßlich der Beerdigung auch seine Affäre zu Grabe getragen hätte, mußte Annette hiermit fallenlassen.

Saskias Frage »Darf man bei euch rauchen?« nahm Paul zum Anlaß, seine Kusine auf die Terrasse zu lotsen.

»Warum kennen wir uns eigentlich nicht?« wollte sie wissen und ließ sich Feuer für ihre Ultralight geben. Paul erinnerte sich, wie man ihm vor über dreißig Jahren ein Baby unter die Nase gehalten hatte.

»Später habe ich dich nie mehr wiedergesehen«, sagte er bedauernd. »Soviel ich weiß, konnten sich unsere Väter nicht ausstehen. Mama behauptet übrigens, du lebst mit einem Musiker zusammen?«

»Schnee von gestern«, sagte sie, »der Typ war mir zu lahm. Rate mal, was mein Neuer für ein Hobby hat?«

Verblüfft erfuhr Paul, daß ihr Freund Westernreiter war. Das sei ein noch junger Sport in Deutschland, erzählte sie, als Zuschauer staune man über spektakuläre Manöver. Beim Reining werde nämlich in hohem Tempo geritten, der Sand spritze, wenn sie abrupt bremsten. Dabei habe der Reiter nur eine Hand am Zügel und kontrolliere sein Pferd mit knappen Anweisungen. Paul dürfe es sich nicht entgehen lassen, wenn demnächst in Mannheim eine große Show stattfinde.

»Echt? Machst du etwa auch solche verrückten Sachen?« fragte Paul beeindruckt.

»Liebster Cousin, ich bin Flötistin, das wäre ein viel zu hohes Risiko. Im Grunde darf ich noch nicht einmal rauchen. Aber mein Freund bringt mir gerade das Segeln bei.«

Einen Moment lang schloß Paul die Augen, weil ihm von der frischen Luft leicht benommen war. Vor ihm tat sich die große Freiheit auf: das blaue Meer. Seine nette Kusine und ihr wilder Partner mühten sich, das Schiff in einen Yachthafen zu steuern, während Paul im Liegestuhl faulenzte, den Sonnenuntergang bewunderte und einen Ouzo kippte. Viel Geld müßte man haben, dachte er, sagte aber: »Mir wird kalt, laß uns wieder hineingehen.«

Drinnen in der warmen Stube überwältigte ihn das unangenehme Gefühl, kurz vor dem Ausbruch einer schweren Krankheit zu stehen. Übelkeit, Augenflimmern, Gelenkschmerzen und ekelhafte Kopfschmerzen waren eindeutige Vorboten. Er hätte besser auf die sechs Krapfen verzichten sollen.

Anscheinend besprachen die anderen gerade, wo man heute abend essen gehen sollte.

Der Vater hätte sicherlich ›Die Wildgans‹ empfohlen, sagte Paul und beobachtete seine Mutter mit glasigem Blick.

»Was für eine abscheuliche Idee!« rief sie. »Der Inhaber ist gerade ermordet worden, und wir sollen dort…«

Achim unterbrach sie: »›Die Wildgans‹ scheidet aus, die bleibt bis auf weiteres geschlossen. Ich lasse einen Tisch in der ›Cucina‹ reservieren.«

Schließlich löste sich die Runde auf. Bevor man ins Restaurant aufbrach, wollten die Verwandten im Hotel einchecken. Paul wurde für den Fahrdienst eingeteilt und nahm es aus purer Schwäche widerspruchslos hin. Seine Mutter wollte sich noch ein wenig hinlegen. Annette saß im Jogginganzug auf dem Bett und blätterte in der Zeitung von gestern. Ob ihre sportliche Schwiegermutter eine heimliche Schwäche für Segelschiffe hatte, fragte sie sich verwundert. Eine kleine, rot markierte Anzeige war ihr aufgefallen: *Skipperteam sucht Mitfahrer für Mittelmeertörn. Keine Segelkenntnisse erforderlich.*

Fast hatte sie es geahnt, daß es Achim war, der schließlich an ihre Tür pochte und höflich Bescheid sagte, daß man in einer halben Stunde essen gehe.

Etwas einsilbig gab Annette zu verstehen, sie habe keine Lust.

»Willst du verhungern, Kleines?« fragte er.

»Bei dir dreht sich alles nur ums Fressen«, sagte sie ruppig. »Kapierst du überhaupt, daß du mich mit deinen Lügengeschichten ganz schön reingeritten hast?«

Als Achim erfuhr, wie tief Annette seine Mutter gekränkt hatte, machte er einen reichlich verunsicherten Eindruck. Eine Weile lang stand er abgewendet am Fenster und schaute hinaus.

Als er wieder an ihr Bett trat, sahen sich beide wortlos und vorwurfsvoll an, bis Achim aufs Essen zurückkam.

»In der ›Cucina‹ wird es dir bestimmt schmecken, aber du müßtest dich auf alle Fälle noch umziehen!« Dabei drückte er sie aufs Kopfkissen, küßte sie auf den Hals und wollte ihre Hose herunterziehen.

Er ist wahnsinnig, dachte Annette, seine Mutter kann jederzeit hereinkommen! Allein bei dieser Vorstellung wurde ihr schwarz vor den Augen.

Es war lange her, daß sie als Schülerin an einer Besichtigung des Freiburger Münsters teilgenommen hatte. Die dämonischen Wasserspeier mit Hundekopf, Flügeln, Schuppenschwanz, hervorquellenden Augen und aufgerissenen Mündern hatten Annette bereits damals bis in die Träume verfolgt. Plötzlich schien sich ihr Schwager, den sie bis jetzt für einen Adonis gehalten hatte, in ein solches

Fabelwesen zu verwandeln. In Panik griff sie nach dem erstbesten Gegenstand, um dem surrealen Monster auf die Schnauze zu hauen. Leider erwischte sie nur die Zeitung von gestern.

17

Hiob

Annette traute sich nicht, ihren Schwager durch einen schrillen Schrei zu verjagen. Da sie wußte, daß Paul fortgefahren war, käme seine Mutter angerannt und würde ihre Schwiegertochter für vollends übergeschnappt halten.

In dieser prekären Situation leistete Helen jedoch unbeabsichtigten Beistand.

Als Achim den heiseren Ruf der mütterlichen Stimme hörte, verließ er auf der Stelle das Gästezimmer. Bald darauf fuhr er mit seiner Mama los, um sich mit Paul samt Tante und Kusine im Restaurant zu treffen.

Einen weiteren Abend mit der vorwurfsvollen Schwiegermutter, dem untreuen Mann, dem aufdringlichen Schwager und der hausbackenen Tante hätte Annette kaum ausgehalten. Außerdem ging es ihr auf die Nerven, wie ungeniert Paul seiner Kusine schöne Augen machte. Sollten die Blutsverwandten ruhig unter sich bleiben.

Beim Gedanken an das verpaßte italienische Essen wurde sie allerdings etwas hungrig und beschloß, sich ein Brot zu schmieren. Achims Zimmertür stand zwar nicht offen, aber Annette konnte es sich trotzdem nicht verkneifen, einen Blick hineinzuwerfen. Diesmal wirkte der Raum leer und perfekt aufgeräumt; die fehlenden Plüschtiere trockneten wohl noch auf der Wäscheleine. Unter dem

Tisch erspähte die ordnungsliebende Annette jedoch einen abgerissenen Papierschnipsel.

Neugierig hob sie den Zettel auf und las. Mit Kugelschreiber hatte jemand in Blockbuchstaben an den Rand geschrieben: HIOB

Ausgelöscht sei der Tag, an dem ich geboren bin, und die Nacht, da man sprach: Ein Knabe kam zur Welt! Warum bin ich nicht gestorben bei meiner Geburt? Warum bin ich nicht umgekommen, als ich aus dem Mutterleib kam? Dann läge ich da und wäre still, dann schliefe ich und hätte Ruhe.

Nachdenklich stopfte sie den Zeitungsfetzen in die Hosentasche. Welche Bedeutung hatte die alttestamentarische Klage für Achim? Steckte er in einer Krise, obwohl er keinen deprimierten Eindruck machte? Hatte sie ihn bisher falsch beurteilt? Das schwermütige Zitat paßte nicht zu einem Sunny Boy, eher hätte sich Paul davon angesprochen gefühlt. Selbst die nüchterne Annette blieb nicht unberührt.

Mit der letzten Brezel vom Kaffeetisch setzte sie sich schließlich vor den Fernseher und fühlte sich zum ersten Mal seit Tagen etwas entspannter. Morgen um diese Zeit war sie längst wieder zu Hause, und in der Waschmaschine drehte sich bereits die erste Portion Kochwäsche.

Das Restaurant ›La Cucina‹ war überheizt und mit heiter gestimmten Menschen voll besetzt; es duftete nach Olivenöl, Knoblauch und Oregano. Der italienische Kellner begrüßte Achim per Handschlag und täuschte auf charmante Art vor, die kleine Gruppe auf Grund dieser Bekanntschaft besonders zuvorkommend zu bedienen. Ausnahmsweise hatte Paul kaum Appetit, dafür aber ein starkes Bedürfnis nach Rückzug. Er beneidete Annette, die sich zu Hause sicherlich auf dem Sofa breitmachte. Bei dem herrschenden Geräuschpegel dröhnten ihm die Ohren, und er hatte Mühe, seine unentwegt schwätzende Tante zu verstehen. Konnte es sein, daß sich ein Hörsturz ankündigte?

Tante Lilo hatte wohl selbst erkannt, daß sie genug getrunken hatte. »Ei, bin ich don schun vonem Verdelche *Domherr* oogeduddelt? Paulche, schenkste mer noch e Bizzelwasser ei fer de Dorscht?« Sie lachte laut und fragte fröhlich: »Un wann wolle mer morsche auf de Kerchhof?«

Die Beerdigung sei um elf, sagte Achim und sah dabei auf die Uhr, als ob sie in dieser Minute aufbrechen müßten.

Seine Mutter fügte hinzu: »Im Anschluß an die Trauerfeier treffen wir uns im ›Abbelkrotze‹. Wir haben dort ein Hinterzimmer reserviert, wo notfalls dreißig Leute Platz haben. Bevor wir auseinandergehen, soll es für Angehörige und Freunde einen gemeinsamen Imbiß geben.«

Paul saß zwischen Kusine und Tante und wunderte sich, mit welcher Gier sich beide über das Perlhuhn *alla cacciatora* hermachten. Er hatte nur ein Kürbissüppchen bestellt. Fast dachte er mit Ekel an die fetten Leckerbissen, mit denen Olga demnächst wieder auftrumpfen würde. Erst als ihn Saskia anstieß, bemerkte er, daß Achim einen Vorschlag machen wollte.

»Hey, Bruderherz«, sagte er, »wenn ihr möchtet, kann ich euch morgen mitnehmen. Ich fahre nämlich sowieso Richtung Süden…«

»Wohin?« fragte Saskia erwartungsvoll.

»Meine Freundin Gina abholen«, antwortete Achim. »Sie hat die Osterferien bei ihrer Familie verbracht.«

Paul fragte, wann sein Bruder zu starten gedenke, denn er wollte nach dem morgigen Abschiedsmahl möglichst bald nach Hause kommen. Wann immer es beliebe, sagte Achim charmant.

Tante Lilo hatte zugehört. »Sießholzrassbler«, meinte sie.

Man trennte sich nicht allzu spät, diesmal brachte Achim die Verwandten zum Hotel. Paul chauffierte die Mutter und nahm sich vor, unterwegs über die Erbschaft zu reden.

»Wenn doch der morgige Tag schon vorbei wäre«, seufzte sie, sobald die Wagentür zufiel. »Obwohl es guttat, euch beide hier im Haus zu haben, sehne ich mich nach Ruhe. In der nächsten Zeit möchte ich nur still am Fenster sitzen, meinen Erinnerungen nachhängen, ein bißchen aufräumen, viel schlafen…«

»Das kann ich nachvollziehen, Mama«, sagte Paul und tat sich schwer, diplomatisch zur Sache zu kommen, »es geht mir doch genauso! Wenn du dich ein paar Tage erholt hast, ist ja immer noch Zeit, um die finanziellen Dinge zu besprechen.«

»Wie soll ich diese Worte verstehen?« fragte sie leise, aber der depressive Unterton war plötzlich verschwunden.

Paul deutete an, daß ja ein Erbe anstehe.

»Was würdest du denn machen, wenn du plötzlich eine Menge Geld zur Verfügung hättest?« fragte seine Mutter mit einer gewissen Schärfe.

Paul brachte den Wagen in einer Nebenstraße zum Stehen, denn sie waren fast zu Hause angelangt. »Mama«, sagte er eindringlich, »du weißt doch, daß mein bisheriges Leben nur aus Maloche bestand. Als Pflichtverteidiger verdient man wenig und schuftet wie ein Kuli. Wie sehr habe ich mir immer gewünscht, einmal ein bißchen länger als drei Wochen Urlaub zu machen und ohne materielle Not durch die Welt zu reisen. Wenn ich alt und grau bin, macht mir das keinen Spaß mehr.«

Sie trommelte eine Weile mit den Fingerkuppen auf ihrer Handtasche herum, bis sie zu einer Entscheidung kam. »Jean Paul«, sagte sie, »du bekommst irgendwann die gleiche Summe, die ich deinem Bruder überwiesen habe, das verspreche ich. Aber seit kurzem weiß ich, daß es ein großer Fehler war. Und deswegen könnt ihr euch den Mund fusselig reden, von Papas Erbe kriegt ihr alle beide so schnell keinen Cent.«

Eigentlich wollte Paul einwenden, daß es gar nicht von ihrer Gnade abhing, wieviel sie ihren Söhnen auszahlte, sondern ein gesetzlich festgelegtes Recht war.

Doch sein Einwand wurde im Keim erstickt: »Ich täte euch keinen guten Dienst. Der eine würde nur noch faulenzen, der andere das ganze Geld verspielen.«

Bei diesem Stichwort wurde Paul hellhörig und hakte nach. Mit vielen Unterbrechungen, in denen sie sich die Schläfen massierte, berichtete seine Mutter, sie habe heute zufällig Achims Schulfreund getroffen.

»Erinnerst du dich noch an Simon? Als Junge war er häufig bei uns; inzwischen arbeitet er als Croupier in der Wiesbadener Spielbank. Da er gerade die Todesanzeige gelesen hatte, sprach er mir sein Beileid aus. Wohl aus alter Freundschaft wollte er mich vor Fehlinvestitionen warnen und hat angedeutet, daß Achim ein regelmäßiger Gast in der Spielbank ist. Inzwischen habe ich zwei und zwei zusammengezählt, und im nachhinein wird mir einiges klar. Es wäre sogar denkbar, daß mein gestohlener Schmuck ...«

Paul fiel ein, wie Achim mitten in der Nacht in einem Smoking nach Hause gekommen war, wohl geradewegs aus dem Casino. Trotzdem versuchte er, seine Mutter zu beruhigen. »Arme Mama«, sagte er mit Wärme, »du machst dir wahrscheinlich viel zu viele Sorgen. Was du im Augenblick brauchst, ist eine längere Atempause. Leider muß ich am Montag wieder arbeiten, aber irgendwann sprechen wir in Ruhe über alle deine Probleme, und du wirst sehen, so manches löst sich in Luft auf.«

Aber sie war noch nicht fertig, er bekam auch sein Fett ab. »Von wegen Luft, es geht eher um eine giftige Gaswolke! Und wenn ich aus deinem Mund das Wort Maloche höre, könnte mir der Kragen platzen! Annette hat den Arm gebrochen, und du hängst noch nicht einmal deine Jacke auf oder trägst deine Tasse in die Küche. Mach dir doch nichts vor, Jean Paul!«

»Mama, du hast uns halt ein bißchen verwöhnt«, verteidigte sich Paul, aber nun hatte er es endgültig mit ihr verscherzt.

»Natürlich bin ich wieder mal schuld«, sagte sie bitter. »So ist es immer: Mütter werden für alle Fehlentwicklungen ihrer Kinder verantwortlich gemacht. Entweder haben wir zuviel oder zuwenig geliebt, entweder vernachlässigt oder verzogen.« Zum ersten Mal nach dem Tod des Vaters ließ sie ordentlich Dampf ab.

Paul startete den Wagen erneut und stellte das Radio ein. Auf der restlichen Strecke hatte nur noch ein lyrischer Bariton das Wort, und sie erreichten unter den Klängen eines Schubertliedes das dunkle Haus. Achims Auto stand nicht vor der Tür, Annette schien bereits im Bett zu liegen. Erstaunlicherweise schlief Paul bald ein, weil es sacht zu tröpfeln anfing. Am Freitag morgen wachte er nur mühsam auf, so tief hatte ihn die Regenmelodie eingelullt.

Pünktlich um elf versammelten sich Familienangehörige und Gäste zu dem gemeinsamen Trauergottesdienst. In der Friedhofskapelle waren die meisten Anwesenden mit dem Deponieren tropfender Schirme beschäftigt und achteten wohl kaum auf Pauls oder Achims Smoking, auf Annettes sandfarbenen und Saskias olivgrünen Trenchcoat, auf das korrekte schwarze Kostüm von Mutter und Tante oder die durchnäßten Mäntel der übrigen Teilnehmer. Besonders viele waren ohnehin nicht gekommen.

Während der Andacht mußte Annette mit den Tränen kämpfen. Sie erinnerte sich an die Beerdigung ihrer Eltern, wo sie zum letzten Mal den Segen eines Pfarrers vernommen hatte: *Der Herr erhebe sein Angesicht auf dich und gebe dir Frieden.* Als die Orgel einsetzte, war es um ihre Fassung geschehen, und sie mußte sich lautstark schneuzen. Witwe und Waisen zeigten keine Gefühlsausbrüche, nur Tante Lilo und einige andere Matronen weinten.

Als sie schließlich am offenen Grab standen, hörte Annette zwei Frauen miteinander tuscheln. »Kannste mer noch emol verkliggern, wie de doin Ribbelkuche bäckst, ich hab des Rezept verbummbeidelt«, flüsterte die eine.

Und die andere antwortete: »Hör alleweil uff zu pischbern, der Parrer guckt schun so bös…«

Bereits beim Begräbnis ihrer Eltern hatte Annette zu guter Letzt einen Lachanfall bekommen, jetzt war es wieder soweit. Trotz der militanten Drohgebärde ihrer Schwiegermutter, Pauls versteinerter Miene und dem ungläubigen Kopfschütteln der Tante konnte sie sich nicht mehr bremsen. Zum Glück legte Achim den Arm um ihre Schulter und führte sie aus der Schußlinie.

Als es von weitem zu ihnen drang: *Gehet hin im Frieden des Herrn!*, sank sie auf eine nasse Bank und zog ein Taschentuch für die erneute Tränenflut heraus. Achim spannte den altmodischen Regenschirm des Verstorbenen auf und rieb sich ebenfalls die Augen.

Annette fiel auf, daß seine Iris einen roten Ring hatte, wie sie es bei manchen Tauben beobachtet hatte. Fasziniert von diesem interessanten Phänomen, verdrängte sie ihre zwiespältigen Gefühle für den janusköpfigen Adonis.

»Eigentlich weint man ja weniger um die Verstorbenen als aus Selbstmitleid«, sagte sie. »Ich wurde beim Orgelspiel an den Tod meiner Eltern und meinen damaligen Schmerz erinnert.«

Achim rückte näher heran. »Als ich fünf war, starb unsere Oma; Paul und ich mußten zur Beerdigung mitkommen. Wir waren aber nicht sonderlich traurig, sondern empfanden die ganze Zeremonie als spannendes Kasperletheater.«

Annette meinte entschuldigend, daß man in diesem Alter die Endgültigkeit des Todes noch nicht verstehen könne.

»Hat dir Paul nie von der Sandkatastrophe erzählt?« fragte Achim.

Sie verneinte. In der Familie Wilhelms werde gemauert; Paul spreche nur ganz selten von seiner Kindheit. Achim müsse ihn doch kennen. Daraufhin bekam sie eine Geschichte zu hören, die ihr noch lange nachging.

In den Sommerferien spielte der achtjährige Achim mit seinen Freunden auf einem Baugelände. Am Wochenende waren hier keine Arbeiter anzutreffen, und die Kinder hatten entdeckt, daß man sich an einer bestimmten Stelle unter der Absperrung hindurchschlängeln konnte. Natürlich mußte es ein Geheimnis bleiben, denn es war ihnen durchaus bewußt, etwas Illegales zu tun. Von der Straße aus war das Gebiet nicht einsehbar, und das Schild:

BETRETEN DER BAUSTELLE VERBOTEN!
ELTERN HAFTEN FÜR IHRE KINDER

machte das Abenteuer besonders aufregend. Die Knaben waren von einem aufgeschütteten Sandhaufen angelockt worden, in den sie abschüssige Straßen für ihre Spielzeugautos bauten. Mit großem Eifer gruben sie Tunnels und baggerten mit ihren kleinen Schaufeln immer tiefere Löcher in die nachgiebige Masse.

Schließlich hatte Achim die Idee, eine Beerdigung zu inszenieren. Für den vierjährigen Bruder seines Freundes hoben sie eine Kuhle aus. Stolz, an den Spielen der Großen beteiligt zu werden, ging er willig darauf ein und legte sich vertrauensvoll in das feuchte, weiche Sandbett. Statt eines Kirchenlieds sangen sie *Häschen in der Grube* und bestreuten den Kleinen mit Löwenzahn und Gras. Und dann kam der Moment, wo die drei Freunde immer schneller Sand auf das Kind schippten. Da sich das Opfer mit verzweifelter Kraft herausstrampeln wollte, traten sie den Hügel über ihm fest, bis sich am Ende nichts mehr regte.

»Wie entsetzlich«, flüsterte Annette.

»Wir begriffen nicht, was passiert war«, sagte Achim. »Als wir den Jungen nach kurzer Zeit wieder ausbuddelten, versuchten wir erst einmal, ihn durch Rütteln und Schütteln aufzuwecken, statt sofort einen Erwachsenen zu holen. Als endlich jemand kam, war dem Kind nicht mehr zu helfen. – Du kannst dir denken, was folgte: Ermittlungen der Polizei, Verhöre durch Kinderpsychologen, Anzeigen gegen die Eltern wegen Verletzung der Aufsichtspflicht. Die Familie meines Freundes zog fort, ich weiß nicht, wie sie mit dem Tod ihres Jüngsten fertig geworden sind. Im übrigen hat es niemanden sonderlich interessiert, wie ich das alles verarbeitet habe.«

Erschüttert lehnte Annette ihren Kopf an Achims Brust und verharrte eine Weile in dieser Haltung. Erst beim Hochschauen bemerkte sie, daß sich die Versammlung aufgelöst hatte. »Wo sind die anderen hingegangen?« fragte sie leicht verlegen und stand auf. Gerne hätte sie Achim eingehender getröstet, wollte aber ihre Schwiegermutter

nicht schon wieder durch schlechtes Benehmen verär-
gern.

Auch Achim erhob sich, um den Schirm über sie zu halten. »Das Schlimmste war, daß mich meine Eltern nicht
mehr liebten, und Paul lebte sowieso in seiner eigenen
Welt.«

Das bilde er sich nur ein, meinte Annette; sie habe
immer gespürt, daß die ganze Familie gerade ihn…

»Quatsch«, sagte Achim, »als zweites Kind wünschten
sich meine Eltern eine Tochter, ich war von Anfang an
überflüssig. Um ab und an mal ihre Aufmerksamkeit zu
erringen, bin ich zum Troublemaker geworden.«

Mit Argwohn hatte Paul beobachtet, daß Annette von seinem Bruder weggeführt wurde. Er wäre am liebsten
hinterhergelaufen, hätte beide am Ärmel gepackt und *hier-
geblieben!* gerufen, aber natürlich konnte er seine Mutter
in diesen Minuten nicht allein am Grab stehenlassen. Als
der Sarg schließlich mit Erde bedeckt war, mußte er Hände
drücken und Beileidsbekundungen entgegennehmen, für
Blumen und Anteilnahme danken. Seiner Mutter war der
Gefühlsausbruch von gestern nicht mehr anzumerken, sie
verhielt sich so untadelig wie der standhafte Zinnsoldat.
Als man zum Parkplatz aufbrach, ließ der Regen ein wenig
nach. Immer noch saßen Achim und Annette eng neben-
einander auf der Bank, von weitem sahen sie aus wie ein
Liebespaar.

Als die Nachzügler endlich im Lokal eintrafen, hatten bereits alle Gäste ihre Plätze eingenommen, und die Kellne-

rin nahm die Bestellungen auf. Die meisten der triefenden Trauergemeinschaft entschieden sich für ein heißes Getränk. Schließlich erhob sich ein Freund des Verstorbenen und hielt eine weinerliche Rede; auch die Mutter dankte allen, die gekommen waren. Paul fiel auf, daß ihre vormals schöne Stimme an das Krächzen einer kraftlosen Krähe erinnerte.

Nach dem Lunch verabschiedeten sich Freunde und Bekannte. Als nur noch die Verwandten sowie Paul, Annette und Achim übrigblieben, reichte die Mutter auch ihnen die Hand und ließ durchblicken, daß sie jetzt am liebsten allein sein wollte.

Vorn neben Achim nahm die Tante Platz, hinten im Wagen saßen Annette, Saskia und Paul. Es war ein wenig eng, aber bis zum Hotel nicht weit.

»Wir packen jetzt unsere Koffer und nehmen dann ein Taxi zum Bahnhof«, sagte Saskia, »sehen wir uns wieder?«

Für Paul war es fast ein magischer Moment, als sie ihm dabei in die Augen sah. »Beim Leben meiner Mutter«, versicherte er feierlich, während Annette und Achim sich nicht angesprochen fühlten.

Auf der Fahrt nach Mannheim kuschelte sich Annette auf den Rücksitz und dachte über die letzte Woche nach. Sie hatte keine Lust, mit den beiden Männern ein Gespräch zu führen.

Auch Paul war ziemlich still. Auf Achims Wunsch öffnete er das Handschuhfach, um saure Drops zu suchen, und entdeckte dabei eine Lupe, die beleuchtet werden konnte. »Starkes Teil«, sagte er anerkennend, dann schwiegen beide eine halbe Stunde lang.

»Soll ich euch direkt zur Werkstatt bringen?« fragte Achim, als sie sich Mannheim näherten. »Dann könnt ihr dort euer Auto abholen.«

»Nein«, bat Annette, »setzt mich bitte vorher zu Hause ab, ich muß dringend aufs Klo.«

Auf dem Weg zum Saab-Autohaus waren die Brüder noch einen Moment allein. Paul nutzte die Gelegenheit, um Achim über das Gespräch mit der Mutter zu informieren. »Ein bißchen seltsam finde ich es schon, daß sie uns das Erbe glattweg verweigert. In ein paar Wochen muß ich ihr mal geduldig erklären, daß es unser gutes Recht...«

Der Hof der Autowerkstatt war erreicht, und Achim trat heftig auf die Bremse. »Scheiße«, sagte er wütend, »du bist mir ja der rechte Unterhändler! Warum hast du sie nicht auf der Stelle festgenagelt!«

»Hab dich nicht so, unter diesen Umständen hättest du es auch nicht übers Herz gebracht«, sagte Paul verdrossen. »Außerdem kannst gerade du dich doch am allerwenigsten beklagen!«

Er stieg aus und ging auf Annettes Saab zu, der frisch gewaschen auf dem Parkplatz stand. Achim lud wortlos eine Reisetasche und ein paar Plastiktüten aus dem Kofferraum und stellte die Sachen zum Umladen bereit. Als Paul Autoschlüssel, Papiere und Rechnung aus dem Büro geholt hatte, konnte er endlich heimfahren und vergaß dabei völlig, sich bei seinem wartenden Bruder zu bedanken oder ihm adieu zu sagen.

18

Bruderherz

Grenzenlos erleichtert trug Paul das Gepäck in die Diele. Er war endlich zu Hause, und es war ihm nur recht, daß das Wetter nicht besser werden wollte.

Annette kam die Treppe herunter.

»Tee?« fragte sie, und Paul nickte. »Aber keine Kräuter, lieber Friesenmischung mit Kandis und Rum!«

Auch Annette war froh, der Verwandtschaft entronnen zu sein. Am kommenden Montag hatte sie einen Termin beim Arzt; vielleicht durfte sie den Gipsverband bald abnehmen und wieder Auto fahren. Morgen würde Paul sie allerdings zum Supermarkt begleiten müssen, denn es fehlten Lebensmittel fürs Wochenende.

Dann begann sie sofort, mit tatkräftiger Hand die schmutzige Wäsche aus seiner Reisetasche zu zerren. Den Smoking legte sie für die Reinigung beiseite, seinen Kulturbeutel brachte sie ins Bad. »Und was ist hier drin?« fragte sie und schleppte eine Plastiktüte ins Wohnzimmer. Paul lag zeitungslesend auf dem Sofa und sah verwundert hoch, als Annette frisches Brot, Oliven, französische Butter, eine Flasche Rotwein, Tomaten, Basilikum und eine appetitliche Käsekollektion auspackte. Sie konnte es kaum fassen und war nahe daran, ihrem Mann um den Hals zu fallen.

Paul wurde leicht nervös. »Rotkäppchen war wohl zu Besuch«, scherzte er ratlos.

Nachdem sie das gesamte Picknick vor ihm aufgebaut hatte, fischte Annette zu guter Letzt eine Karte heraus und las: *Laßt es euch gut schmecken. In Liebe: Achim.* Was er doch für einen aufmerksamen Bruder habe, rief sie begeistert, und Paul hörte einen milden Vorwurf aus ihren Worten heraus. Er kratzte sich am Kopf.

»Na, los«, verlangte Annette, »ruf ihn an und sag, daß wir uns riesig gefreut haben!«

»Später«, brummte Paul.

Langsam sammelte sie Stück für Stück wieder ein. Wenn er keine Lust hätte, dann würde sie sich jetzt bedanken, sagte sie und ging zum Telefon.

Achim sei mit Sicherheit noch nicht zu Hause, meinte Paul, aber seine Handynummer stehe im Adreßbuch. »Aber warte mal, woher wollen wir eigentlich wissen, daß die Sachen für uns gedacht sind? Vielleicht hat er für Mama oder seine Freundin eingekauft, und die Fressalien sind nur aus Versehen hier gelandet.«

»Meinst du?« fragte Annette verunsichert. »Aber dann würde er seine Tüte doch vermissen und müßte erst recht informiert werden!« Ihre wiederholten Versuche blieben jedoch erfolglos. Im übrigen stand auf Achims Karte *Laßt es euch gut schmecken*, so daß auf keinen Fall eine Einzelperson angesprochen war.

Zwei Stunden später verzehrten Paul und Annette den gesamten Käse und tranken den Bordeaux. Obwohl beide etwas befangen miteinander umgingen, konnten sie sich doch der anheimelnden Stimmung nicht entziehen. Paul fiel ein, daß er morgen bei Olga zum Essen eingeladen war; sicherlich würde sie Forderungen an ihn stellen, denen er sich momentan nicht so recht gewachsen fühlte. Dabei stellte er verwundert fest, daß er den häuslichen Frieden noch gern einen weiteren Tag genießen würde.

Wann mochte Achim das Freßpaket vorbereitet haben? Auf einmal schämte sich Paul, daß er seinem Bruder zum Abschied noch nicht einmal die Hand gegeben hatte. *In Liebe* war auf der Karte zu lesen. War es möglich, daß sein verrückter kleiner Bruder seit langem sehnsüchtig auf die Erwiderung seiner Gefühle wartete? Achim pflegte Paul zuweilen mit Bruderherz anzureden, doch er hatte das immer nur für Ironie gehalten.

Ein Vorfall aus der Kindheit fiel ihm ein. An einem heißen Ferientag durchsuchten Paul und Achim die Küche nach Limonade. Unter der Zuckerdose entdeckte Paul einen festgeklemmten Geldschein. »Davon könnten wir uns ein großes Eis kaufen«, meinte er.

Natürlich war sein kleiner Bruder von dieser Idee sofort begeistert; unbemerkt von den Eltern setzten sie ihren Plan sogleich in die Tat um.

Schon zwei Stunden später wurden sie von der erzürnten Mutter vorgeladen.

»Sie wird mich lynchen«, befürchtete Paul.

»Mich auch?« fragte sein Bruder.

Er sei noch zu klein und zu dumm und komme bestimmt ohne Strafe davon, sagte Paul.

Noch bevor die Mutter mit dem Verhör begann, heulte Achim schon los: Er habe das Geld doch nur gefunden und geglaubt...

Die Mama fackelte nicht lange, ihrem Jüngsten trotz seines zarten Alters eine Ohrfeige zu verpassen.

Am Abend belauschte Paul seine Eltern. Sie hätte sofort gewußt, daß Achim der Dieb war, sagte die Mutter, Paul sei viel zu anständig, auch wenn er sich vielleicht als Mitwisser schuldig gemacht habe.

»Es ist doch Ehrensache, daß man seinen Bruder nicht verrät!« behauptete der Vater.

Hatte er sich damals bedankt? fragte sich Paul. Hatte er überhaupt begriffen, daß sich sein dummer, kleiner Bruder geopfert hatte?

Mit schlechtem Gewissen beschloß er, einen Brief zu schreiben. Schon in den nächsten Tagen sollte Achim nicht nur ein paar herzliche, persönliche Zeilen, sondern auch ein kleines Geschenk erhalten. Der Gedanke ließ ihn nicht ruhen. Als seine angeschlagene Frau im Bett lag, begab sich Paul in den Keller, wo er einen Fundus bemerkenswerter Versandhausartikel angelegt hatte. Spinnennetze verhinderten, daß sich Annette allzu oft in sein unterirdisches Reich wagte. Die beleuchtete Lupe in Achims Auto war ein Beweis, daß auch sein Bruder derartiges Männerspielzeug zu schätzen wußte. Ob der elektrische Korkenzieher eine passende Gabe wäre? In der Küche war er nicht zu finden gewesen, hier unten leider auch nicht.

Lange kramte Paul in seinen Schätzen, sortierte und ordnete. Als Geschenk war der Schlüsselanhänger nicht edel genug, der Autostaubsauger mit Rotationsbürste zu wertvoll. Für einen Koch kam zwar der einhändige Dosenöffner in Frage, aber momentan konnte ihn Annette besser gebrauchen. Wo zum Teufel steckte eigentlich das kabellose Thermometer mit Weckfunktion oder der Elektroschocker, dessen bloße Existenz seine zimperliche Frau so beunruhigt hatte? Wahrscheinlich befanden sich diese und andere Gegenstände bei Markus. Für Montag war er mit seinem Freund verabredet und konnte ihn bei dieser Gelegenheit an die Rückgabe erinnern.

Hier in Mannheim hörte sich der Regen anders an als in Mainz, denn er wurde nicht durch Blattwerk abgefedert, sondern prasselte hemmungslos auf eine morsche Gartenbank. Paul lag erst spät im Bett und dachte an seinen Vater, der seit wenigen Stunden unter der Erde lag. Neulich hatte er gelesen, daß der Friedhof einer kleinen Gemeinde durch anhaltende Niederschläge unterspült wurde und die Anwohner plötzlich Särge und Leichenteile auf ihrem Grundstück fanden. Wer sich wohl mehr gegraust hatte – die Angehörigen der Toten oder die Gartenbesitzer? Entgegen seinem eher rational geprägten Weltbild versuchte er im Halbschlaf, spirituellen Kontakt mit seinem Vater aufzunehmen, und schlief darüber ein.

Am nächsten Morgen ging es ihm gut; merkwürdigerweise war er über Nacht nicht krank geworden. Nach dem Frühstück, bei dem er vorausschauend nur Pfefferminztee trank, bat Paul um einen Einkaufszettel. Annette brauche nicht mitzukommen, denn anschließend müsse er in die

Kanzlei, wo alles liegengeblieben sei. Ab Montag gebe es wichtige Termine, und er müsse sich vorbereiten.

Annette nickte resigniert. Sie war sich ziemlich sicher, daß Paul höchstens die Post vom Büro abholte. Diesen Tag hatte er mit Sicherheit für Olga reserviert. Aber sie zuckte nicht mit der Wimper und schrieb eine Liste für den Supermarkt. Bereits gegen Mittag machte Paul sich hungrig auf den Weg, etwas früh für ein Schäferstündchen, aber zeitig genug, um noch vor Ladenschluß einzukaufen.

Annette war enttäuscht, daß die behagliche Atmosphäre vom gestrigen Abend nicht anhielt, andererseits hatte sie das Bedürfnis, eine Weile lang mit keinem Menschen reden zu müssen. Aber bevor sie für den Rest des Tages auf dem Sofa landete, wollte sie für Ordnung sorgen, denn seit ihrem Unfall hatte sich niemand darum gekümmert, auch nicht die spanische Putzfrau. Zu Hause wie im Büro hatte Annette die undankbare Rolle des fleißigen Lieschens übernommen; manchmal fragte sie sich verzagt, warum sie dort nicht befördert und hier nicht ein einziges Mal gelobt wurde.

Schade, daß sie vergessen hatte, einen Blumenstrauß auf die Einkaufsliste zu setzen, denn nach all den Aufregungen sehnte sie sich nach ein wenig Luxus und Verwöhnung. An einem grauen Tag wie heute würde eine dicke Kugelvase mit gelben, roten und orangefarbenen Tulpen ein wenig Farbe ins triste Dasein bringen.

Beim Läuten des Telefons glaubte sie sofort, Achim würde sein Kommen ankündigen. Wenn er demnächst mit einem Rosenbukett vor der Tür stände, würde sie ihm beglückt um den Hals fallen, und das gotische Ungeheuer wäre vergessen. Doch statt dessen lag er wahrscheinlich mit seiner Gina im Bett.

»Ist Paul da?« fragte eine unsichere Frauenstimme. Es war Frau Ziesel, die Haushaltshilfe ihrer Schwiegermutter.

»Mein Mann ist im Moment unterwegs«, sagte Annette, »ich werde ihm ausrichten, daß er Sie zurückruft. Ist es eilig?«

»Können Sie mir vielleicht sagen, was ich machen soll?« fragte Frau Ziesel. »Ich bin heute außer der Reihe gekommen, Betten abziehen und so weiter. Frau Wilhelms war ja völlig geschafft. Seit ich hier bin, ist sie nun schon im Badezimmer. Zuerst habe ich mir nichts dabei gedacht, denn nach all dem Stress …«

»Haben Sie kräftig angeklopft?« unterbrach sie Annette.

»Selbstverständlich, nichts rührt sich.«

»Sie müssen sofort die Tür aufmachen«, befahl Annette. »Stecken Sie eine Münze oder einen Schraubenzieher in die Rille, damit kann man den Drehverschluß von außen öffnen. Ich warte am Apparat.«

Das Herz klopfte Annette bis zum Hals, denn ihr schwante nichts Gutes. Immer neu ansetzende, schabende oder kratzende Geräusche ließen darauf schließen, daß Frau Ziesel kein handwerkliches Talent besaß, aber endlich hörte sie leider doch den befürchteten Schrei.

Es dauerte noch eine Ewigkeit, bis Annette die Auskunft erhielt, Frau Wilhelms sei wahrscheinlich in der Badewanne ertrunken. Frau Ziesel hatte zwar auf der Stelle das Wasser abgelassen, aber das hätte auch nichts gebracht.

»Rufen Sie sofort den Notarzt«, sagte Annette. »Verstehen Sie etwas von Erster Hilfe? Herzmassage, Mund-zu-Mund-Beatmung?«

Davon habe sie keine Ahnung, sie wähle jetzt den Notruf, sagte Frau Ziesel energisch und legte auf.

Annette bemerkte, daß ihr Mann sein Handy auf dem Küchentisch vergessen hatte. Noch zögerte sie, direkt bei Olga anzufragen, denn damit würde sie zugeben, daß sie über Pauls Affäre längst Bescheid wußte. Bei Achim hatte sie – wie bereits am Vortag – keinen Erfolg am Telefon, sprach aber diesmal auf seine Mobilbox und bat dringend um Rückruf.

Kurz darauf meldete sich erneut die weinende Frau Ziesel. »Der Krankenwagen ist unterwegs«, sagte sie, »soll ich die Nachbarn holen? Ohne Hilfe kriege ich Frau Wilhelms nicht aus der Wanne. Aber wenn Sie mich fragen, kann man ihr nicht mehr helfen. Mein Gott, das mußte doch nicht sein!«

Annette hörte bereits das Martinshorn. »Gehen Sie an die Tür, machen Sie auf!« rief sie, doch Frau Ziesel hatte bereits den Hörer hingeknallt.

Was jetzt? Annette zitterte am ganzen Leib, denn es fielen ihr nur Fragen und keine Antworten ein. Wieso mußte sie die Verantwortung übernehmen, während sich beide Söhne einen schönen Tag machten? Was meinte Frau Ziesel mit den Worten *das mußte doch nicht sein*? Dachte sie an Selbstmord?

Erst war Helens Mann gestorben, kurz darauf wurde ihr Geliebter erwürgt – wie sollte sie unter diesen Umständen noch weiterleben wollen? Andererseits war es nicht ganz sicher, ob sie ihren Mann wirklich betrogen hatte; in diesem Fall war Annette mitschuldig, weil sie die Schwiegermutter mit ihrer Bezichtigung tief getroffen haben mußte.

Annette rechnete damit, daß Frau Ziesel ihr bald das endgültige Ergebnis der ärztlichen Untersuchung mitteilen würde. Sollte Helen wirklich tot sein, mußte sie wohl oder übel bei Olga anrufen. Wie würde Paul diese Nachricht verkraften? Fast erging es ihm jetzt wie ihr selbst, als sie vor Jahren beide Eltern gleichzeitig verloren hatte.

Es kam Annette vor, als sei eine endlose Zeit verstrichen, bis sich ein unbekannter Arzt mit ihr in Verbindung setzte. Aufgrund der Abkühlung ihres Körpers nahm er an, daß Pauls Mutter schon seit Stunden tot war; beim besten Willen sei keine Rettung mehr möglich gewesen. Dann wollte er wissen, wer der Hausarzt der Verstorbenen sei, ob sie unter chronischen Krankheiten oder Depressionen gelitten und regelmäßig Medikamente eingenommen habe? Da er im vorliegenden Fall nur den Tod, aber nicht die Ursache feststellen konnte, hielt er eine Obduktion für unumgänglich. Falls die Gerichtsmediziner ihrerseits den Verdacht auf einen nicht natürlichen Tod äußerten, müßte auch die Kripo eingeschaltet werden. Annette fühlte sich völlig überfordert, und der Notarzt empfahl ihr, schnellstens die Söhne zu verständigen.

Nach zehn Minuten, in denen Annette ganz gegen ihre Prinzipien einen Schluck Rum aus der Flasche trank, rief die bedauernswerte Frau Ziesel abermals an.

»Der Arzt sagte, ich müßte warten, bis der Leichenwagen kommt. Außerdem wollte er wissen, ob das Badewasser noch warm war. Können Sie denn nicht wenigstens den Achim erreichen? Ich bin fix und fertig und will nach Hause!«

Annette beruhigte die Frau und versprach Beistand.

Olga ging lange nicht an den Apparat. »Ist Paul bei dir?« fragte Annette.

»Warum sollte er?« kam es fast schnippisch zurück.

Jetzt sei keine Zeit für Spielchen, sagte Annette, es sei etwas Furchtbares geschehen.

Tatsächlich hatte sie Paul sehr schnell an der Strippe. »Kommt jetzt die große Eifersuchtsszene?« fragte er. »Okay, zwischen uns muß wohl einiges geklärt werden!«

»Halt die Klappe!« zischte sie. »Hättest du dein Handy bei dir, wäre mir diese peinliche Situation erspart geblieben. Es tut mir leid, aber ich muß dir sagen, daß deine Mutter gestorben ist.«

Paul glaubte es nicht. Geschmackloser könne ihre Rache kaum ausfallen, sagte er. Offensichtlich war er der Meinung, sie habe durch irgendwelche Klatschmäuler von seinem Seitensprung erfahren und versuche nun, ihm mit einer perfiden Behauptung den Appetit zu verderben. Dabei hatte er bis zu Annettes Anruf zwar erfahren, daß Olga gar nicht ohne ihn in Granada gewesen war, mußte sich aber ansonsten mit einer mehr als zurückhaltenden Geliebten zufriedengeben.

»Jetzt hör mir mal gut zu«, setzte er erneut an und unterdrückte mühsam seinen Zorn. »Du bist krank, du bist wütend. Für alles kann man Verständnis aufbringen, aber jetzt gehst du zu weit. Nimm am besten eine Schlaftablette, und leg dich wieder hin. Wir reden später, wenn du nicht mehr so hysterisch bist.«

Um ihn von ihrer psychischen Stabilität zu überzeugen, versuchte Annette, möglichst langsam und präzise zu sprechen. Wenn er ihr nicht glaube, solle er doch in Bretzenheim anrufen! Dann werde er ja hören, was Frau Ziesel zu sagen habe.

Eine Sekunde lang wirkte Paul verunsichert, aber seine Antwort fiel zynisch aus: »Eine derart gehässige Lüge werde ich weder vergessen noch verzeihen. Du kannst dich darauf verlassen, daß ich dich morgen in die Psychiatrie einweisen lasse.«

Sie legte auf.

Langsam verzweifelte Annette. Erst betrog sie ihr Mann, dann baute er einen Unfall, bei dem sie schwer verletzt wurde, und nun wurde sie auch noch als Verrückte abgestempelt. Womit hatte sie das verdient! Wieviel lieber hätte sie jetzt ihre Ruhe gehabt, statt sich um Pauls tote Verwandtschaft kümmern zu müssen. Eine undankbarere Aufgabe konnte sie sich kaum vorstellen, wo doch ihre Schwiegermutter ohnedies nur blutsverwandte Familienangehörige akzeptiert hatte. Zum Glück konnte Paul ihre Gedanken nicht lesen, denn insgeheim bedauerte Annette, daß seine Mutter nicht drei Tage früher gestorben war. Dann hätte man beide Beerdigungen in einem Aufwasch erledigen können.

Nicht ungern hätte sie Pauls Vorschlag befolgt und ein

Sedativum geschluckt. Wenn sie sich für die nächsten Stunden von dieser Welt verabschiedete, konnte er sehen, wie er allein zurechtkam. Olga würde ihn bestimmt nicht nach Mainz begleiten. Wo waren eigentlich die Medikamente, die ihr Markus mitgegeben hatte? Eigentlich mußten sie samt Paß, Geld und Flugticket noch in ihrer Handtasche stecken. Die Tasche fand sich zwar im Arbeitszimmer, aber die blauen Pillen fehlten.

Ob Helen am Ende diese Tabletten alle auf einmal genommen hatte? Annette erinnerte sich, daß vor Jahren zwei Reporter einen toten Politiker in einer Hotelbadewanne aufgefunden hatten. Ein Foto, das am Tatort gemacht wurde, spukte ihr dank häufiger Veröffentlichungen heute noch im Kopf herum. Soweit sie wußte, waren die Umstände nie restlos aufgeklärt worden. Unfall, Selbstmord oder Mord? Jedenfalls hatte ein Toxikologe Spuren eines überdosierten Schlafmittels gefunden.

Doch der Fall ihrer Schwiegermutter sah anders aus. Helen hatte stets auf körperliche Fitneß geachtet, weder geraucht noch getrunken, sich vitaminreich und fettarm ernährt. Durch regelmäßiges Tai Chi war sie gelenkig geblieben. Es war bestimmt nicht ihre Art, ohne zwingenden Grund Arzneimittel einzunehmen.

Eine halbe Stunde später hörte sie Pauls Schritte an der Haustür. Also hatte er tatsächlich in Mainz angerufen und mußte nun mit der traurigen Tatsache fertig werden. Wie sollte sie sich verhalten? Annette blieb stoisch sitzen und wartete ab.

Paul sah jämmerlich aus. Noch im Mantel ließ er sich auf

einen Sessel fallen, verbarg das Gesicht in den Händen und wimmerte vor sich hin. Annette konnte den Anblick kaum ertragen und hatte das starke Bedürfnis, ihn tröstend am Busen zu wiegen. Obwohl Paul sie noch vor kurzem für verrückt erklärt hatte, setzte sie sich neben ihn auf die Lehne und legte zaghaft den Arm um seine Schulter. Sie hatte nicht erwartet, daß er sie heftig an sich zog. Irgendwann hatte sich Paul aber so weit gefangen, daß er seine rüden Worte bedauernd zurücknahm.

Ob sie nach Bretzenheim mitkommen solle, fragte sie, aber er schüttelte den Kopf. Später half sie, ein paar Sachen zu packen, und vergaß auch nicht, ihm das Handy in die Sakkotasche zu stecken. Paul bat darum, immer wieder bei seinem Bruder anzurufen. Leider hatte er keine Ahnung, wie Gina mit vollem Namen hieß und wo sich Achim aufhalten könnte.

»Wahrscheinlich hatte Mama einen Herzinfarkt«, mutmaßte er und zündete sich eine Zigarette an, »ich mache mir solche Vorwürfe! Wie konnten wir sie nur allein lassen, obwohl sie so krank und erschöpft aussah.«

Um Paul in seinen Schuldgefühlen nicht zu bestärken, schwieg Annette über die Möglichkeit eines Suizids. Er würde noch früh genug in diese Richtung forschen, denn er zerbrach sich über alle nur denkbaren Ursachen den Kopf.

»Hätten wir an ihrer belegten Stimme nicht merken müssen, daß sie erkältet war? Vielleicht hat sie Fieber bekommen und im heißen Badewasser einen Kreislaufkollaps erlitten.«

Aus reiner Barmherzigkeit versicherte Annette, das sei

die wahrscheinlichste Erklärung. Aber schon wurde Paul von einer neuen Horrorvorstellung gequält. Vor ein paar Tagen habe seine Mutter über Schlafstörungen geklagt, und er habe ihr Annettes Pillen empfohlen. Unter Umständen könnte sie gegen ihre sonstigen Gewohnheiten ein paar Tabletten zuviel geschluckt haben. Paul ließ mehrere Sätze unvollendet, alle fingen mit *hätte* an. Dann starrte er nur noch in eine Ecke.

Unbeholfen versuchte Annette, ihm mit Streicheln und Rückentätscheln ihr Mitgefühl zu zeigen. »In keinem Fall trifft dich eine Schuld«, sagte sie. »Aber das Grübeln hilft uns nicht weiter, warten wir erst einmal ab, was die Mediziner sagen. Bestimmt war es eine Verkettung verhängnisvoller Umstände. Mir wäre es im übrigen lieber, wenn du nicht mit dem Auto losfährst.«

Über Olga wurde nicht gesprochen. Nach einem starken Kaffee holte Paul die eingekauften Lebensmittel aus dem Wagen und trug sie in die Küche. Dann setzte er sich in den Saab und gab Gas.

19

Dreimal Kräutertee

Es war Paul bei der Abfahrt nach Mainz ganz klar, daß sein eigener Tod der nächste in der Serie sein würde; nach einem rätselhaften Schicksalsplan sollte wohl seine ganze Familie ausgelöscht werden. Völlig besessen von dieser Vorstellung wäre er aus Unachtsamkeit beinahe gegen eine Leitplanke gerast und hätte seinem Leben tatsächlich ein Ende gesetzt.

Im Augenblick kam es ihm so vor, als ob er alles falsch machte. Voller Scham erinnerte er sich, daß er bei seinem überstürzten Aufbruch am liebsten Olga ins Gesicht geschlagen hätte. Gleich als er eintraf, hatte sie ihm sein falsches Spiel vorgehalten, denn inzwischen wußte sie, daß er auch Markus juristisch beraten hatte. Ausgerechnet während dieser unerfreulichen Auseinandersetzung wurde er am Telefon verlangt; Olga verließ zwar ärgerlich das Zimmer, aber keineswegs, um mit dem Kochen zu beginnen.

Nachdem Paul etwas halbherzig in Mainz angerufen hatte und schockiert erfuhr, daß Annette die Wahrheit gesagt hatte, informierte er Olga über die Katastrophe. Wohl oder übel zeigte sie sich jetzt von ihrer sozialen Seite und versuchte, ihn zu trösten: Das sei ja entsetzlich! Beide Eltern innerhalb einer Woche! »Armer kleiner Jean Paul!«

Wie sollte sie verstehen, daß er daraufhin fuchsteufels-
wild wurde. Doch von nun an durfte ihn niemals mehr eine
Frau mit Jean Paul anreden.

Im Endeffekt hatte er jetzt nicht nur Annette, sondern
auch Olga verloren. Aber wieso hatte seine Frau gewußt,
wo er sich gerade aufhielt? Paul hatte es stets vermieden,
sich in der Öffentlichkeit mit seiner Geliebten zu zeigen,
und ihre Treffen fanden ausschließlich bei ihr statt. Ob
Annette einen Detektiv auf ihn angesetzt hatte? Oder
hatte Olga ihrer ehemaligen Freundin höchstpersönlich
einen Tip gegeben, um ihre Ehe zu zerstören?

Vor dem elterlichen Haus in Mainz-Bretzenheim stand ein
schwarzer Mercedes und bewies durch seine düstere Existenz, daß alles kein Alptraum war. Eine Weile blieb Paul
wie versteinert stehen und traute sich nicht, auf die Klingel
zu drücken. Als sich die Tür auftat, trugen zwei grau-
gekleidete Männer einen Sarg hinaus.

»Wohin wollen Sie meine Mutter bringen?« fragte Paul.

Die beiden setzten die Last ab, reichten ihm die Hand
und sprachen mit routinierter Pietät ihr Beileid aus. »Wir
fahren ins rechtsmedizinische Institut nach Mainz«, sagte
der Ältere. »Die Leiche wird erst dann zur Bestattung frei-
gegeben, wenn die Todesursache abgeklärt ist.«

Obwohl Paul derlei Vorschriften durchaus kannte, hatte
er einen Augenblick lang nicht realisiert, was das bedeu-
tete: Seine Mutter mußte obduziert werden. Die Männer
öffneten die rückwärtige Wagentür, schoben den Sarg in
den Laderaum und verabschiedeten sich.

Rasch trat Paul ins Haus. Wie oft hatte seine Mutter bei

kaltem Wetter gerufen: *Kinder, kommt sofort herein, ihr holt euch noch den Tod!*

Als kleiner Junge hatte er gedacht, man dürfe den Tod auf keinen Fall wie eine streunende Katze zur Tür hereinhuschen lassen.

Erfüllt von Trauer, Mitleid und Erleichterung fiel ihm Frau Ziesel um den Hals. »Was für ein schreckliches Unglück!« schluchzte sie. »Weiß der Achim schon Bescheid?« Seit vielen Jahren gehörte sie zum Haushalt, aber zu Achim hatte Frau Ziesel wohl ein besonders inniges Verhältnis. Sie setzte Wasser auf. »Tee oder Kaffee?« fragte sie.

Es sei ihm egal, sagte Paul, ließ sich auf die Küchenbank fallen und drückte ihr seine Anteilnahme aus: Es müsse furchtbar für Frau Ziesel gewesen sein...

»Das können Sie laut sagen!« bestätigte sie. »Gräßlicher geht's gar nicht. Aber als ich hier saß und warten mußte, hatte ich Zeit zum Nachdenken, und wissen Sie, was ich glaube? Selbstmord war es nicht!«

»Wieso Selbstmord?« fragte Paul. »Darauf wäre ich überhaupt nicht gekommen!«

»Nun, wenn der Ehemann so plötzlich stirbt...«, meinte Frau Ziesel, »aber vieles spricht dagegen, ich kann es Ihnen beweisen!«

Paul folgte ihr ins Schlafzimmer. Die Bettdecke seiner Mutter war aufgeschlagen, das schwarze Kostüm hing am Bügel, ihre Wäsche lag auf dem vakanten zweiten Bett. Auf dem Nachttisch befanden sich ein Kännchen Tee und ein Glas Honig, die Zeitung und das Fernsehprogramm.

»Man merkt doch gleich«, sagte Frau Ziesel, »daß sich

die Mutti nach dem ganzen Stress so richtig entspannen wollte. Erst ein wohliges Bad und dann mit einem heißen Tee ins Nest.«

Sie führte Paul ins Badezimmer. »Sehen Sie mal, hier liegt ein frisches Nachthemd zum Anwärmen auf der Heizung. Das macht man doch nicht, wenn man es hinterher gar nicht mehr braucht. Und außerdem schlitzt man sich im Wasser meistens die Pulsadern auf.«

»Sie kennen sich ja aus!« sagte Paul. »Aber Selbstmord stand überhaupt nicht zur Debatte. Die Frage ist nur, woran sie letztendlich gestorben ist. Ich persönlich glaube, daß sie bewußtlos wurde und ertrank.«

»Da haben Sie allerdings recht«, sagte sie, »Ihre Mutti war ja mit Haut und Haaren untergetaucht.«

Mit dem Glas Honig in der Hand begab sich Frau Ziesel wieder in die Küche und goß Tee auf. »Trinken Sie, Johanniskraut beruhigt!« sagte sie. »Kann ich noch etwas für Sie tun? Ich muß jetzt nach Hause.«

»Natürlich werde ich Sie fahren«, sagte Paul, »wie kamen Sie überhaupt auf die Idee, sie könnte sich umgebracht haben?«

»Nur so ein Gefühl«, sagte Frau Ziesel. »Man sagt doch: Sie folgte ihrem Mann in den Tod. – Vergessen Sie nicht, einen Hausschlüssel mitzunehmen; draußen liegt keiner mehr.«

Erstaunt erfuhr Paul, daß der Vater in letzter Zeit häufig seinen Schlüssel vergessen und deswegen einen Ersatz in einem Blumentopf versteckt habe.

Schließlich stieg Frau Ziesel zu ihm in den Wagen. »Leider können wir meinen Bruder nicht erreichen«, sagte Paul. »Haben Sie vielleicht eine Ahnung, wie seine Freundin Gina mit Nachnamen heißt?«

»Gina?« Sie schüttelte den Kopf. Nach einer Weile fiel ihr zu diesem Thema allerdings noch etwas ein, und sie erzählte: »Seitdem bei euch mal eingebrochen wurde, waren eure Eltern ein wenig ängstlich. Sie wollten nicht, daß das Haus unbewohnt blieb, wenn sie auf Reisen waren. Der Achim schlief dann hier und hat ein bißchen nach dem Rechten gesehen. Ich habe mich gut mit ihm verstanden, er war ja immer bester Laune und hat mich oft zum Lachen gebracht. Manchmal hat er für seine Freunde gekocht. *Frau Ziesel, Sie müssen unbedingt mal probieren*, hat er gesagt und mir einen Löffel Sauce hingehalten. Mir hat es nicht so besonders geschmeckt, aber natürlich wollte er gelobt werden!«

»Wissen Sie die Namen seiner Freunde?« fragte Paul.

»Ach Gott, die kamen erst abends und spielten wohl Karten. Aber der Simon war sicher mit von der Partie, den kenne ich von klein auf. Ich glaube aber fast, daß gar keine Mädchen dabei waren.«

»Wir schulden Ihnen großen Dank«, sagte Paul so freundlich wie möglich und hielt ihr die Tür auf.

Eigentlich hätte Paul jetzt zurück nach Mannheim fahren können, denn er wußte nicht recht, wofür er überhaupt hergekommen war. Die Gerichtsmediziner würden am Wochenende nur in Notfällen arbeiten, vor Dienstag war kaum mit einer Diagnose zu rechnen. Ob er mit dem

Hausarzt der Familie sprechen sollte? Aber auch er hatte jetzt Feierabend.

Kurz entschlossen versuchte es Paul bei Dr. Hubatsch privat. Eine Frau öffnete ihm ungehalten. Ob man denn niemals seine Ruhe habe? Paul sollte am Montag in die Praxis kommen, ihr Mann habe eine harte Woche hinter sich und sei gerade vor laufendem Fernseher eingenickt.

Aus dem Hintergrund rief eine Männerstimme: »Wer ist denn da?«

Als sich Paul vorstellte – denn der Arzt hatte ihn das letzte Mal vor etwa zwanzig Jahren gesehen –, wurde er hereingebeten.

»Es tut mir leid um Ihren Vater«, sagte der Doktor, »gestern habe ich den Bericht des Krankenhauses erhalten. Wie Sie ja wissen, war er ein schwieriger Patient, aber wir haben uns immer wieder zusammengerauft und sind gemeinsam alt geworden.«

Seine Mutter sei gestorben, sagte Paul, ohne auf die hypochondrischen Züge des Vaters einzugehen; er sah Dr. Hubatsch die Bestürzung an. Nachdem Paul die besonderen Umstände ihres Todes erläutert hatte, fragte er, ob die Mutter vielleicht eine schwere Krankheit vor ihrer Familie verheimlicht habe.

»Wissen Sie«, sagte Dr. Hubatsch, »Ihr Vater hat sich seit vielen Jahren eingebildet, es gehe mit ihm jeden Moment zu Ende. Schon deswegen mußte Ihre Mutter häufig mit mir Kontakt aufnehmen. Allerdings kam sie auch, um Gefälligkeitsatteste für Ihren Bruder zu fordern. An diesem Punkt hörte meine Pflicht als Hausarzt aber auf, eines

Tages habe ich nicht mehr mitgespielt. Vielleicht hat sie mir das übelgenommen.«

Paul nickte, er erinnerte sich vage.

»Bei so viel Problematik zweier Familienmitglieder kam Ihre Mutter wahrscheinlich gar nicht auf die Idee, sich selbst einmal untersuchen zu lassen. Meine Patientin war sie also nicht, obwohl ich ihr gelegentlich eine Überweisung zum Gynäkologen ausgestellt oder eine Salbe rezeptiert habe; soweit ich mich erinnere, handelte es sich um Bagatellen.«

»Kann es sein, daß unsere Mutter einen Herzinfarkt hatte?« fragte Paul.

Er könne es wirklich nicht beurteilen, meinte der Arzt, sie habe weder über entsprechende Beschwerden geklagt, noch ein EKG machen lassen. Vielleicht sei sie bei einem Kollegen in Behandlung gewesen?

Paul bedankte und verabschiedete sich.

Als er wieder im Wagen saß, meldete sich der Hunger. Außer einem Zwieback hatte er nichts gegessen. Sollte er nach Hause oder gar zu Olga fahren? In Anbetracht seiner Situation kam ihm die zweite Möglichkeit geradezu obszön vor, und wahrscheinlich fand sich auch in der elterlichen Küche etwas Eßbares.

Schon oft hatte sich Paul über Kriminalfilme geärgert. Zum Beispiel hielt er es für unwahrscheinlich, daß jemand stundenlang ziellos durch die Gegend fuhr und deswegen kein Alibi hatte. Wer tut das schon! hatte er stets gedacht, machte es aber im Moment ganz genauso. Fast schien es ihm ein Wink seiner toten Eltern zu sein, als ein hell erleuchtetes Schild vor ihm auftauchte: ›Die Wildgans‹. Hier hatte sein Vater so gern gegessen, hier hatte die Mutter wohl ihren Liebhaber kennengelernt, und hier würde ihn Achim vielleicht eines Tages als Chef des Hauses begrüßen. Aber hatte sein Bruder nicht gesagt, das Lokal sei geschlossen?

Da das Restaurant halb leer war, bekam Paul den begehrten Platz in einem kleinen Erker. Lange starrte er auf die Speisekarte und konnte sich nicht entscheiden. War es richtig, ausgerechnet hier zu essen? Mit schlechtem Gewissen bestellte er schließlich das billigste Gericht. Obwohl es lecker aussah, schienen seine Geschmacksnerven zu versagen; es kam ihm fast so vor, als müßte er Heu und Stroh hinunterwürgen.

»Hat's geschmeckt?« fragte die Bedienung und räumte den Teller ab.

»Nein«, sagte Paul, der gar nicht provozieren oder reklamieren wollte.

Leider holte sie sogleich den Oberkellner. »Der Herr war nicht zufrieden? Woran fehlt's?« fragte er. »Gina, bring noch mal die Speisekarte! Wie wär's mit einem schönen Dessert auf Kosten des Hauses?«

Paul lehnte ab. »Entschuldigen Sie«, sagte er, »es liegt nicht an Ihnen! Am ehesten hilft mir vielleicht ein Schnaps.«

Als die Kellnerin den Cognac servierte, fragte Paul, ob sie einen Achim Wilhelms kenne.

Sie nickte.

»Ist er oft hier?« bohrte Paul weiter.

»Allerdings«, sagte sie ein bißchen patzig, »und im

Gegensatz zu Ihnen war er niemals miesepetrig oder unzufrieden mit dem Essen. Sind Sie etwa von der Polizei?«

Sie hatte ein Nasenpiercing, das Paul nicht gefiel, aber
sonst war sie ganz niedlich. Achim sei sein Bruder und
habe erzählt, daß sie aus dem Tessin stamme, begann er
seine Recherche.

Gina schüttelte mißtrauisch den Kopf. Das könne nur
eine Verwechslung sein, sie sei noch nie in der Schweiz gewesen. Außerdem habe Herr Wilhelms keinen Bruder er-
wähnt, und Paul sehe ihm auch nicht ähnlich.

Auf dem Heimweg ging Paul mancherlei durch den Kopf.
Sollte Achim tatsächlich oft in der ›Wildgans‹ gewesen
sein, dann müßte er eigentlich Heiko Sommer bestens kennen. Als sie damals den spärlich bekleideten Mann in Mutters Küche überraschten, war sein Bruder aber ebenso
konsterniert gewesen wie Paul, und auch Heiko Sommer
hatte mit keinem Wimpernzucken verraten, daß er mit
Achim bekannt war. Und was Gina betraf – der Name kam
in Deutschland nicht besonders häufig vor –, konnte es
bloß Zufall sein, daß diese junge Frau genauso hieß wie die
Freundin seines Bruders? Es gab viele Fragen, die nur
Achim beantworten konnte.

Erst im Elternhaus sah Paul auf die Uhr; es war noch nicht
zu spät, um Annette anzurufen. Er war dankbar, daß sie
sich alles in allem fair benommen und nicht die Furie gespielt hatte. »Hallo«, sagte er, »ich komme heute nicht
mehr nach Hause, aber das hast du dir wohl schon gedacht.
Gibt es eine Nachricht von meinem Bruder?«

»Nein«, sagte sie, aber in diesem Fall werde sie Achim sofort nach Mainz beordern. Als Annette fragte, ob es sehr schlimm gewesen sei, empfand sie im gleichen Augenblick die eigene Wortwahl als unpassend.

»Ja«, meinte Paul, »und es wird sicher alles noch schlimmer kommen. Aber ich melde mich morgen wieder. Gute Nacht!«

Bevor er auflegte, hörte er ein verhaltenes Schniefen.

Aus alter Gewohnheit begab sich Paul zum Schlafen in die Mansarde. Frau Ziesel hatte hier bereits geputzt, abgezogen und die Matratze zum Lüften hochkant gestellt. Im Gästezimmer und bei Achim sah es ähnlich aus. Nur das Bett seiner Mutter wirkte einladend, ja es übte einen rätselhaften Sog aus. Paul beschloß, diesen Abend so zu gestalten, wie es seine Mutter gestern vorgehabt hatte: Baden, Tee trinken, unter ihrer Daunendecke liegen und Zeitung lesen.

Während das Badewasser einlief, kochte er Kräutertee. Heute trank er ständig dieses fade, beruhigende Zeug. Annette hätte ihre helle Freude an ihm. Er stellte Tasse und Honig auf den Nachttisch und rannte schnell wieder in Mamas *salle de bain*, um eine Überschwemmung zu verhindern; den Schlafanzug hängte er an die Heizung.

Sobald er in das warme Wasser glitt, wurde Paul unendlich müde, fast war ihm, als dürfe er jetzt auch in einen Ort des ewigen Vergessens abtauchen. Erst nach einer guten halben Stunde riß ihn die dröhnende Radiomusik eines vorbeifahrenden Autos aus dem Trancezustand; es war höchste Zeit, sich aufzuraffen.

Als Paul ein frisches Handtuch aus dem Schrank nahm, fiel ihm der Elektroschocker wieder ein. Eigentlich war er sich sicher, die Waffe wieder an die gleiche Stelle zurückgelegt zu haben, aber dort war sie nicht mehr zu finden.

Den abgekühlten Tee trank Paul im Bett. Auf der Suche nach einer Schlaftablette zog er auf gut Glück die Nachttischschublade auf. Tatsächlich stieß er auf Annettes Pillenpackung, von der etwa die Hälfte fehlte. Paul überlegte, wie viele er selbst und Annette geschluckt haben mochten und ob seine Mutter die Tabletten überhaupt angerührt hatte.

Bei einem beabsichtigten Selbstmord hätte sie es aber in jedem Fall anders angestellt. Es war nicht der Stil seiner Mutter, sich von der langjährigen, treuen Haushaltshilfe unbekleidet in der Wanne auffinden zu lassen. Bereits im Halbschlaf kam Paul seine Bahnfahrt von Mainz nach Mannheim wieder in den Sinn. Im Hochwasser des Flusses hatte er sich seine Mama, die in ihren hellen Gewändern von weitem wie ein junges Mädchen wirkte, als leblose Ophelia vorgestellt. Hatte er damals bereits eine Vorahnung gehabt? In der Realität war sie allerdings in der Badewanne ertrunken und nicht von der Strömung des Mains davongetragen worden. Paul nahm sich vor, ihr keinen Abschiedsbesuch abzustatten, sondern das bezaubernde Bild einer schönen jungen Mutter im Gedächtnis zu behalten.

Als das Schlafmittel wirkte, fühlte er sich unversehens frei von allen Sorgen. Nelkenduft umhüllte ihn, er war in den Mutterschoß zurückgekehrt.

20

Taubenaugen

Am Sonntag morgen saß Paul mit einer Tasse Kaffee an Mutters Küchentisch, wo er unter ihrer Aufsicht häufig seine Schularbeiten gemacht hatte. Damals war das Wachstuch blaugepunktet, inzwischen grünkariert. Gelegentlich hatte er mit dem Kugelschreiber darauf herumgekrakelt; wenn sie ihn dabei ertappte, warf ihm die Mutter einen Spülschwamm an den Kopf. Ihre permanenten Ermahnungen klangen Paul immer noch in den Ohren: *Sitz nicht so krumm!* oder *Die Schrift wurde erfunden, damit man sie lesen kann, Jean Paul!* Und erst kürzlich im gleichen vorwurfsvollen Tonfall: *Wenn du genug Geld hättest, würdest du nur noch faulenzen!*

Das Erbe stand zwar bald zur Verfügung, aber Paul konnte sich nicht darüber freuen, denn *Müßiggang war aller Laster Anfang.* Seine Mutter hatte gehofft, daß er ein angesehener Anwalt würde. Er meinte sich zu erinnern, es ihr irgendwann versprochen zu haben. Gedankenverloren zupfte er Blätter von einem Petersiliensträußchen, das in einem Senfglas vor seiner Nase stand. Wer mochte es gekauft haben?

Er konnte sich vorstellen, daß ihm die Mutter zwar keinen monatelangen Segeltörn, aber immerhin eine perfekte Sekretärin zugebilligt hätte. Bisher hatte er sich mit seinem

Partner, der auf Immobilien- und Mietrecht spezialisiert war, eine inkompetente Halbtagskraft geteilt. Im allgemeinen mußte Paul eigenhändig die Fristenbücher führen, Gerichtstermine und Mandantengespräche eintragen, ja sogar die Akten von der Staatsanwaltschaft zur Einsicht anfordern. Wenn er weniger subalternen Schreibkram am Hals hätte, könnte er sich eher auf seinen eigentlichen Beruf konzentrieren, und seine Mutter hätte keinen Grund, sich im Jenseits über seine Trägheit zu beklagen. Bei künftigem Fleiß, Erfolg und Aufstieg würde sie ihm wohl auch die Erfüllung seiner Träume zugestehen.

Achim hätte seinen Anteil rasch verzockt, und das wäre der Mutter noch mehr gegen den Strich gegangen als Faulenzerei – falls es stimmte, was sie über seine Spielsucht erfahren hatte. Paul mußte unbedingt mit Simon reden und blätterte unverzüglich im Telefonbuch, um die Adresse herauszufinden.

Zwei Stunden später saß er tatsächlich jenem Simon gegenüber, der bei ihrer letzten Begegnung noch ein Teenager gewesen war. Der übernächtigte junge Mann war in T-Shirt und Trainingshose nicht wiederzuerkennen. Damals trug Achims Freund ein ebenso unmodernes wie schmuddeliges Palästinensertuch und fuhr ein Moped, an dem er pausenlos herumbastelte. Paul erinnerte sich noch gut, wie schwarz Simons gepflegte Fingernägel damals waren.

Mit feuchten Augen bediente Simon eine Kaffeemaschine. Der plötzliche Tod von Pauls und Achims Mutter machte ihm sichtlich zu schaffen. »Ich habe sie geliebt«, sagte er und schluckte ein paarmal. Paul wußte anfangs nicht, ob er diese Worte harmlos interpretieren konnte, doch sein Mißtrauen erwies sich als unbegründet. Was Simon erzählte, klang dankbar und loyal.

»Dein Bruder ist zwar seit vielen Jahren mein Freund«, sagte er, »aber es war vor allem eure Mutter, die mir zuhörte und freundlich auf mich einging. Selbst wenn ihr beide nicht da wart, habe ich oft bei euch gegessen oder Schulaufgaben gemacht. Meine eigenen Eltern hatten wenig Geld, wenig Zeit und leider auch wenig Verständnis für die Probleme junger Menschen.«

Vorsichtig forschte Paul nach Achims vermutlichem Aufenthalt, nach seiner Freundin und seiner heimlichen Leidenschaft für Glücksspiele. Anfangs vermied Simon alle Aussagen, die ein schlechtes Licht auf Achim werfen konnten, und tat sich schwer mit präzisen Antworten. Aber da er Pauls Sorgen für gerechtfertigt hielt, überwand er allmählich seine Hemmungen.

Sein Bruder hatte wohl keine feste Partnerin, von einer Gina wußte Simon nichts. Es habe sich verhängnisvoll ausgewirkt, als Achim vor einigen Jahren Heiko Sommer kennenlernte. Er wurde unzuverlässig, log noch mehr als bisher, veränderte sich auch sonst zu seinen Ungunsten und zeigte kaum mehr Interesse an seinen früheren Kumpanen. Ohne mit seinem Schulfreund mehr als einen Gruß zu wechseln, hatte Simon ihn aber regelmäßig im Wiesbadener Casino beobachten können.

»Ich arbeite als Croupier und fühle mich ein wenig schuldig, weil ich Achim bei einem harmlosen Touristen-Schnupperkurs dort eingeführt habe. Ob er oder Heiko damit anfing, dem anderen Geld zu leihen, kann ich wirklich nicht sagen, aber anscheinend gab es da ein ständiges Hin und Her. Ein Kollege hat mir im Vertrauen alles berichtet, was ich selbst nicht mitbekommen konnte.«

»Ging es um größere Beträge?« fragte Paul.

»Beide haben um relativ hohe Summen gespielt: immer gleich der höchste Einsatz auf Plein, also auf die volle Zahl. Bis drei Uhr morgens waren sie dabei, und unter 1000 Euro lief bei denen nichts. Es hat mich irgendwie beunruhigt, und ich habe sogar überlegt, ob ich euren Eltern einen Brief schreiben sollte. Auf mich hat dein Bruder ja nicht mehr gehört.«

Simon seufzte und leerte einen vollen Aschenbecher aus. »Als ich ihm einmal Vorhaltungen machte, sagte Achim ganz locker, er sei doch in bester Gesellschaft. Hier in Wiesbaden habe sogar Fjodor Dostojewskij seine Tantiemen verspielt.«

Was für ein Mensch dieser Heiko Sommer eigentlich gewesen sei, fragte Paul.

Sommer hätte große Erfolge als Koch gehabt und in Achim einen begabten Schüler entdeckt. Im Gegensatz zu seinem Schützling habe er jedoch Probleme mit dem Gewicht bekommen und deswegen regelmäßig ein Fitneßcenter besucht. »Wenn ihm jemand komisch kam, soll er manchmal handgreiflich geworden sein; aber mit einem solchen Muskelpaket wollten sich selbst Raufbolde nur ungern anlegen. Was mir nicht an ihm gefiel, war seine Großkotzigkeit. Mich behandelte er immer von oben herab. Deswegen weine ich ihm auch keine Träne nach«, sagte Simon.

Aber wo zum Teufel mochte sich Achim zur Zeit herumtreiben?

Nach längerem Überlegen meinte Simon, daß er eventuell in Baden-Baden am Spieltisch sitze, denn er habe ihn seit Tagen nicht mehr in Wiesbaden gesichtet.

Beim Abschied fragte Simon nach dem Beerdigungstermin, weil er Pauls Mutter auf jeden Fall die letzte Ehre erweisen wollte.

Davon wird sie auch nicht wieder lebendig, dachte Paul niedergeschlagen, als er durch unbelebte Straßen nach Hause wanderte. Leider hatte er nicht gefragt, ob sein Bruder außer Roulette auch Black Jack oder Poker spielte. Es war immerhin denkbar, daß Achim und Heiko ein vermeintlich sicheres System entwickelt hatten, das nur mit hohen Einsätzen funktionierte. Paul hatte sich noch nie für die Welt des Glücksspiels interessiert. Er kannte sie nur aus verstaubten Russenromanen, in denen die Protagonisten in einer einzigen Nacht Haus und Hof verspielten und in einen Zustand der Raserei und hoffnungslosen Verzweiflung gerieten.

Heftiges Fahrradklingeln riß ihn unversehens aus seinen Gedanken. Ein junger Vater unternahm mit zwei kleinen Söhnen, die noch etwas unbeholfen im Sattel saßen, eine Radtour. Er war in Pauls Alter. Paul selbst hätte ja auch längst schulpflichtige Kinder haben können. Sicher wäre ein Enkelkind für seine Mutter ein großes Glück gewesen, aber sie war zu diskret, um solche Wünsche zu äußern. Sollte er ihr postum noch diese Freude machen? Von

Achims Seite war ja momentan keine Familiengründung zu erwarten.

Die Radfahrer sorgten zum zweiten Mal für Ablenkung. Der kleinere Junge hatte – ob mit oder ohne Vorsatz war schwer zu beurteilen – den Hinterreifen des Bruders gerammt und ihn dadurch zu Fall gebracht; nun lagen beide am Boden und plärrten. Besorgt wendete der vorausfahrende Vater, richtete Kinder und Räder wieder auf, tröstete, schalt und wischte mit seinem Taschentuch über blutige Schrammen.

»Wenn ich dich noch einmal erwische«, drohte er seinem jüngeren Sohn, »dann werde ich andere Saiten aufziehen!«

Also hatte es der kleine Lauser absichtlich gemacht, dachte Paul, und mit einem Mal fiel es ihm wie Schuppen von den Augen. Sein eigener Bruder war auch nicht der naive Musterknabe, den er gerade hervorkehrte, sondern ein Zocker und Schurke. Warum war Paul nur so blind und vernagelt gewesen und hatte seiner schöngeistigen Mutter zugetraut, sich mit einem Typ wie Heiko Sommer einzulassen?

Es war alles ein abgekartetes Spiel gewesen: Achim und Heiko hatten ihn an der Nase herumgeführt. Schritt für Schritt rekonstruierte Paul die Hinterhältigkeit und Infamie seines Bruders, der offenbar genau gewußt hatte, wann die Mutter beim Frisör war. Während Paul am Frankfurter Flughafen seinen Koffer abholte, hatte Achim per Handy seinen Freund Heiko ins Elternhaus bestellt, um Paul dort eine zuvor vereinbarte Szene vorzuspielen. Der Ersatzschlüssel lag im Versteck, so daß Heiko Sommer mühelos eintreten konnte. Im nachhinein ertappte Paul den Bruder sogar bei einer weiteren Lüge. Achim hatte auf der Fahrt nach Mainz behauptet, sein Handy sei nicht aufgeladen und er könne deswegen die Mutter nicht erreichen. Später hatte Paul das Gerät seines Bruders im Kofferraum entdeckt und für das eigene gehalten. Als er die Speichertaste drückte, hatte das Handy sehr wohl funktioniert.

Doch warum trieb sein Bruder ein derart falsches Spiel? *Cui bono?* Nun, erstens hatte er tatsächlich erreicht, daß sich Paul von der Mutter distanzierte; zweitens hätten sich die Eltern hoffnungslos untereinander zerstritten. Drittens hatte Achims Wutausbruch letzten Endes den Tod des Vaters herbeigeführt, wodurch ein Teil der Erbschaft fällig wurde. Aber konnte sein Bruder mit solchen Folgen rechnen? Hätte seine Intrige nicht auffliegen können? Wahrscheinlich liebte eine Spielernatur den Nervenkitzel eines hohen Risikos.

Inzwischen war Paul vor der Haustür angekommen und hörte bereits von draußen das permanente Läuten des Telefons. Wie sollte er reagieren, wenn es sein Bruder war? Bis jetzt hatte Paul kaum über seine eigene Verantwortung nachgedacht und wußte noch nicht, wie er vorgehen sollte oder mußte.

Es war Annette. Nein, Achim habe sich nicht gemeldet. Wie es in Mainz so gehe?

Den Umständen entsprechend, murmelte Paul, sie müsse sich aber keine Sorgen machen.

Dann setzte er sich an den Schreibtisch der Eltern. Links befanden sich die Schubladen der Mutter, rechts die des Vaters, die Paul bei der Sichtung der hinterlassenen Papiere erst kürzlich durchsucht hatte. Seine Mama hatte in loser Ordnung allerlei Sammelnswertes angehäuft: gebündelte Briefe, Babyfotos, getrocknete Kleeblätter, Zeitungsartikel. Paul wußte nicht genau, was er unter all diesen Andenken eigentlich suchte. Eine der vier Schubladen war mit Souvenirs gefüllt – Schneckenhäuser und Muscheln aus dem Süden, Streichholzschachteln aus Metropolen, ein Aschenbecher aus einem italienischen Restaurant. Nie mehr würde er etwas über die Bedeutung dieser Gegenstände erfahren. Schließlich entdeckte er einen Schlüsselbund. Die Auto- und Hausschlüssel hingen stets in der Garderobe, diese hier wurden wohl seltener benutzt, gehörten offenbar zu Gartenpforte und Garage, die nur bei längerer Abwesenheit verschlossen wurden.

Ein ziemlich kleiner Schlüssel schien eher zu einer Kassette zu passen, und Paul erinnerte sich, daß ihm neulich bei der Kleiderprobe eine Schatulle aufgefallen war. Als er im elterlichen Schrank nachschauen ging, war das Kästchen unverschlossen und leer. Ob sich sein Bruder bereits bedient hatte?

Unzufrieden begab sich Paul zurück an den Schreibtisch und nahm sich die Briefe vor. Die vielen Päckchen wurden von mürben Gummibändern zusammengehalten und stammten von einer Schulfreundin der Mutter, die seit vielen Jahren in Holland lebte. Sie waren alle mit grüner Tinte geschrieben, begannen mit *Liebste Helene* und endeten mit *Herzlich Deine Karin*. Anscheinend hatten sie in jungen Jahren häufig miteinander korrespondiert, waren aber mit der Zeit mehr und mehr zum Telefonieren übergegangen. Mit gerunzelter Stirn überflog Paul Berichte über Menschen, Orte und Bücher, die er nicht kannte und die ihn wenig interessierten. Gelegentlich tauchte der eigene Name auf – *schön, daß Paul so gern liest, unser Max blättert höchstens in Comics*. Auf einmal entdeckte Paul aber einen Satz, der ihm Rätsel aufgab: *Es tut mir so leid für Euch, daß man einen frühkindlichen Hirnschaden nicht ganz ausschließen konnte. Aber eine leichte Fehlentwicklung hat in Achims Alter noch gar nichts zu bedeuten.*

Ein plötzlicher Schmerz schoß ihm wie ein Stich ins Herz. Paul faßte sich an die Brust und beschloß, jetzt lieber heimzufahren, um gegebenenfalls im eigenen Bett zu sterben. Die Briefe wollte er mitnehmen und sich Abend für Abend darin vertiefen; vielleicht würde er ja noch auf weitere Überraschungen stoßen. Ob Achim in jenen Wochen, in denen er das Elternhaus bewachte, diese Diagnose ebenfalls gelesen hatte? Es war leider zu vermuten.

Annette schien auf seinen Anruf gewartet zu haben. »Fahr vorsichtig«, bat sie.

Bei Pauls Ankunft umarmten sie sich kurz. Der Tisch war wie immer ohne Aufwand gedeckt, aber ausnahmsweise gab es keinen Quark, sondern einen Gemüseauflauf. Paul vermutete, daß Annette die Zubereitung nicht leichtgefallen war. Es duftete zwar anregend nach Thymian, aber es war nicht zu erwarten, daß ihr Werk mit Achims oder Olgas Kochkunst konkurrieren konnte. Auf dem Tisch stand auch eine Flasche Wein, den sie nicht öffnen konnte. Alles war gut gemeint, aber eigentlich gab es nichts zu feiern. Obwohl er wußte, wie sinnlos es war, fragte Paul: »Immer noch keine Nachricht?«

Sie schüttelte den Kopf. Zwar habe sie wiederholt versucht, den Vermißten zu erreichen, aber in Achims Wohnung sei kein Anrufbeantworter angeschlossen, und das Handy habe er anscheinend ausgestellt. »Man könnte vielleicht eine Radio-Suchmeldung starten«, schlug sie vor und trank ein Schlückchen. »Ich nehme an, daß er weiterhin mit dem BMW deiner Mutter unterwegs ist, das Kennzeichen habe ich mir allerdings nicht gemerkt. Weißt du übrigens, daß Achim Taubenaugen hat?«

Paul hatte sich soeben an der heißen Form verbrannt und preßte den schmerzenden Finger ans Ohrläppchen. Verständnislos starrte er Annette an.

Die Pupille sei natürlich schwarz, erläuterte sie, aber um die Iris herum sehe man einen roten Rand, genau wie bei den Bahnhofstauben.

»Wahrscheinlich hatte er gerade gekifft«, meinte Paul. »Aber der Vergleich mit den Tauben gefällt mir: die Ratten der Lüfte, aggressiv, rücksichtslos, aufdringlich. Dabei werden sie von ahnungslosen Malern als Friedenssymbole verwendet.«

Annette wollte widersprechen, hielt aber lieber den Mund; Pauls Urteil erschien ihr derart hart und ungerecht, daß es bloß auf einen Streit hinauslief. Sie verließ den Eßplatz und legte eine ihrer alten Schallplatten auf.

Mit wachsender Verdrossenheit hörte Paul: *Manche Trän' aus meinen Augen ist gefallen in den Schnee!*

Ebenso wie Annette hätte er seinen Unmut um ein Haar laut geäußert, statt dessen begab er sich wortlos ins Arbeitszimmer. Eine kleine Weile genoß er dort das Gefühl, nicht verstanden und durch Musik, die er seiner Mama zuordnete, gequält zu werden. Dann rief er Markus an.

Mit kurzen Worten informierte ihn Paul über den Tod seiner Mutter und deutete an, daß er demnächst vielleicht die eine oder andere medizinische Frage habe.

Der Arzt bekundete sein Mitgefühl. »Kann ich irgend etwas für euch tun? Und soll es trotzdem bei dem Termin morgen bleiben?« fragte er.

Ja natürlich, meinte Paul, es sei sogar gut, wenn er auf andere Gedanken komme. »Übrigens fällt mir noch etwas ein«, sagte er, »hattest du dir nicht meinen elektrischen Korkenzieher ausgeliehen?«

»Gut, daß du mich daran erinnerst«, sagte Markus, »den hätte ich glatt vergessen! Ich bring' ihn dir morgen mit.«

»Weißt du, ob sonst noch etwas bei dir herumliegt, was eigentlich mir...?« fragte Paul.

Markus ließ ihn einen Moment warten, um nachzuschauen. Beschämt gestand er, daß er auch einen tragbaren Alkoholtester geborgt und nicht zurückgegeben habe.

»Und vielleicht einen Elektroschocker?« fragte Paul.

Markus verneinte entschieden, ein solches Gerät würde er nie im Leben anrühren.

»Sag mal«, sagte Paul, dem eine neue Idee durch den Kopf ging, »meinst du, man könnte einen kräftigen Mann mit einem Elektroschocker außer Gefecht setzen und dann in bewußtlosem Zustand erdrosseln?«

Markus nahm die Frage offenbar nicht besonders ernst: »Kompliment, das würde astrein hinhauen! Mein lieber

Scholli, wen willst du denn so brutal ins Jenseits befördern? Fragen Sie lieber Ihren Arzt oder Apotheker, der kennt elegantere Methoden!«

»War eine rein theoretische Überlegung«, sagte Paul. »Kann ein Gerichtsmediziner eigentlich feststellen, ob der Tote schon vor der Strangulation bewußtlos war?«

»Weiß ich nicht so genau«, sagte Markus, »ist mir auch zu heavy, ich bin schließlich kein Pathologe. Aber wenn ich es recht bedenke, kann man rein äußerlich kaum erkennen, ob da vorher ein Elektroschocker im Spiel war. Vielleicht ein geröteter Punkt? Du liest zu viele Krimis, Junge. Wechseln wir lieber das Thema: Unser Kind kommt wohl schon ein paar Tage früher zur Welt; was sagst du nun?«

Paul murmelte mühsam: »Prächtig, prächtig!« und brach das Gespräch ab. Man sah sich ja demnächst.

Immer wieder fragte sich Paul, ob seine Gedankengänge absurd waren. Er war sich fast sicher, daß Achim den Löwenanteil der mütterlichen Schenkung, die eigentlich für die Toyota-Filiale gedacht war, bereits verspielt hatte und in Bedrängnis geraten war. Sein Bruder hätte beim Besuch in Mannheim genug Zeit gehabt, sich im ganzen Haus umzusehen. Möglicherweise hatte ihn Pauls Kellerarsenal sogar auf eine Idee gebracht, und er hatte den Elektroschokker kurzerhand eingesackt. Es mußte wohl Pauls eigene Waffe gewesen sein, die Achim später im Badezimmer seiner Eltern versteckte.

Eigentlich konnte man davon ausgehen, daß der Restaurantbesitzer ein Schweigegeld für seine schauspielerische Leistung verlangt hatte. Vielleicht wollte sein Bruder, der seine Schulden nicht bezahlen konnte, sich anfangs nur gegen die erwarteten Prügel des übermächtigen Gegners verteidigen. Als Heiko bei einem Treffen in einsamer Gegend durch den Stromstoß bewußtlos wurde, griff Achim die Gelegenheit beim Hals und erwürgte seinen Erpresser.

Fast war es für Paul ein Trost, daß seine Mutter die Wahrheit nie mehr erfahren würde. Achim hätte niemals einen größeren Geldbetrag in die Finger bekommen dürfen. Aber konnte sie ahnen, daß ihr Hätschelkind damit eine Sucht befriedigte, die fast so unheilvoll und schädlich war wie Drogenkonsum?

Erneut nahm er sich Karins Briefe vor und las einen nach dem anderen, um tiefer in die Geheimnisse seiner Familie einzudringen. Nur durch das Schreiben dieser unbekannten Frau erfuhr Paul, warum man ihn mit zwölf Jahren in die Mansarde abgeschoben hatte. Sein Bruder durchlebte damals eine Phase quälender Träume und litt Todesangst, unter einem Sandberg begraben zu werden. Wenn er laut weinend aufwachte, wollte er zur Mutter ins Bett schlüpfen, was aber der Vater anscheinend nicht duldete. Um den ehelichen Frieden nicht zu gefährden, verbrachte sie so manche Nacht bei ihrem kleinen Sohn im Kinderzimmer. In jener Zeit entschied sie, daß auch Paul nicht unentwegt gestört werden durfte.

Nur ein einziger von Karins Briefen steckte in einem Umschlag, den man sorgfältig wieder zugeklebt hatte. Paul öffnete ihn mit schlechtem Gewissen.

Liebste Helene, ich bin sehr bestürzt über Deine Worte. Es tut mir natürlich über alle Maßen leid, daß Du Dein Baby verloren hast, aber bedenke einmal, wie viele Embryos in den ersten Wochen absterben, ohne daß man einen Grund dafür findet. Und umgekehrt kann trotz schwerer psychischer oder körperlicher Verletzung der Mutter ein gesundes Kind geboren werden.

Sosehr ich mich in Deinen Schmerz einfühlen kann, so wenig verstehe ich Deine Anklage. Natürlich war dieser schreckliche Unfall ein Schock für Euch alle, aber Achim ist viel zu klein, um die Folgen seiner Tat zu begreifen. Auf keinen Fall darfst Du ihm die Schuld für den Tod des kleinen Jungen geben und noch viel weniger für die erlittene Fehlgeburt. Und nimm es mir bitte nicht übel, aber Du hättest gar nicht erst erfahren dürfen, daß es diesmal die ersehnte Tochter geworden wäre.

Mein Gott, was hatten wir für seltsame Eltern, dachte Paul. Es war doch die natürlichste Sache der Welt, seine Kinder auf die Geburt eines Bruders oder einer Schwester vorzubereiten. Warum hatte er keine Ahnung von der Schwangerschaft seiner Mutter gehabt? Und auch keine Erinnerung an ihre Bettlägerigkeit und Trauer? Bloß der Tod eines fremden Kindes, das in einem Sandhaufen erstickte, war ihm unvergeßlich geblieben. Seine ganze Familie wurde damals bis ins Mark erschüttert.

21

Tot ist tot

Annette wurde durch Klagelaute aus dem Schlaf gerissen. Da Paul zu leiden schien, versuchte sie, ihn behutsam zu wecken.

Wie im Märchen sei die Mutter hereingeschwebt und habe gefragt: *Was macht mein Kind, was macht mein Reh?* sagte Paul und hatte Mühe, richtig wach zu werden.

Mitleidig rutschte sie näher, nahm seine Hand und sprach leise und freundliche Trostworte.

Paul schlief zwar wieder ein, aber zwei Stunden später hörte sie ihn erneut vor sich hin brabbeln. »Sie ist nicht tot«, sagte er, »gerade hat mir Markus mitgeteilt, daß es ein Irrtum war. Mama lebt!«

Aus eigener Erfahrung wußte Annette, daß sich sein Traum in verschiedenen Varianten noch häufig wiederholen würde. Zuweilen träumte sie heute noch von Vater oder Mutter, manchmal bat sie fast kindlich ihre toten Eltern um Rat und Hilfe und hatte stets das Gefühl, gehört zu werden.

Am Morgen fühlte sich Paul müde und zerschlagen. Gab es überhaupt eine Möglichkeit, dem dunklen Schatten seiner Familie zu entrinnen? Wahrscheinlich saßen ihm Vater und Mutter, ob tot oder lebendig, sein ganzes Leben lang im Nacken, vom Bruder ganz zu schweigen. Im

Gegensatz zu ihm selbst war Achim bereits als Achtjähriger von Alpträumen geplagt worden; Paul hatte ihn nie gefragt, wann es damit ein Ende gehabt habe.

Beim Frühstück versuchte er, keine aktuellen Probleme anzusprechen und sich möglichst normal mit Annette zu unterhalten. »In meinem Elternhaus hört man den Regen auf den Efeu tropfen, und es gibt nichts, was mich sanfter in den Schlaf wiegt. Könntest du unser Haus nicht auch bewachsen lassen?«

»Man kann die kleinste Hütte begrünen«, antwortete Annette, »aber bei uns kommt es leider nicht in Frage!«

Paul bemerkte zu spät, daß er sich allzu fordernd ausgedrückt hatte. »Es war nicht so gemeint, daß ich es dir aufbuckeln wollte«, korrigierte er sich, »ich würde eigenhändig wilden Wein oder Efeu pflanzen und im Herbst die abgefallenen Blätter zusammenkehren.«

Nun ging Annette erst auf, daß er sie mißverstanden hatte. »Spinnen!« erklärte sie. »Ich ekle mich doch vor acht Beinen.«

Nach einer zweiten Tasse Tee brachte Paul erst Annette zum Arzt, dann seine schwarze Robe zur Reinigung; die Ellbogen glänzten, der Satinbesatz war mit Flecken übersät. Noch nie hatte er sich in diesem schlecht sitzenden Kaftan wohl gefühlt. Ungern fuhr er schließlich in die Kanzlei, wo er gegen Mittag mit Markus verabredet war. Sein Büro lag zwar noch innerhalb der Quadrate Mannheims – in der sogenannten Filsbach –, war aber im zweiten Stock, ohne Aufzug. Man konnte schwerlich von einer Toplage sprechen, leider war die Miete trotzdem hoch.

Sowohl den Inhaber des Dönerladens im Erdgeschoß als auch dessen Kunden hatte Paul schon beraten und im Gegenzug manch leckeren Happen bei Gürkan verzehrt. Im Flur standen wie immer drei Fahrräder, die dort nicht hingehörten; die senfgelben Wände des Treppenhauses waren von der kleinen Hülya in guter Absicht mit violetten Batman-Stickern, Katzenfotos und Aufklebern des Fußballvereins Galatasaray dekoriert worden.

Etwas kurzatmig betrat Paul nach 42 Treppenstufen seine Arbeitsstelle. Wie erwartet, hatte sich lästige Post angesammelt, und sein Partner begrüßte ihn ohne die geringste Anteilnahme. »Echt? Beide Eltern?« fragte er und wienerte seine Schuhe mit Spucke. »Da kann man nichts machen. Tot ist tot.« Schon oft hatte Annette moniert, daß Paul durch seinen Beruf mit Krethi und Plethi Umgang hatte, aber sein zynischer Kollege übertraf jeden Kleinkriminellen an ungehobelter Grobheit.

Beim Öffnen der Briefe fing der Ärger erst richtig an. Die Pflichtverteidigung eines betrunkenen Autofahrers, der bereits einschlägig vorbestraft war, würde ihn Zeit und Nerven kosten, er kannte den Mann und konnte ihn nicht ausstehen; sein türkischer Änderungsschneider erinnerte ihn höflich an eine unbeglichene Rechnung für fünf Hosen, die Paul zu eng geworden waren. Das müßte eigentlich Olga bezahlen, dachte er und beschloß, ab heute endlich abzunehmen.

In diesem Augenblick kam sein Partner aus dem Nebenzimmer und legte ihm wortlos eine eingewickelte Morgengabe auf den Tisch.

»Was ist da drin?« fragte Paul mißtrauisch.

»Reines Nervenfutter: Baklava, Helva und Tulumba Tatlisi«, sagte der Menschenfreund.

Paul traf den Fliehenden mit einem in Zuckersirup getränkten Spritzkuchen noch so eben am rechten Bein.

Dann las er das Angebot eines Reisebüros; einen Segeltörn zwischen Mahé, Praslin und La Digue konnte er sich nun vielleicht leisten, aber gab es auf den Seychellen irgendwelche Ruinen? Mißmutig warf er den Hochglanzprospekt in den Papierkorb.

Auch Olga rief nicht etwa an, um ihn zu einem Versöhnungsessen einzuladen; Paul hörte schon nach drei brüsken Worten ihre Verstimmung heraus. Zufällig habe sie erfahren, daß er heute einen Termin mit Markus habe. Wehe, wenn er ihr in den Rücken falle, sie erwarte absolute Loyalität.

Es hatte keinen Zweck mehr, Paul resignierte; bei Achim konnte man ja sehen, wohin das permanente Schwindeln führte. Er mußte jetzt reinen Tisch machen, sonst verlor er noch die letzten Menschen, die ihm nahestanden. »Olga«, sagte er, »es war wahrscheinlich ein Fehler, aber Markus ist mein guter Freund, ich konnte ihn nicht einfach abweisen. Da ich dir ja bereits empfohlen hatte, auf die Offenlegung seines Vermögens zu bestehen, darf ich deinen Mann fairerweise nicht im Regen stehenlassen. Ich werde ihm raten, seine Lebensversicherung nicht anzugeben und sie schleunigst auf die Polin umzuschreiben.«

»Danke für die überfällige Aufklärung«, zischte Olga. »Selbst ich blöde Nuß habe inzwischen kapiert, daß du ein völlig unprofessioneller Doppelagent bist. Im übrigen warst du auch der lausigste Lover, der sich in den letzten Jahren bei mir eingeschleimt hat.« Sie legte auf.

»Shit«, murmelte Paul fast erleichtert. Nach dem Tod des Vaters hatte er peinlicherweise ständig an Sex denken müssen, seitdem die Mutter nicht mehr lebte, war sein Verlangen seltsamerweise völlig erloschen. Aus diesem Grund traf es ihn nicht allzu hart, daß die Akte Olga so abrupt im Keller landete, und auf jeden Fall wurde das Fasten dadurch erleichtert.

Auch der zweite Anruf an diesem Tag verhieß nichts Gutes: Ein Hauptkommissar aus Mainz erkundigte sich nach Achims Aufenthalt. Paul bedauerte, nicht weiterhelfen zu können, und fragte nach dem Grund der Recherche.

»Bloß eine Zeugenaussage, reine Routine«, sagte der Polizist und hinterließ eine Telefonnummer.

Trotz der bagatellisierenden Antwort war sich Paul ziemlich sicher, daß die Anfrage mit dem Mordfall Heiko Sommer zusammenhing. Vielleicht hatte man bei den laufenden Ermittlungen einen Hausschlüssel seines Elternhauses gefunden. Düstere Vorstellungen hielten ihn die nächste Stunde von aufmerksamer Arbeit ab, Stichwörter wie *frühkindlicher Hirnschaden, pathologische Neigung zum Lügen, Spielsucht, Realitätsverlust, Körperverletzung mit Todesfolge, psychiatrisches Gutachten, Unterbringung in einer forensischen Klinik* ließen ihn keinen klaren Gedanken fassen.

Als Markus pünktlich in der Kanzlei erschien, lagen immer noch ungeöffnete Umschläge auf dem Tisch, der Kaffee in der Tasse war kalt geworden. Dafür hatte Paul die Büroklammern zu einer langen Kette verkrallt und sowohl den Bildschirm als auch Maus und Kabel mit Brillenputztüchern bearbeitet. Lange hatte er zugeschaut, wie man am gegenüberliegenden Haus eine Satellitenschüssel anbrachte, und dabei erwogen, ob er Markus im Zuge eines allgemeinen Säuberungsprozesses von seinem Verhältnis mit Olga in Kenntnis setzen sollte, sich aber dagegen entschieden.

Doch Markus hatte nur ein zentrales Thema im Kopf und sprach erst einmal von beginnenden Vorwehen, die Krystyna seit gestern spürte. »Bald ist es soweit, Mensch, wer hätte das noch erwartet! Im übrigen glaube ich, daß Annette auch ganz gern...«

Paul stutzte ungläubig. Ob sie so etwas geäußert habe?

Sein Freund wurde ein wenig verlegen. »Nicht direkt«, sagte er, »man konnte es ihr aber anmerken. Hattest du nicht Fragen zum Tod deiner Mutter? Vielleicht kann ich dir ja weiterhelfen.«

Paul berichtete, daß er in Annettes Handtasche Schlaftabletten gefunden habe. »Woher sie das Zeug hat, weiß ich nicht. Aber ich hatte nach dem Unfall selbst eine genommen und war mit der Wirkung recht zufrieden. Also habe ich meiner Mutter die angebrochene Packung überlassen. Meinst du, sie könnte in der Badewanne ertrunken sein, weil sie vorher Tabletten schluckte?«

Markus schüttelte den Kopf. »Die Pillen hat Annette von mir; sie sind absolut harmlos, damit kann sich niemand umbringen. Allerdings gibt es zuweilen den doppelt abgesicherten Suizid: Bevor sie sich aufhängen, streifen sie einen Plastiksack über ihren Kopf oder atmen bei geöffneten Pulsadern Auspuffgase ein. Wenn man also pfundweise Sedativa schluckt und sich dann ins heiße Wasser legt, könnte es bei einem labilen Kreislauf schon funktionieren.«

»So kann es nicht gewesen sein«, sagte Paul, »so viele fehlten nicht.«

Ohne die Krankengeschichte der Mutter zu kennen, wollte Markus allerdings ebensowenig wie der elterliche Hausarzt eine Diagnose stellen. Seine vorsichtigen Hypothesen hörten sich fast wie Pauls eigene an.

»Vielleicht könntest du – als Kollege – bei den Mainzer Gerichtsmedizinern anrufen«, bat Paul. »Bestimmt sagen sie dir eher etwas über das Ergebnis der Obduktion.«

Obwohl Markus daran zweifelte, rief er an.

Wie erwartet, beschied man ihn abschlägig: Man sei im Augenblick überlastet, und es gebe mehrere Fälle, die Vorrang hätten.

»Daraus kann man immerhin schließen, daß sie von einem natürlichen Tod ausgehen«, überlegte Markus laut.

Paul konnte seinerseits auch nicht mit spektakulären Ratschlägen aufwarten. Die gemeinsame Wohnung komme zur Versteigerung, falls Olga weiterhin die Auszahlung verweigere. »Es ist die Frage, ob du ihr das antun willst«, sagte er matt. Und gleichzeitig dachte er sich: Was mache ich da eigentlich, ich rede mit einem guten Menschen über seine belanglosen Probleme, obwohl meine eigenen zum Himmel schreien. Ich müßte über meinen unguten Bruder nachdenken, wie kann ich mich da auf juristische Fragen konzentrieren?

Das Wetter war endlich besser geworden. Da es nicht allzuweit vom Büro bis zum Paradeplatz war, wollten sie dort gemeinsam in einem Bistro essen gehen, denn Markus mochte weder Börek noch Biber Dolmasi. Der Arzt war bester Laune und pfiff: *Es grünt so grün.* Bei Spaniens Blüten mußte Paul an Granada denken, sah prüfend in den nordischen Himmel und wäre um ein Haar über eine leere Bierdose gestürzt.

»Gestern sind wir an die Bergstraße gefahren, um die Obstblüte zu bewundern«, erzählte Markus, »eigentlich wohnen wir hier sehr privilegiert zwischen Odenwald und Pfalz. Krystyna kennt das alles noch nicht. Übrigens besteht sie auf einer katholischen Trauung, ich muß ihr demnächst beibringen, daß ich seit Jahren aus der Kirche ausgetreten bin. Natürlich seid ihr herzlich zur Hochzeit eingeladen. Ob ich Olga kommentarlos eine Geburtsanzeige schicke, oder ist das zu feige?«

»Sie weiß längst Bescheid«, sagte Paul. »Die Chance, es ihr persönlich zu gestehen, ist verpaßt. Offenbar sind wir Männer allesamt keine Helden, wenn es ans Eingemachte geht.« Wieder einmal ging ihm durch den Kopf, woher und wie lange Annette von seiner Affäre gewußt hatte.

Unterdessen fackelte Olga nicht lange. In einem Anfall von spontaner Wut und Rachsucht griff sie zum Hörer: »Anscheinend hast du ja längst gewußt, wie der Hase läuft«, sagte sie zu Annette. »Wie schafft man es, so eisern die

Klappe zu halten? Trotzdem könntest du meine Neugier befriedigen und mir verraten, wie du es herausgekriegt hast. Paul wird es dir wohl kaum gebeichtet haben, Männer bescheißen uns doch von früh bis spät. Von mir aus kannst du deinen Windhund wieder persönlich an die Leine nehmen.«

»Spielt das noch eine Rolle?« fragte Annette und hätte sich am liebsten die Ohren verstopft. Sie verstand Olgas Anruf nicht, konnte aber kein vernünftiges Wort herausbringen und mußte weinen.

Das rührte Olga. »Schatz, der Kerl ist doch keine Träne wert! Weißt du was, ich komme schnell vorbei, ich muß dich mal ganz fest in den Arm nehmen«, bot sie an.

»Hast du keine Schule?« schluchzte Annette, aber Olga hatte schon zwei Stunden lang unterrichtet und für heute keine anderen Pflichten. Sie bebte vor Tatendrang.

Erst vor zwanzig Minuten war Annette mit einem Taxi heimgekommen und wollte eigentlich den Rest des Tages auf dem Sofa verbringen. Der Arzt hatte sie weiterhin krank geschrieben und ihr verboten, die Gipsschale abzunehmen. »Nur unter der Dusche!« hatte er angeordnet, »und wie gehabt: linken Arm schonen, rechten nicht übermäßig belasten!« Sie rief noch rasch im Büro an.

Der Chef meinte, er hätte sowieso nicht erwartet, daß sie nach ihrem schweren Unfall schon wieder arbeiten könne. »Wir kommen ganz gut ohne Sie zurecht«, sagte er. »Jessica macht ihre Sache vorzüglich. Im Herbst will sie einen Spanischkurs besuchen, dann werden wir sie mal nach Brasilien schicken.«

Annette verschlug es fast die Sprache. »Erstens hat Venezuela absolute Priorität!« rief sie aufgebracht. »Zweitens spricht man in Brasilien Portugiesisch!«

Der Chef lachte fröhlich, und im Hintergrund hörte man Jessica kichern.

Nun drohte auch noch unerwünschter Besuch, denn Annette hatte es nicht geschafft, Olga mit dem nötigen Nachdruck abzuweisen. Sie wußte kaum, was ihr bei dem kurzen Gespräch unangenehmer aufgestoßen war: Olgas aggressive Kaltschnäuzigkeit oder der abrupte Übergang zur Sentimentalität. Gleichzeitig haderte Annette mit sich selbst; sie hätte klipp und klar sagen sollen, daß sie auf die Liebkosungen einer Giftnatter nicht besonders scharf war. Außerdem haßte sie es, wenn Frauen Solidarität heuchelten, aber schon beim nächsten attraktiven Kerl eine Kehrtwendung machten. Sollte sie die falsche Schlange mit gezückter Klobürste empfangen? *Den rechten Arm nicht übermäßig belasten*, hatte der Arzt empfohlen. Trotzdem wollte sie noch ein wenig aufräumen, um ihre schlampige Rivalin mit einem mustergültigen Haushalt zu beschämen. Allerdings durfte es nicht nach Absicht aussehen, schon ein Hauch von Spießigkeit und Pedanterie wäre Grund für Olgas Häme. Also nahm Annette die Zeitung nachträglich wieder aus dem Papierkorb und legte sie auf den Couchtisch, stellte zwar die leere Müslischale in die Spülmaschine, aber deponierte zwei grüne Äpfel wie zufällig auf dem weißen Bücherbord, zog ihre polternden Clogs aus und die chinesischen Pantöffelchen an. Als ob ich einen Liebhaber erwartete, dachte sie grimmig.

Gerade versuchte Annette, noch rasch einen abgebrochenen Fingernagel zu glätten, als es schon schellte. Die Feile, die sie sich zwischen die Knie geklemmt hatte, flog zu Boden. War Olga auch geflogen?

Mit zierlichen Schrittchen trippelte sie zur Tür. Vor ihr stand Achim. »Gott sei Dank!« sagte sie sichtbar erleichtert, und ihr Schwager strahlte.

»Das ist aber eine liebe Begrüßung, Kleines!« meinte er und umarmte sie.

Annette war verwirrt, denn sie hatte etwas anderes sagen wollen. »Gott sei Dank, daß du endlich auftauchst«, vervollständigte sie ihren Satz und stockte sofort. Sie konnte ja nicht einfach zwischen Tür und Angel fortfahren: deine Mutter ist nämlich gestorben.

»Komm doch erst mal rein«, sagte sie statt dessen und dirigierte ihn ins Wohnzimmer, »ich habe mehrmals versucht, dich zu erreichen. Hast du deine Mobilbox nicht abgehört?«

»Leider wurde mein Handy geklaut«, sagte Achim und warf seine Jacke aufs Sofa. »Gibt es was Besonderes?«

Annette zauderte. Im Grunde war es Pauls Sache, seinem Bruder die Todesnachricht zu überbringen. Vorerst reagierte sie lieber nicht auf seine Frage, sondern meinte: »Ich ruf' mal in der Kanzlei an, damit Paul schleunigst heimkommt. Übrigens war es eine umwerfend nette Idee von dir, uns eine Überraschung ins Auto zu schmuggeln. Du ahnst nicht, wie ich mich gefreut habe! Apropos – möchtest du etwas trinken?«

»Den Tee werde ich machen«, sagte er, »mit zwei Händen geht es ein bißchen fixer.« Er begab sich in die Küche, wo er sich ja auskannte.

Unterdessen wählte Annette Pauls Büronummer. Seine Schreibdame wollte gerade ihren Arbeitsplatz verlassen und gab an, Herr Wilhelms sei mit einem Klienten essen gegangen. Wann er zurück sei, habe er nicht gesagt und auch das Handy nicht mitgenommen. Gehorsam legte sie einen Zettel auf den Schreibtisch ihres Chefs: *Dringend! Sofort bei Ihrer Frau anrufen!*

Das konnte ja heiter werden, fand Annette und spürte fast körperlich, wie Achim ihr aufgeräumtes Interieur wieder in Unordnung brachte. Gegen gewisse Unarten war sie inzwischen fast allergisch. »Einer wie der andere«, brummte sie und angelte sich Achims hingeschmissene Lederjacke. Ein tastender Griff in die linke Tasche bestätigte einen latenten Verdacht: ein Handy. Ob es das angeblich gestohlene Gerät oder ein neu gekauftes war, vermochte sie allerdings nicht festzustellen. Aber auch in der rechten Jackentasche fühlte sie einen kompakten Brocken. Annette kannte dieses Ding bereits – es war der Elektroschocker aus dem Badezimmer ihrer Schwiegereltern. Leicht beunruhigt schob sie beide Gegenstände wieder in die Taschen zurück und ließ die Jacke liegen, wo sie war.

Sie fühlte sich unbehaglich. Was sollte sie machen, wenn Olga in diese heikle Situation hineinplatzte? Jeder einsichtige Mensch würde sich wegschicken lassen, aber war Olga jemals vernünftig gewesen?

22

Löwenmäulchen

Noch mit vollem Mund schnitt Markus sein Lieblings-thema wieder an. »Es wird ein Mädchen«, sagte er, »aber leider sind wir uns noch nicht einig, wie es heißen soll. Krystyna plädiert für Lisa oder Mira, ich bin eher für Julia. Was meinst du?«

Paul zuckte mit den Schultern. »Ehrlich gesagt habe ich andere Sorgen. Vor wenigen Tagen wurde mein Vater beerdigt, demnächst muß ich eine Trauerfeier für Mama organisieren. Wenn ich dich nun fragte: Soll ich Löwen-mäulchen oder Astern auf ihr Grab pflanzen?«

Ganz erschrocken schlug sich Markus mit der Hand ge-gen die Stirn. »Mensch, was bin ich doch für ein Egoist! Du mußt mich ja für völlig infantil und taktlos halten. Im übrigen gibt's jetzt noch keine Sommerblumen, und für den Sarg deiner Mutter bieten sich doch weiße Hyazinthen an.«

»Das geht nicht«, sagte Paul, »sie liebt Löwenmäulchen. Gelb, weiß, rosa und dunkelrot. Markus, ich glaube, ich drehe noch durch.«

Offensichtlich war Markus bestürzt und überlegte, wie er seinen Freund ein wenig aufmuntern konnte. »Weißt du was«, schlug er vor und schlüpfte in seinen bräunlichen

Lodenmantel, »mein Wagen steht nicht weit von hier in der Fressgass'. Möchtest du vielleicht mit zu uns kommen? Krystyna macht einen vorzüglichen Espresso, und wenn du magst, kannst du dich noch ein bißchen aufs Ohr legen.«

Verwundert fragte Paul, ob Markus nicht zurück ins Krankenhaus müsse. Bis um vier sei noch Zeit, sagte der Freund, »ich fahre dich dann zurück in die Kanzlei. Oder hast du einen Gerichtstermin?«

Erst morgen, meinte Paul, dem im Prinzip bis auf die angebotene Liege alles egal war. Hätte er geahnt, daß sich sein Bruder inzwischen bei Annette eingenistet hatte und dort ebenfalls alle viere von sich streckte, hätte er Sofa und Espresso sicherlich ausgeschlagen.

Während Paul ein liebevoll eingerichtetes Kinderzimmer in Mannheim-Vogelstang bewundern sollte, hatte Achim in Annettes Küche den Tee bereitet. Mit einem übervollen Tablett baute er sich wie ein Butler vor ihr auf, goß Earl Grey in zwei Tassen, wollte ihr sogar den Zucker umrühren und gähnte herzhaft.

»Von woher kommst du überhaupt, du todmüder Samariter?« fragte sie. »Anscheinend bist du schon seit vielen Stunden unterwegs!«

»So ist es«, sagte Achim und fixierte sie mit rotstichigen Augen.

»Wolltest du nicht deine Freundin abholen?« erkundigte sie sich wißbegierig.

Achim runzelte die Stirn. »Es ist aus«, sagte er, »aus und vorbei. Ich werde dir später alles erzählen.«

Nach einem zweiten Gähnanfall bat er darum, sich zehn Minuten auf die Couch legen zu dürfen. Ohne ihre Antwort abzuwarten, zog er die Halbstiefel aus, schnappte sich ein weißes Seidenkissen und rollte sich zusammen. Besorgt beobachtete Annette, wie ein Speichelfaden aus seinem Mundwinkel sickerte und über kurz oder lang ihr Lieblingskissen erreichen würde. In guter Absicht klemmte sie ein schützendes Papiertuch zwischen Achim und Seide und holte ein Plaid, das sie über ihm ausbreitete; schließlich hob sie seine Schuhe auf, schnupperte kurz daran und stellte sie in den Flur. Bevor sie endlich zur Ruhe kam und ihren Tee austrank, wusch sie sich gründlich die Hände.

Genaugenommen war es ihr sehr recht, daß Achim sofort eingeschlafen war. Von ihr aus konnte er schnarchen, bis Paul eintraf. Es war nur jammerschade, daß Olga ihn gleich durch ihr penetrantes Klingeln wieder aufwecken würde. Rein prophylaktisch postierte sich Annette in Lauerstellung am Fenster und betrachtete zwischendurch mit Argwohn, wie Achims Füße immer wieder zuckten, als wollten sie davonlaufen. Es kam ihr vor, als sei er auf der Flucht und habe hier für kurze Zeit ein Asyl gefunden. Wo mochte er gewesen sein, was hatte er erlebt? Hatte es heftige Auseinandersetzungen mit der Freundin gegeben?

Achim war ein notorischer Lügner, das hatte er mehrfach unter Beweis gestellt. Erstens hatte er behauptet, daß Paul mit der eigenen Mutter Sex gehabt hätte, zweitens, daß die gleiche hochgeschätzte Mama mit einem viel jüngeren Kraftprotz schlafe. Ob auch die Geschichten vom vergrabenen Kind oder überfahrenen Hund erfunden waren? Hatte er wirklich eine Freundin? Konnte man

Achim überhaupt noch irgend etwas glauben? Längst bereute Annette ihren hastigen Seitensprung, denn Achims Komplimente und Liebenswürdigkeiten waren bestimmt nur strategische Maßnahmen gewesen.

Als ein Wagen vorfuhr, huschte sie sogleich an die Gartenpforte. Olga schloß ihr Auto ab, winkte freundlich und wollte etwas rufen, aber Annette legte den Finger an die Lippen. Als die Freundin näher kam, flüsterte sie: »Pscht, ganz leise bitte!«

Ob Paul etwa zu Hause sei? fragte Olga verunsichert.

Annette schüttelte den Kopf und war froh, daß sie vorerst einer Umarmung entgangen war. Bedauerlicherweise könne sie Olga jetzt nicht ins Haus lassen, denn Pauls Bruder sei gerade eingetroffen und wisse noch nichts vom Tod seiner Mutter. Die Aufgabe der Unglücksbotin bleibe leider an ihr hängen, weil Paul mal wieder nicht zu erreichen sei. Es wäre Achim sicher peinlich, wenn eine völlig Fremde ihn weinen sehe.

Durch mehrmaliges Nicken deutete Olga ihr Einfühlungsvermögen an, meinte aber doch: »Hier draußen kann er uns schwerlich hören, wenn du dir Schuhe anziehst und einen Mantel holst, könnten wir uns im Garten aussprechen.«

Annette zögerte. »Dafür ist es mir zu kühl. Außerdem ist er gerade auf dem Sofa eingenickt, denn er war endlos lange unterwegs. Wenn er wach wird, muß ich neben ihm sitzen, Händchen halten und wohl oder übel mit dem Katastrophenbericht beginnen.«

Man sah der Besucherin an, daß sie sich ungern abwimmeln ließ. »Ach, komm«, sagte Olga, »jetzt bin ich schon mal hier, um Frieden zu schließen, jetzt wirst du mich so schnell nicht los. Wenn wir uns in die Frühstücksecke setzen und ganz leise reden, kriegt er im Wohnzimmer bestimmt nichts mit.«

Ehe es Annette verhindern konnte, schlüpfte Olga an ihr vorbei und steuerte geradewegs auf die Küche zu. Hier sah es nicht ganz so perfekt wie im Wohnraum aus, was Annette allerdings ein Kompliment einbrachte.

»Richtig zum Wohlfühlen«, sagte Olga. »Einmal im Leben möchte ich so ordentlich sein wie du! Habt ihr inzwischen eine Espressomaschine? Nee, für mich keinen Tee, dann schon lieber ein Glas Rotwein!«

Neugierig erhob sie sich und deutete auf die Durchreiche. »Ich würde ihn mir ja zu gern mal anschauen!« sagte sie und öffnete skrupellos das Schiebetürchen.

Erschrocken setzte Annette die Flasche ab und gesellte sich an Olgas Seite. Obwohl man Achim gut im Visier hatte, konnte man nicht viel von ihm erkennen, weil er sich inzwischen bis zur Nasenspitze eingemummelt hatte. Annette machte das Fensterchen ebenso lautlos wie nachdrücklich wieder zu.

Erst auf eingehendes Befragen erzählte Annette ihrer Schulfreundin, wie sie ihrem Mann auf die Schliche gekommen war. »Die Sache mit dem Handy war purer Zufall, ich habe ihm nie hinterhergeschnüffelt«, sagte sie und vergaß dabei das Filzen von Pauls Brieftasche und das Lesen seiner E-Mails.

»Und wenn schon«, seufzte Olga, »wenn ein konkreter Verdacht aufkommt, wird doch jede Frau zur Detektivin. Wer möchte da den ersten Stein werfen.«

»Du sicherlich nicht«, sagte Annette und dachte an die nächtliche Begegnung im Krankenhaus.

Nach einem Glas Wein setzte Olga zu einer vagen Entschuldigung an: »Bestimmt bist du erleichtert, daß unsere Affäre jetzt zu Ende ist. Vielleicht tröstet es dich, daß ich eine betrogene Betrügerin bin…«

Annette nickte nur und verkniff sich mühsam die Tränen.

Olga reichte ihr eine Rolle Küchenpapier.

So einfach, wie Olga sich das dachte, ging das nicht, fand Annette, da kam sie in ihren ordinären roten Schuhen im Galopp hereingefegt und wollte geradewegs die Friedenspfeife rauchen. Über einen Vertrauensbruch mußte doch erst einmal Gras wachsen! Annette blieb stumm und unnahbar, um Olgas Umarmung abzublocken.

»Ich weiß nicht, ob du das schon mal erlebt hast«, sagte Olga. »Wenn man lange nicht mit einem Mann geschlafen hat, läßt man sich allzu bereitwillig mit dem Nächstbesten ein. Später erkennt man, daß es ein grober Fehler war.«

Annette wußte genau, wovon die Rede war, ließ es sich aber nicht anmerken. Daß gerade Paul als Nächstbester hergehalten hatte, war sicherlich kein Grund zur Freude, allerdings war das eigene Schäferstündchen mit Achim ebensowenig ein Ruhmesblatt.

»Nun sag doch endlich auch mal was«, forderte Olga. »Fändest du es besser, wenn ich meinen Mädchennamen wieder annehme?«

Annette schüttelte den Kopf. Baumann oder Möller, das war Jacke wie Hose.

»Was hat eigentlich eure Dunstabzugshaube gekostet?« fragte Olga und betrachtete staunend das High-Tech-Gerät aus Edelstahl.

Plötzlich hörten sie ein Stöhnen aus dem Wohnzimmer.

»Er wird wach«, sagte Annette aufgeregt und öffnete erneut einen Spalt der Durchreiche; die größere Olga linste ihr über den Kopf. Achim hatte sich teilweise freigestrampelt und sah aus wie ein fiebriges Kind, das gleich nach seiner Mutter rufen wird.

»In meinem Leistungskurs sitzt ein ganz ähnlicher Typ«, flüsterte Olga. »Bei einem mißglückten Aufsatz hat er neulich Rotz und Wasser geheult. Soll ich nicht doch lieber hierbleiben? In Anwesenheit einer Respektsperson muß sich dein Schwager am Riemen reißen.«

Das wollte Annette unter keinen Umständen. Als sie sah, daß sich Achim aufsetzte, machte sie den kleinen Ausguck endgültig zu. »Schluß der Vorstellung! Ich gehe jetzt zu ihm«, sagte sie entschlossen.

»Warte ruhig noch ab«, sagte Olga, »kleine Jungs müssen nach dem Mittagsschlaf aufs Klo.«

Doch die nervöse Annette hörte nicht hin, sondern wollte ihre unangenehme Pflicht endlich erledigen.

»Tu, was du nicht lassen kannst«, sagte Olga. »Ich schleiche mich gleich davon, aber vorher trinke ich noch mein Glas aus. Okay?«

Inzwischen hatte Achim die Decke abgeschüttelt und rieb sich mit beiden Händen das Gesicht. »Ich könnte noch stundenlang weiterschlafen«, sagte er, als Annette eintrat.

Keiner hätte etwas dagegen, dachte sie, lächelte ihm mühsam zu und wählte noch einmal die Nummer von Pauls Büro. Diesmal meldete sich nur der Anrufbeantworter.

Achim stand auf, streckte sich wie ein buckelnder Kater und verließ in Socken die Stube: »Bin gleich wieder da.«

Möglicherweise würde er auf dem Flur mit Olga zusammenstoßen.

Als er zurückkam, ließ er sich wieder auf sein Lager fallen, zog die Beine hoch und wickelte sich ein. »Mir ist kalt, Kleines«, klagte er.

Ganz sanft legte sie ihm die Hand aufs Knie. »Ich muß dir jetzt etwas sagen«, begann sie. »Es gab durchaus einen Grund, warum wir dich unbedingt erreichen wollten. Du mußt jetzt stark sein!«

Es schien Annette fast, als bekäme Achim schon im voraus eine Gänsehaut, aber er ekelte sich anscheinend nur vor einer ruhelosen Stubenfliege. »Eure Mutter ist gestorben«, sagte sie und war froh, daß es heraus war.

»Was redest du da für einen Quatsch«, fuhr er sie an, »das kann überhaupt nicht sein!«

Die Fliege setzte sich endlich, und Annette hätte sie gern mit dem Gipsarm erschlagen.

Eine Weile schwiegen beide. »Ich würde nie im Leben so etwas Furchtbares behaupten, wenn es nicht stimmte«, sagte sie schließlich, »damit treibt man keine Scherze.«

Achims Unterlippe zuckte mehrmals, bis endlich geschah, was kommen mußte: Er streckte die Arme nach ihr aus.

Es blieb Annette nichts anderes übrig, als den Weinenden an die Brust zu nehmen und hin und her zu wiegen. Was konnte sie Tröstliches vorbringen? Es fiel ihr absolut nichts ein. Aber warum blieb Achim so schweigsam und wollte noch nicht einmal wissen, was überhaupt passiert war?

Statt dessen schien ihn ein anderes Problem zu beschäftigen. »Wo ist meine Mama jetzt?« sagte er, als Annette die Hoffnung auf ein Gespräch fast aufgegeben hatte.

Fast hätte sie im gleichen Tonfall geantwortet: Im Himmel, doch so war die Frage wohl nicht gemeint. »Paul wird es dir sagen können«, wich sie aus.

»Hat sie gelitten?« forschte er weiter.

Obwohl sie es nicht beurteilen konnte, schüttelte Annette den Kopf. Allmählich fühlte sich ihre Bluse feucht, heiß und klebrig an.

»Ertrinken soll ein ganz sanfter Tod sein«, sagte Achim.

In Annettes Kopf begann eine Sirene zu schrillen, und das Wort blieb ihr im Hals stecken. Um ihr plötzliches Zittern zu verbergen, schob sie ihren Schwager von sich und stand auf. »Du brauchst jetzt einen Cognac«, sagte sie und öffnete die weiße Lackvitrine. In diesem Augenblick wäre es Annette lieber gewesen, Olga nicht weggeschickt zu haben. Bis Paul irgendwann eintraf, hätten sie auch zu dritt über Dunstabzugshauben, Familiennamen oder Espressomaschinen plaudern können. Nun mußte sie sehen, wie sie allein mit Achim fertig wurde; tapfer setzte sie sich mit Flasche und Glas wieder hin.

Achim goß ein, wärmte den Schwenker in der hohlen Hand, schien jedoch mit den Gedanken in weiter Ferne zu sein.

»Woher weißt du, daß sie ertrunken ist?« fragte sie mit piepsiger Stimme, denn trotz dumpfer Ahnungen erwartete Annette eine plausible Erklärung.

»Du hast es mir doch gerade selbst erzählt«, sagte er und trank einen Probeschluck.

»Wirklich?« fragte sie. »Ich bin wohl ziemlich durcheinander. Hab' ich dir auch gesagt, wo sie starb?«

»Das war gar nicht nötig, denn ich sah es deutlich vor mir. Mama verehrte eine englische Schriftstellerin, die sich mit steingefüllten Manteltaschen in einen Fluß stürzte. Für Mama lag der Rhein ja fast vor der Haustür!«

»Virginia Woolf«, murmelte sie und war nur sekundenlang beruhigt. Schnell meldeten sich nämlich Zweifel. Mit großer Wahrscheinlichkeit hatte Achim ihre Nachricht zwar abgehört, aber trotzdem nicht zurückgerufen. Es mochte daran liegen, daß er über den Tod seiner Mutter bereits Bescheid wußte und nicht damit fertig wurde. Doch wer konnte ihn informiert haben? Paul hatte angedeutet, daß er sich mit dem Schulfreund seines Bruders getroffen hatte; es war immerhin möglich, daß dieser Simon inzwischen mit Achim gesprochen hatte.

Einen Moment lang erwog Annette, ihm eingehender auf den Zahn zu fühlen. Sie konnte beispielsweise Details von Frau Ziesels schrecklicher Entdeckung preisgeben und Achims Reaktion genau im Auge behalten. Aus Angst vor seiner Unberechenbarkeit hielt sie aber doch lieber den Mund und wartete auf Verstärkung. Sie war so fahrig, daß ein Schluck Cognac nötig wurde.

Auch Achim wirkte unruhig. »Wo sind meine Schuhe?« fragte er und sah sich suchend um.

Vielleicht will er ja abhauen, hoffte Annette, aber er gierte bloß nach seinen Zigaretten; da er ohne seine Jacke zum Auto ging, würde er jeden Moment zurück sein. Am liebsten hätte Annette den unheimlichen Asylanten kurzerhand ausgesperrt.

Um den Moment des Alleinseins zu nutzen, versuchte sie erneut, Paul zu erreichen, und hatte abermals keinen Erfolg. Außerdem hielt sie es für keine schlechte Idee, den Elektroschocker in aller Eile unter ein Sesselpolster zu stopfen. Kaum saß sie wieder auf ihrem Platz, als Achim mit einer brennenden Zigarette hereinkam. Allerdings rauchte er nur wenige hastige Züge.

»Es ist alles so furchtbar, ich kann es einfach nicht begreifen«, jammerte er und drückte die Kippe aus. »Halt mich noch mal ganz fest, Kleines! Vielleicht bist du die einzige, die mir helfen kann.«

Um ihm seinen Willen zu lassen, legte Annette etwas lasch den Arm um seine Schulter und war nicht weiter überrascht, daß er sich von neuem wie ein Äffchen an sie klammerte.

»Als ich noch sehr jung war, wurden meine Eltern von einer Lawine verschüttet«, sagte Annette, »ich weiß genau, wie furchtbar so etwas ist. Deswegen tust du mir auch von Herzen leid, und ich kann gut verstehen, daß man die Fakten am liebsten verdrängen möchte.«

Achim schluchzte auf, und sie ließ ihre Finger besänftigend durch sein Haar gleiten.

Allmählich gelang es Annette, ihre Gedanken zu ordnen. Irgendwann sollte der Junge mit dem Geflenne aufhören und ihr Rede und Antwort stehen. Sie nahm sich vor, etwas mehr Härte zu zeigen.

»So wie die Dinge liegen, kann ich dir kaum helfen«, begann sie und scheuchte die lästige Fliege fort, »wie soll man dein Verhalten verstehen, wenn du nie die Wahrheit sagst? Als du hierherkamst, hast du munter Tee gekocht und so getan, als hättest du keine Ahnung vom Tod deiner Mutter. Dabei hast du zu diesem Zeitpunkt bereits gewußt, daß sie ertrunken ist, aber ganz bestimmt nicht von mir. Also sag endlich, wie es wirklich war!«

»Wenn du unbedingt darauf bestehst«, flüsterte er in ihre nasse Halskuhle hinein, »dann sollst du es jetzt wissen. Aber fall bitte nicht in Ohnmacht. Ich habe Papa und Mama umgebracht.«

Jetzt gehen die Nerven mit ihm durch, befürchtete Annette. Als hätte sie ein Riesenbaby im Arm, klopfte sie rhythmisch mit der flachen Hand auf Achims Rücken und summte dabei ein Wiegenlied.

»An deiner Stelle fiele es mir auch schwer, einen klaren Kopf zu behalten, aber du mußt es trotzdem versuchen und dich nicht für das Leiden der ganzen Welt verantwortlich fühlen«, sagte sie nach einer Weile. »Dein Vater starb nach zwei Schlaganfällen, und deine Mutter hatte einen Unfall, das sind die Tatsachen. Natürlich macht sich auch Paul Vorwürfe, daß wir sie nach der Beerdigung allein gelassen haben, aber von Schuld kann doch keine Rede sein! Niemand will einem geliebten Menschen absichtlich schaden.«

»Doch!« schluchzte Achim.

»Eia popeia«, sang Annette tapfer und versuchte krampfhaft, ihn durch übertriebenes Getue zu belustigen und in die Wirklichkeit zurückzuholen.

Eia, popeia,
schlag's Gickelche dot,
's legt ma kei Eier
und frißt ma mei Brot.

Unglücklicherweise reagierte Achim völlig humorlos auf die Lächerlichkeit der Situation und krallte sich nur enger an ihren Busen. Es gelang Annette nicht mehr, ihn auf Distanz zu halten. Nur mit aller Kraft konnte sie seine schmerzhafte Umklammerung ein wenig lockern. »Du preßt mir ja vor lauter Liebe den Atem ab«, sagte sie mit deutlicher Ironie.

Ihr spöttischer Ton war wohl der Auslöser für das Kippen seiner Larmoyanz.

Achim ließ los und sprang mit einem Ruck in die Höhe. »Mach dich nur lustig über mich«, rief er, »ich weiß genau, was ich von deiner Heuchelei zu halten habe!« Er riß seine Jacke an sich, fuhr hinein und griff zielstrebig mit beiden Händen in die Taschen.

23

Vorbei in tiefer Nacht

Dank einer Zitronenscheibe nannte sich Krystynas Spezialität Espresso romano und schmeckte ungewohnt, aber gut. Paul betrachtete die junge Frau mit Wohlgefallen; sie lachte zuweilen so heftig, daß sie sich den kugelrunden Bauch halten mußte, sprach ausgezeichnet Deutsch und hatte den alternden Markus wieder in Schwung gebracht.

Vom Balkon aus zeigte der stolze Hausbesitzer seinen kleinen Garten. Eine große schwarze Katze schlich durch die Büsche und rupfte die ersten sprießenden Grashalme ab; Paul fragte, ob sie wieder einen Kater hätten. Verärgert klatschte Markus in die Hände, um den Eindringling zu vertreiben. Nie wieder wollte er ein Tier im Haus, Olgas Gattopardo sei mehr oder weniger der Scheidungsgrund gewesen. Er habe keine Ahnung, wem dieser Satansbraten gehöre.

»Ein gutes Beispiel für Zoopharmakognosie«, murmelte Paul. Sein Freund sah ihn befremdet an und wurde sogleich belehrt. »Katzen fressen Gras, um keine Bauchschmerzen zu kriegen, Papageien schlucken Lehm als Schutz vor Pflanzengiften. Menschenaffen suchen ganz gezielt nach bestimmten Gewächsen, um äffische Krankheiten zu kurieren. Zoopharmakognosie nennt man den Gebrauch von natürlichen Heilmitteln durch Tiere.«

Markus staunte. »Typisch Paul«, sagte er, »und woher weißt du so was?«

Paul las mit großem Interesse das Journal der Umweltstiftung WWF, hatte die Patenschaft für einen ostdeutschen Biber übernommen und überwies kleine Spenden für alle möglichen gefährdeten Tiere.

Kurz vor vier stieg er zu seinem Freund in den Wagen, um sich in der Nähe der Kanzlei absetzen zu lassen. Markus sei ein Glückspilz, sagte Paul, mit seiner Krystyna habe er einen guten Griff getan. So etwas Nettes, Hübsches, Fröhliches im Haus wirke wohl wie ein Jungbrunnen.

Markus strahlte und verabschiedete sich in allerbester Laune. »Mensch, Paul, ich habe wirklich allen Grund, dankbar zu sein. Und deswegen werde ich Olga die halbe Eigentumswohnung einfach schenken!«

Die überraschende Großmütigkeit seines Freundes gab Paul immer noch zu denken, als er bereits die Haustür öffnete und der verführerische Geruch des Dönerlokals in seine Nase stieg. Montags gab es oft gefüllten Paprika, weil sich so die Reste des Wochenendes wie durch ein Wunder in einzigartige Köstlichkeiten verwandeln ließen. Am liebsten hätte er sich von Freund Gürkan zum Probieren einladen lassen. Gleich würde er wieder am Schreibtisch sitzen und sich durch langweilige Akten quälen, um schließlich frustriert nach Hause zu fahren, wo Annette mit Kräutertee und Quarkschnitten auf ihn lauerte.

Spontan entschied er sich für die prickelnde Lust des Schuleschwänzens. Wie in seiner Pennälerzeit erwies sich das Kino als idealer Fluchtpunkt. Im dunklen Ort der Illusionen vergaß Paul, daß er sich für den morgigen Gerichtstermin kaum vorbereitet hatte, dachte auch nicht mehr an fällige Anrufe und das liegengebliebene Handy, sondern rettete sich auf einen fernen Planeten.

Da die Schreibkraft in Pauls Büro nur halbtags arbeitete und sein Partner einen auswärtigen Termin hatte, verhallten die Hilferufe seiner Frau ungehört.

Zu Hause spitzte sich die Situation nämlich zu, weil Annettes spöttische Worte wie ein rotes Tuch gewirkt hatten. Beim Griff in beide Jackentaschen zog Achim mit der linken Hand ein Handy heraus, das er beiseite legte; rechts wühlte er vergeblich.

Ohne lange zu fackeln, machte er sich über das Sofa her und fegte Wolldecke und Kissen herunter. Offensichtlich glaubte er, der Elektroschocker wäre aus der Tasche geglitten und müßte in einer Ritze liegen.

Natürlich wußte Annette genau, was er suchte. Es war gut, daß sie das verhaßte Ding bereits vorher aus diesem Gefahrenbereich entfernt hatte, aber auch im jetzigen Versteck war es rasch zu finden.

Mit einem eher kläglichen Trick wollte sie ihn ablenken. Scheinbar absichtslos ergriff sie seine Hand, zog ihn in sitzende Position, offerierte ihm das Cognacglas und redete besänftigend auf ihn ein. Sie merkte sehr wohl, wie unaufrichtig und furchtsam ihre Stimme klang und wie durchschaubar ihr Ablenkungsmanöver wirkte.

»Schluß mit dem Theater!« brüllte Achim und donnerte mit der Faust auf den Tisch, »ich hab' dir schon viel zuviel erzählt. Du glaubst mir ja sowieso nichts und würdest mich am liebsten sofort ans Messer liefern!«

Annette behauptete trotzdem, ihn wie ein Brüderchen zu lieben.

Wahrscheinlich hatte sie damit wieder nicht den richtigen Ton getroffen, denn Achim geriet mehr und mehr in Rage. »Du lügst!« rief er. »Paul ist schließlich dein Mann, ich hatte von Anfang an die größten Skrupel, als du unbedingt mit mir schlafen wolltest! Wie kannst du das jetzt einfach leugnen!«

In diesem Punkt bilde er sich leider zuviel ein, sagte Annette und wurde ihrerseits gehässig, sie sei kein bißchen scharf auf ihn gewesen. In absolut unfairer Weise habe er ihre hilflose Situation ausgenutzt.

Durch diese Provokation brachte Annette das Faß zum Überlaufen. Mit einer eleganten, fließenden Wendung, die er wohl den Tai-Chi-Übungen seiner Mutter abgeguckt hatte, drehte sich Achim zur Vitrine und riß zielstrebig die Besteckschublade auf. Von den drei Tranchiermessern, die Annette von ihren Eltern geerbt hatte und nie benützte, schnappte er sich das längste.

Im Unterbewußtsein hatte Annette seine Abartigkeit wahrscheinlich schon damals gewittert, als sie plötzlich ein Monster in ihm zu sehen meinte. Auch jetzt flackerte Mordlust in den Taubenaugen, und Dr. Jekyll mutierte zu Mr. Hyde. Das Irreale der Situation erinnerte so stark an einen Film, daß Annette sich im Kino wähnte und seine Bewegungen wie in Zeitlupe wahrnahm. Selbst als ihr gemeingefährlicher Schwager sich endgültig auf sie stürzen wollte, spürte sie eher Lampenfieber als Todesangst. Als Hauptdarstellerin konnte sie endlich zeigen, was sie aus zahllosen Filmen gelernt hatte.

Flinker als Achim erreichte sie den Sessel, griff unter das Polster, bekam den ekligen Hirschkäfer zu fassen und zielte mit zitternder Hand auf den Gegenspieler. »Keinen Schritt weiter!« befahl sie mit tonloser Stimme, die nicht ganz zu ihrer Rolle als Flintenweib passen wollte.

Leider zeigte sich Jack the Ripper nicht sonderlich beeindruckt. Nur durch eine schnelle elektrische Entladung war der Feind zu neutralisieren, aber Annettes Unerfahrenheit im Umgang mit Elektroschockern ließ sie an der Bedienung des Sicherheitsschalters scheitern. »Gib schon her«, sagte Achim, »das ist nichts für kleine Mädchen!«

In diesem kritischen Moment beobachtete Annette, daß sich die Durchreiche zur Küche wie von Geisterhand geöffnet hatte. Paul mußte endlich nach Hause gekommen sein, und nie zuvor hatte sie eine so überwältigende Erleichterung empfunden. Die Gefahr war allerdings noch nicht gebannt, denn bevor ihr Retter eingreifen konnte, würden einige Sekunden vergehen. Statt also lauthals um Hilfe zu rufen und den Gegner dadurch zum Äußersten zu reizen, schleuderte sie die Waffe reaktionsschnell durch das Guckloch. Wenn sie Glück hatte, würde Achim seinem Spielzeug nachsetzen, auf den Bruder stoßen und wohl keinen Kampf gegen ihn riskieren.

Doch bevor Achim entschieden hatte, ob er sofort zustechen oder erst einmal den Elektroschocker zurückholen sollte, stürzte er und schlug mit dem Hinterkopf auf den Boden.

Ehe Annette begriff, was passiert war, kam Olga wie eine Mänade aus der Küche gestürmt und ließ die Lackvitrine unter ihrem Kriegsgeschrei erbeben. Mit dem Fuß fegte sie das Messer aus Achims Reichweite, in der erhobenen Rechten hielt sie den Elektroschocker.

»Wir müssen ihn fesseln, bevor er zu sich kommt!« brüllte sie.

Der Schreck hatte Annette die Sprache verschlagen; stumm deutete sie auf die dicke Gardinenkordel.

»Viel zu steif«, kreischte Olga, »hol Paketband oder eine Wäscheleine!«

Als Annette mit einem feingewebten Kaschmirschal aus der Garderobe kam, zog sich Olga gerade die Strumpfhose aus. Achim jaulte auf, weil sie seine Füße mit dem Halstuch fest zusammenzurrte und mit den Strumpfhosen seine Handgelenke. Bedauerlicherweise konnte Annette ihr nicht dabei helfen; aber als Achim stramm verschnürt war, fiel sie ihrer Freundin um den Hals.

Sie schluchzten, stotterten, stammelten.

Wieso sie überhaupt noch hier sei? fragte Annette ihren Schutzengel und japste nach Luft.

Olga zog ein halb stolzes, halb verlegenes Gesicht. Zuerst habe sie nur in Ruhe ihren Wein austrinken wollen, aber dann habe man ihr eine so spannende Performance geboten, daß sie wie gebannt in ihrer Loge sitzen blieb und durch den Spalt spähte. Und als Annette ihr dann dieses Teufelsding direkt in die Hände gespielt habe, hätte sie einfach auf den Übeltäter gezielt und kräftig draufgedrückt.

»Ich hab' leider nicht kapiert, wie man damit umgeht«, sagte Annette, »aber du scheinst ja Übung zu haben!«

»Ich bin wohl ein Naturtalent«, behauptete Olga, »aber schau mal an, er beginnt zu zappeln. Dein Tüchlein wird auf die Dauer nicht standhalten!«

Annette lief ins Schlafzimmer und zerrte einen ganzen Berg ausgeleierter Strumpfhosen aus ihrer Kommode, damit Olga die Fesselung an allen Ecken und Enden verstärken konnte.

Als Achim die Augen aufschlug, fühlte ihm Olga den Puls. »Junge«, fuhr sie ihn an, »schämst du dich gar nicht? Was hast du dir eigentlich dabei gedacht, mit einem Schlachtermesser auf die kleine Annette loszugehen?«

Ihre lauten Worte schienen ihn zu quälen, denn er schloß sofort wieder die Augen und stellte sich tot.

»Komm, Schätzchen«, sagte Olga zu ihrer blassen Freundin, »du brauchst unbedingt eine Stärkung. Wir lassen uns jetzt ganz gemütlich vollaufen und den Bub im eigenen Saft schmoren! Nimmt er Drogen?«

Annette schüttelte den Kopf und verließ das Schlachtfeld. Vollkommen erschöpft plumpsten beide auf zwei gelbe Küchenstühle; die Durchreiche mit Aussicht auf den Gefangenen blieb offen.

Ganz gegen ihre Gewohnheit kippte Annette ein großes Glas Rotwein hinunter.

Olga öffnete gleich die nächste Flasche. »Was gedenkst du, mit diesem Gentleman anzustellen?« fragte sie. »Soll ich bei der Streife anrufen, damit sie ihn einkassieren? Ich kann bezeugen, daß er dich bedroht hat. Rühr bloß das Messer nicht an, die brauchen seine Fingerabdrücke!«

Sie verstehe gar nicht, wo Paul bleibe, sagte Annette, denn die Entscheidung wollte sie ihm überlassen: Polizei oder Psychiatrie?

Beide Frauen tranken auch das zweite Glas zügig aus, aber der Alkohol führte nur zu einer geringfügigen Entspannung.

Eigentlich wollte sie Paul heute nicht über den Weg laufen, überlegte Olga, aber schließlich konnte sie ihre Freundin schlecht mit einem potentiellen Mörder allein lassen.

Annette spähte durch die Luke und empfand sowohl Haß als auch einen Anflug von Erbarmen. »Man sollte ihm ein Kissen unter den Kopf schieben«, murmelte sie, aber Olga war dagegen.

Erst gegen acht kam Paul nach Hause. Leicht betrunken stürzte ihm Annette bereits am Eingang entgegen, verlor einen Pantoffel und begann hemmungslos in seinen Armen zu weinen.

Olga stand auf, rief: »Álla, tschüs!« und verschwand.

Es dauerte relativ lange, bis der verwirrte Paul die verworrene Schilderung halbwegs begriff. Achim habe Annette bedroht. Zum Beweis der Anklage führte sie ihren Mann ins Wohnzimmer; eingesponnen in einen merkwürdigen Kokon aus hellbraunem und schwarzem Gewirk lag sein Bruder am Boden und sah apathisch an die Decke.

»Laß mich mit ihm allein«, bat Paul, griff nach der Cognacflasche und wischte sich mit dem Seidenkissen den Schweiß ab.

Als Annette den Raum verlassen hatte, nahm er neben seinem Bruder auf dem Teppich Platz. Achim fing sofort an zu jammern, er könne sich nicht aufrichten. Widerwillig schleifte Paul die Mumie ein Stück vor, zog ihren Oberkörper hoch und lehnte sie gegen die Wand.

»Auch einen Schluck?« fragte er, setzte dem Bruder das Glas an die Lippen und holte sogar ein Schälchen mit Nüssen.

»Weißt du noch, wie du einen Nußknacker erfunden hattest?« fragte Achim. Um noch eine kleine Galgenfrist herauszuschinden, ließ ihn Paul erzählen. Die Idee war genial, in die untere Ecke des Türrahmens eine Nuß zu klemmen und dann die Tür zuzuschlagen. Leider war ihnen der Vater bald auf die Schliche gekommen, weil man immerzu auf verstreute Schalen trat.

»Auch die Cola-Flaschen konntest du mit dem Türverschluß öffnen«, sagte Achim voller Bewunderung.

»Das war alles nicht meine Erfindung«, berichtigte Paul, »ich hab' es meinem Freund Robert abgeguckt.« Aber es sei jetzt nicht der Moment, in Nostalgie zu schwelgen und von harmlosen Kinderstreichen zu schwärmen. Wohl oder übel müsse sich Achim bald der Polizei stellen, denn man suche ihn bereits. Unter der Bedingung, daß er jetzt die ganze Wahrheit erführe, wollte sich Paul für seinen Bruder einsetzen und ihn auch vor Gericht verteidigen.

Es war lange sehr still. »Zunächst will ich wissen, ob du mich jemals ein bißchen gern gehabt hast«, murmelte Achim kaum verständlich.

Paul mußte mehrmals schlucken, bevor er zu einer Liebeserklärung ansetzte: »Als man mir mit vier Jahren sagte, daß ich jetzt einen kleinen Bruder hätte, war ich vor Glück ganz aus dem Häuschen. Papa fuhr mit mir ins Krankenhaus, und dort habe ich dich zum ersten Mal gesehen. Im Kindergarten gab ich unentwegt damit an, daß wir das niedlichste Baby der Welt bekommen hätten. Auch in den nächsten Jahren war ich wahnsinnig stolz auf dich und gar nicht eifersüchtig, wenn Mama sich dauernd um dich kümmern mußte. Selbst als du mir immer wieder meine schönsten Zeichnungen vollgekritzelt hast, habe ich dich damals von ganzem Herzen geliebt.«

Wann es denn mit der Liebe vorbei gewesen sei? fragte Achim.

»Es wird wohl nie ganz aufhören«, antwortete Paul, »aber irgendwann kam Neid ins Spiel, weil sich alles nur um Mamas Herzblatt drehte. Als dann das Unglück mit dem kleinen Jungen geschah, hatte ich eine grenzenlose Wut. Später, als du mir als erwachsener Mann aufgetischt hast, du hättest mit Mama geschlafen, ist ein Stück brüderlicher Zuneigung unwiederbringlich vor die Hunde gegangen. Bis heute verstehe ich nicht, wie man sich so etwas Abartiges ausdenken kann!«

Plötzlich hob Paul lauschend den Kopf, denn im Schlafzimmer schien Annette zu schluchzen.

Sein Bruder erforderte indes größere Aufmerksamkeit, denn er machte jetzt den ersten Versuch, sich zu rechtfertigen. Alle folgenschweren Störungen in seiner Entwicklung erklärte er mit der mangelnden Zuneigung der Mutter. Schon als junges Mädchen habe die Mama im Schulchor in einer kleinen Solorolle geglänzt. Viele Zuhörer hätten ihr empfohlen, ihre Stimme ausbilden zu lassen, statt dessen hatte sie früh geheiratet und ein Baby bekommen. Als Paul mit drei Jahren in den Kindergarten kam, wollte sie endlich mit dem Gesangsunterricht beginnen; ihre Pläne wurden aber abrupt von einer erneuten Schwangerschaft durchkreuzt. Aus diesem Grund habe die Mutter ihren jüngeren Sohn von Anfang an abgelehnt, vielleicht hätte sie ein Mädchen eher akzeptiert. »Paul, nur du warst ihr ein und alles, der Kreative, der Hoffnungsträger, der Kluge. Mir fiel das Lernen unendlich schwer.«

Achims Sicht der Dinge deckte sich nicht mit Pauls Erinnerungen. Nicht sein Bruder, sondern er selbst hatte allen Grund gehabt, zunehmend mißgünstiger zu werden. Tag für Tag mußte die Mutter dem Kleinen bei den Hausaufgaben helfen, während für ihren Ältesten nur ein paar hingehauchte Komplimente abfielen. Zum Dank für ihre Aufopferung wurde sie später auf die gemeinste Weise von ihrem Sorgenkind verleumdet. Und dafür wollte er jetzt endlich eine Erklärung haben.

Zwar war Achim nie in psychologischer Behandlung gewesen, hatte sich aber trotzdem eine Sündenbockversion zurechtgelegt, die einem schlechten Therapeuten alle Ehre machte. Niemand anderes als die Mutter selbst hätte durch ihre demütigende Verhaltensweise seine Überreaktion ausgelöst.

Einmal, als der Vater im Krankenhaus lag, sei er nachts ins Elternschlafzimmer geschlichen. Zugegebenermaßen war er schon längst erwachsen, hatte aber trotzdem Angstträume wie als Kind und wollte zur Mama ins Bett kriechen. Ob Paul ihre Reaktion erraten könne? Wie einen verkommenen Sittenstrolch habe sie ihren Sohn angebrüllt und hochkant rausgeschmissen. »Niemand kann ermessen, wie erniedrigt ich mich fühlte! Aber irgendwann wirst selbst du begreifen, daß man sich dafür rächen muß.«

Das war also Punkt eins, sagte Paul, so sachlich wie möglich. Als nächstes stehe Heiko Sommer auf der Tagesordnung.

Anfangs bewunderte Achim den viel älteren Heiko und hielt ihn für einen lustigen Spielgefährten, mit dem er so manche Nacht im Casino verbrachte. Bis 10 Uhr hatte die Küche der ›Wildgans‹ geöffnet, wo Achim durch pures Zuschauen das Kochen erlernte. Ab elf begann das wahre Leben.

In der ersten Phase ihrer Freundschaft zeigte sich Heiko Sommer großzügig und steckte Achim häufig Geld zu, ohne auf baldige Rückgabe zu bestehen. Nach und nach überzeugte ihn der geschäftstüchtige Gastronom, daß es aus steuerlichen Gründen vernünftig sei, einen Anteil seiner Erbschaft vorab zu verlangen. Wenn Heiko nicht gewesen wäre, hätte Achim noch die gesamte Summe auf dem Konto, jetzt war sie verspielt. Das war aber längst nicht alles.

Immer wieder hatte Achim dem Freund von seiner gestörten Mutterbeziehung erzählt, und Heiko Sommer hatte Achims Haß und Vergeltungsphantasien lustvoll aufgegriffen und weitergesponnen. Eines Tages hatte er eine Idee, wie man es der Rabenmutter heimzahlen könnte. Gemeinsam führten sie für Paul ein Schmierentheater auf, um Achims Familie mit einer Lüge gegeneinander aufzuhetzen. Sollte der jähzornige Vater von einem angeblichen Ehebruch seiner Frau etwas erfahren, würde er sie bestimmt in die Wüste schicken, während Paul mit Abkapselung und Abscheu reagieren würde.

Als Achims Vater plötzlich starb, erhoffte sich der hochverschuldete Restaurantbesitzer finanzielle Vorteile und bedrängte Achim, endlich neues Kapital aufzutreiben. Um mehr Druck auszuüben, drohte er schon bald damit, Paul über den wahren Sachverhalt aufzuklären. Heiko Sommer habe ihn regelrecht erpreßt und einmal sogar geschlagen. Inzwischen hielt Achim seinen früheren Freund für einen wahren Teufel, den er zur Hölle wünschte. Nur zur Verteidigung hätte er Pauls Elektroschocker ausgeliehen, denn der Kerl sei bärenstark gewesen; es sei wirklich nicht geplant gewesen, ihn für immer mundtot zu machen.

Als Achim mit seiner langen Beichte fertig war, machte er fast einen erleichterten Eindruck. »Nun weißt du es also. Sag mir jetzt bitte genauso ehrlich, mit welcher Strafe ich rechnen muß.«

Diese Frage gab Paul immerhin die Möglichkeit, seine Verstörung durch sachliche Erwägungen zu überspielen. Das Strafmaß stelle auch einen erfahrenen Richter vor eine schwere Entscheidung. Zuerst müsse allerdings in einem Gutachten abgeklärt werden, ob Achim überhaupt zurechnungsfähig sei, denn Schuldfähigkeit sei die Voraussetzung für Strafbarkeit. Falls man ihn aber zur Verantwortung ziehen könne und seine Tat als Totschlag durchgehen ließe, müsse man von mindestens fünf Jahren Haft ausgehen. Das sei die mildeste Strafe, die Paul sich denken könne, denn im Grunde handele es sich im Fall Heiko Sommer um vorsätzliche Tötung. Erschwerend liege der Tatbestand der Heimtücke vor, weil die Wehrlosigkeit des bewußtlosen Opfers ausgenützt wurde. Folglich würde man dem Täter wohl die Höchststrafe aufbrummen. Sollte Achim aber irgend etwas mit dem Tod seiner Mutter zu tun haben, dann bedauerte Paul, daß es keine Hinrichtung mehr gebe.

»Mama hat geschworen, daß ich nie wieder einen Cent von ihr kriege. Dabei hast du doch selbst gesagt, daß sie uns den Pflichtteil nicht verweigern darf.«

Paul ergriff die Flucht und wollte erst mal nach seiner Frau sehen. Annette war unter zwei Daunendecken gekrochen und klapperte trotzdem mit den Zähnen. Wieso Olga hier gewesen sei? wollte Paul wissen und erfuhr, daß seine ehemalige Geliebte Annettes Leben gerettet hatte. »Das Messer liegt noch im Wohnzimmer«, sagte sie. »Olga meint, wir sollen es wegen der Fingerabdrücke nicht anrühren. Es würde mich beruhigen, wenn du bald bei der Polizei anrufst, damit sie ihn wegbringen.«

Sein Bruder gehöre nicht in den Knast, sondern in die Psychiatrie, sagte Paul, und er müsse jetzt wieder hinübergehen.

Am liebsten hätte sich Paul allerdings neben seiner Frau unter den Decken vergraben, denn er fürchtete nichts mehr als das endgültige Geständnis. Längst ahnte er, daß die Wahrheit kaum auszuhalten war. Trotzdem wollte er jetzt keine Verzögerung mehr dulden und sich das Schlußwort seines Bruders anhören.

Achim schien fest entschlossen, sogleich mit seinem Bericht fortzufahren. Nach der Beerdigung brachte er Paul und Annette nach Mannheim, fuhr dann aber zurück ins Mainzer Elternhaus. Kürzlich hatte er von einer Glückszahl geträumt und glaubte nun fest, noch in dieser Nacht den Gewinn seines Lebens machen zu können.

Seine erholungsbedürftige Mutter hatte keine Lust, ihn zu empfangen; sie ließ gerade ein Bad einlaufen und wollte anschließend zu Bett gehen. Über Geld mochte sie schon gar nicht mit ihm reden, obwohl Achim sie immer inständiger anflehte. Ohne ihn noch weiter anzuhören, lief sie geschäftig hin und her, legte ihr Nachthemd auf die Heizung, stellte Tee auf den Nachttisch, schickte ihren Sohn energisch fort und riegelte sich schließlich ein. Sein heftiges Klopfen und Bummern an der Badezimmertür wurde einfach ignoriert. Allmählich steigerte sich Achim in eine solche Erregung, daß er das Türschloß mit einer Münze von außen aufdrehte.

»Du kannst dir nicht vorstellen, wie sie mich angeschnauzt hat! Noch viel schlimmer als damals im Schlafzimmer. Und als sie einmal in Fahrt kam, hat sie mich auch beschuldigt, Papas Tod verursacht zu haben. Eigentlich konnte sie die Details gar nicht wissen, aber sie hat sich so manches zusammengereimt. Am Ende bin ich ausgerastet. Der Elektroschocker lag immer noch dort, wo ich ihn nach Heikos Tod versteckt hatte. Erst habe ich nur gezielt, um ihr zu drohen. Als sie zu schreien begann, habe ich abgedrückt.«

»Davon stirbt man nicht«, sagte Paul nach einer Pause.

»Ich hatte doch solche Angst!« sagte Achim. »Von jetzt

an würde sie mich nur noch verachten! Als sie das Bewußtsein verlor, habe ich auch ihren Kopf unter Wass...«

»Hör bitte auf, ich kann es nicht ertragen«, sagte Paul.

Für lange Zeit war es vollkommen still, auch aus dem Schlafzimmer drang kein Laut.

Er habe keine Ahnung, wie er mit dieser Last weiterleben solle, sagte Achim, da wisse wohl auch sein kluger Bruder keinen Rat. Am liebsten wäre es ihm, Paul würde die Hinrichtung eigenhändig vornehmen, alle nötigen Werkzeuge lägen ja in Reichweite.

»Bist du völlig wahnsinnig geworden?« brüllte Paul. »Du kannst mich doch nicht auch noch zum Mörder machen! Es gibt im Grunde nur eine einzige Konsequenz für dich.« Er angelte sich erregt eine Zigarette und zündete auch eine für seinen Bruder an. Schließlich stand er auf und lief mit großen Schritten hin und her, wobei er Achims Beine mehrmals überqueren mußte.

Nach intensiver Grübelei kam auch Achim zu einer Entscheidung. Er gebe Paul sein Ehrenwort, ihn nie mehr zu hintergehen. »Noch heute nacht wird man dir einen tödlichen Unfall melden. Aber bevor ich überhaupt meinen Wagen starten kann, mußt du mir diese dämlichen Fesseln abnehmen!«

Paul brauchte ebenfalls viel Zeit zum Überlegen, bis er schließlich meinte: »Okay. So wird es wohl am besten sein. Ich muß mich aber darauf verlassen können, daß kein Unbeteiligter verletzt wird. Hast du noch einen Wunsch, bevor wir Abschied nehmen?«

»Eine Henkersmahlzeit oder die allerletzte Zigarette«, sagte Achim, »nein danke. Aber vielleicht ein Lied von

Mama? Sie sang wunderschön, als wir klein waren und alles noch gut war.«

Paul war das unheimlich, doch er wollte zu seinem Wort stehen, suchte in der CD-Sammlung und wurde fündig. Es gab ein Lied in Schuberts Winterreise, das die Mutter oft gesungen hatte: *Der Lindenbaum*. Die Brüder lauschten mit verzweifelter Aufmerksamkeit, als ob jedes Wort von tiefer Bedeutung sei.

Ich mußt' auch heute wandern
Vorbei in tiefer Nacht

Auf einmal fühlte sich Paul so zerschlagen, daß er es hinter sich bringen und zu Bett gehen wollte. Vorsichtig zerschnitt er die Strumpfhosen mit dem Tranchiermesser, begleitete seinen Bruder bis zum Auto und umarmte ihn.

Ich wendete mich nicht, summte Paul, als er wieder ins Haus trat. Musik sollte die Psyche heilen, doch seine Seele war für immer beschädigt. Nachdem er sich alle 24 Lieder der Winterreise angehört hatte, ging er schlafen. Annette war noch wach, und es kam nach vielen Monaten zu einer leidenschaftlichen Vereinigung.

24

Mit starren Fingern

In dieser Nacht schliefen sie nur wenig, wälzten sich herum, klammerten sich aneinander. Erst als Annette gegen Morgen hellwach wurde, schien Paul ein wenig zu schlummern. Behutsam löste sie sich aus seinen Armen und schlich ins Wohnzimmer. Dort roch es wie in einer Turnhalle, und sie riß die Fenster auf.

Die Spuren des gestrigen Debakels lagen ihr zu Füßen: Messer, Elektroschocker, Cognac, Gläser, Asche, Nüsse und ein unansehnliches Gewirr synthetischer Schlangen. 88% Polyamid, 12% Elasthan, rekapitulierte Annette, Maschinenwäsche bei 30 Grad; schnell erkannte sie allerdings, daß keine einzige Strumpfhose zu retten war.

Wo mochte Achim jetzt sein? In der vergangenen Nacht hatte Paul nur gesagt, daß sein Bruder nicht mehr hier sei, aber Annette ging davon aus, daß er ihn bei der Polizei abgeliefert hatte. Sie fühlte sich ausgelaugt wie nach einer ungeheueren Strapaze, aber auch grenzenlos erleichtert, daß die Schrecken der Nacht zu einer Wende in ihrer Ehekrise geführt hatten. Oder war es nur Pauls Reaktion auf eine Grenzsituation, die sich nie mehr wiederholen ließ?

Ausnahmsweise kochte sie so starken Kaffee wie ihre Schwiegermutter, schaffte ein wenig Ordnung, hob Messer und Schocker mit einer Zuckerzange auf und ließ beide Beweismittel in eine Plastiktüte gleiten. Als Paul im Schlaf-anzug hereinschlurfte, erwartete ihn ein liebevolles Früh-stück, und Annette zeigte ihm ihr Mitgefühl durch zag-hafte Zärtlichkeit.

Bisher habe niemand angerufen, beantwortete sie seine Frage. Dann saßen sie zwar einträchtig beisammen, aber Paul gab keinen Ton mehr von sich, rührte unentwegt in seiner Tasse herum und mochte weder essen noch trinken. Plötzlich sprang er auf und lief ins Bad, wo Annette ihn laut weinen hörte.

Wahrscheinlich konnte das längst erwartete Telefonläu-ten nicht zu ihm durchdringen, aber Annette war sowieso schneller am Apparat. Wie schon vor wenigen Tagen fragte die aufgelöste Frau Ziesel nach Paul. Annette vermutete schlechte Nachrichten und rief ihren unrasierten Mann herbei. Seinem verstörten Ausdruck war anzumerken, daß er wohl nur noch mit Hiobsbotschaften rechnete.

»Selbstverständlich! So schnell ich kann«, sagte er und lief zurück ins Bad, um sich hastig anzuziehen. Anschei-nend sollte er sofort nach Mainz kommen.

Obwohl sie nicht damit gerechnet hatte, bat Paul dann doch um ihre Begleitung; erst als beide im Wagen saßen, setzte er zu einer Erklärung an. Frau Ziesel war von einer Nachbarin seiner Eltern alarmiert worden, die nebenan das Krachen der Eternitabdeckung hörte und einen Feuer-schein bemerkte. Pauls Elternhaus stehe in Flammen, aber zwei Löschwagen seien bereits eingetroffen. »Frau Ziesel verließ sofort ihre eigene Wohnung, lief in unsere Straße und hat mit dem Handy eines Polizisten hier angerufen.«

»Was ist mit deinem Bruder?« fragte Annette. Vermutlich sei er der Brandstifter, sagte Paul und überlegte insgeheim, ob Achim ein Feuer gelegt hatte, um seinen Tod bloß vorzutäuschen. Es war natürlich ein Fehler gewesen, ihm zu vertrauen.

Paul fuhr so schnell, daß Annette schon befürchtete, ein zweites Mal im Krankenhaus zu landen. Über lange Strecken sagte er nichts mehr und murmelte erst kurz vor dem Ziel: »Es ist auch meine Schuld«, ließ Annette aber im ungewissen, was er damit meinte. Sie hakte nicht weiter nach, weil sie es bereits ahnte: Achim hatte bestimmt behauptet, er werde sich freiwillig stellen. Wahrscheinlich war Paul seinem Bruder auf den Leim gegangen und hatte ihn entkommen lassen.

Vor Pauls Elternhaus war die Straße abgesperrt. Frau Ziesel und andere schaulustige Bretzenheimer reckten die Hälse und wurden von einem Polizisten zum Weitergehen aufgefordert; trotzdem nahmen Großväter ihre Enkel zwecks besserer Sicht auf die Schultern. Paul und Annette wurden sofort durchgelassen. Dichter Qualm, brenzlicher Geruch, zwei Tanklöschfahrzeuge und eine Drehleiter deuteten fast auf einen Großbrand hin. Ohne die Sirene einzuschalten, wendete der Fahrer eines Krankenwagens und fuhr davon.

Es dauerte nicht lange, bis sich ein hustender Polizeibeamter mit Paul befaßte und ihn vor den Eingang des zerstörten Hauses begleitete. Schon auf den ersten Blick erkannte Annette, daß das Feuer eine weitgehende Vernichtung angerichtet hatte. Ein dritter Löschzug, der das

Übergreifen auf die benachbarten Gebäude verhindern sollte, wurde gerade wieder abgezogen. Da die angrenzenden Häuser durch große Gärten getrennt waren, hielt man ein Überspringen der Funken für unwahrscheinlich.

Zunächst teilte ihnen der Polizist bloß mit, daß man einen BMW abgeschleppt und auf den Hof des Präsidiums gestellt hatte. Als er das Paar schonend vom Fund einer männlichen Leiche in Kenntnis setzte, versuchte Annette vergeblich, Pauls Hand zu halten. Er hatte beide Fäuste zusammengeballt und behauptete mit bemerkenswerter Kälte, der Tote müsse sein Bruder sein. Die Aufforderung, den Verstorbenen zu identifizieren, verweigerte er ohne Begründung.

»Mein Mann ist mit den Nerven am Ende«, schaltete sich Annette ein, »finden Sie nicht, daß solche Formalitäten noch Zeit haben? Wenn Sie allerdings auf der Stelle wissen müssen, wer der Tote ist, dann kann ich das ebensogut übernehmen.«

Einen Augenblick schien Paul zu schwanken, ob er diese Pflicht auf seine Frau abwälzen konnte, sagte aber nur: »Falls es die Sache erleichtert: Mein Bruder hat ein Muttermal am Rücken.«

Tatsächlich führte man Annette fort und nach Erfüllung ihres Auftrags auch wieder zurück. Die Identifizierung war nicht ganz so gräßlich gewesen, wie sie erwartet hatte, nur die toten Taubenaugen taten weh; doch immerhin hatte sie ihren Mann entlastet. Leicht verstimmt stellte sie jetzt fest, daß Paul unterdessen den Tatort verlassen hatte. Da sich ihr Auto aber noch an Ort und Stelle befand und die Wagentür unverschlossen war, ließ sie sich auf den Fahrersitz fallen.

Nach einer halben Stunde registrierte Annette, daß der Brandmeister den Aufbruch anordnete. Sie stieg aus, um sich ein wenig Bewegung zu machen, und sprach mit einem der beiden Feuerwehrmänner, die als Wache dageblieben waren. »Ihr Mann ist dorthin gegangen«, sagte er und wies in Richtung Innenstadt. »Unseren heißen Kaffee lehnte er zwar ab, aber vielleicht hat er doch noch Durst bekommen.«

»War es ein Verbrechen?« fragte Annette.

Es sehe ganz nach Brandstiftung aus, sagte der Mann, denn er habe in unmittelbarer Nähe des Toten einen Benzinkanister gefunden. Allerdings wolle er keine Verdächtigungen aussprechen, denn die Ermittlung sei nicht seine Aufgabe.

Ob das gesamte Mobiliar zerstört sei, wollte Annette wissen.

»Was haben Sie denn erwartet? Erst das Feuer, dann das Löschwasser!« meinte er. »Nur im Keller sieht es etwas besser aus. Haben Sie Kinder?«

Annette schüttelte den Kopf.

Im Trockenraum hingen Plüschtiere an der Leine, sagte er belustigt, die hätten als einzige überlebt. Kaum hatte er es ausgesprochen, wurde ihm bewußt, daß er in ein Fettnäpfchen getreten war; verlegen hüstelnd ging er zu seinem Kollegen zurück.

Es blieb Annette nichts anderes übrig, als auszuharren. In den Gärten blühten zwar die ersten Frühlingsblumen, doch sie fror, denn es war ein kühler, klarer Tag. Merkwürdigerweise waren jetzt alle Erinnerungsstücke an Pauls

Mutter verbrannt, während die Kleidung ihres Schwiegervaters von Obdachlosen aufgetragen wurde. Auch dessen Uhr und die Manschettenknöpfe lagen bereits in Pauls Nachttischschublade.

Nach einer halben Stunde tauchte Paul am Ende der Straße auf; er trug eine große Plastiktüte. Mißtrauisch ging ihm Annette entgegen.

»Bevor alles zusammenstürzt und weiteren Schaden anrichtet«, sagte er, »soll das Haus abgerissen werden. Doch vorher will ich es noch dokumentieren.«

Mit kindlichem Eifer griff er in seine Tüte und zeigte ihr einen DIN-A3-Block, Stifte von unterschiedlichen Härtegraden, einen Spitzer und einen Radiergummi. »Eigentlich sollte man immer eine Grundausstattung mit Zeichenmaterial im Kofferraum haben«, meinte er, »es wird mir eine Lehre sein. Kannst du mal schauen, ob im Schuppen noch ein alter Korbstuhl steht?«

Beim Stöbern im hinteren Garten entdeckte Annette eine winzige Narzisse, die sie als Andenken pflückte. Das zartgelbe Blümchen konnte man als Symbol der Hoffnung deuten, aber leider beachtete Paul die kleinen Tröstungen der Natur im allgemeinen nur wenig. Kaum hatte sie ihm einen verwitterten Stuhl herbeigezerrt, als er schon den Block aufschlug, einen Fluchtpunkt auf der Horizontlinie markierte und mit gestrichelten Diagonalen anpeilte. Übrigens werde er nie wieder als Rechtsanwalt arbeiten, sagte er so leise, als spräche er zu sich selbst.

»Sondern?« fragte Annette und verstand nur mühsam sein undeutliches Knurren: »Was weiß denn ich? Tage-

dieb oder Wandersmann, werdender Vater oder Ruinen-
maler?«

Die ratlose Annette hielt weitere Gespräche für sinnlos
und suchte erneut Schutz im Auto. Völlig durchgefroren
verließ sie nach endloser Wartezeit ihren Zufluchtsort, um
die Wagenschlüssel zu holen und wenigstens die Heizung
anzulassen. Immer noch saß Paul im Garten und zeichnete
mit starren Fingern.

»Wann fahren wir heim?« fragte sie.

»Seit der Renaissance und bis ins 19. Jahrhundert war die
Zentralperspektive ein Symbol für die abendländische
Kultur«, sagte er, kniff ein Auge zu und hielt den Bleistift
mit ausgestrecktem Arm von sich. »Schon Leonardo hat
erkannt, daß Perspektive nichts anderes bedeutet, als die
Welt hinter einer Glasscheibe zu betrachten und die
Gegenstände dann auf diese Scheibe zu zeichnen. Allerdings manifestiert sich darin nur unsere europäische Sichtweise.«

»Du zitterst ja! Paul, du kriegst noch eine Lungenent-
zündung. Komm heim, wir können hier nichts mehr ausrichten.«

Er habe sein Leben lang alles durch ein trübes Glas gesehen. Aber vielleicht sei er gar nicht der Mittelpunkt des
Universums, vielleicht sei die Zentralperspektive ein ganz
großer Irrtum, sagte Paul, steckte sich die kleine Narzisse
ans Revers und packte endlich seinen Kram zusammen.

Staunend registrierte Annette, daß er den Stuhl eigenhändig in das Gartenhäuschen zurücktrug.

Bitte beachten Sie auch
die folgenden Seiten

Ingrid Noll
im Diogenes Verlag

Der Hahn ist tot
Roman

Sie hält sich für eine Benachteiligte, die ungerecht behandelt wird und zu kurz kommt. Mit zweiundfünfzig Jahren trifft sie die Liebe wie ein Hexenschuß. Diese letzte Chance muß wahrgenommen werden, Hindernisse müssen beiseite geräumt werden. Sie entwickelt eine bittere Tatkraft: Rosemarie Hirte, Versicherungsangestellte, geht buchstäblich über Leichen, um den Mann ihrer Träume zu erbeuten.

»Ingrid Noll, die nach dem Großziehen dreier Kinder plötzlich diesen flirrend bösen Erstlingsroman schrieb, erzählt mit unbeirrter Geradlinigkeit, immer stramm aus Rosis Sicht, von Mord zu Mord, und alles geht trotzdem gut aus, man möchte sich vor Lachen über soviel Abstruses wälzen und gleichzeitig was Wärmeres anziehen, weil es einen gründlich friert, so sehr blickt man in die Abgründe der frustrierten weiblichen Seele. Ein köstliches Buch darüber, wie Frauen über Leichen gehen, um den Mann ihrer Träume zu kriegen. Männer, hütet euch, Rosi Hirte steckt in uns allen!«
Elke Heidenreich

»Wenn Frauen zu sehr lieben… ein Psychokrimi voll trockenem Humor. Spielte er nicht in Mannheim, könnte man ihn für ein Werk von Patricia Highsmith halten.« *Für Sie, Hamburg*

Die Häupter meiner Lieben
Roman

Maja und Cora, Freundinnen, seit sie sechzehn waren, lassen sich von den Männern so schnell nicht an Draufgängertum überbieten. Kavalierinnendelikte und böse Mädchenstreiche sind ebenso von der Partie wie Mord und Totschlag. Wehe denen, die ihrem Glück in der Toskana im Wege stehen!

»Männer sind die Opfer in dem neuen Roman, einer witzig und temporeich geschriebenen Erzählcollage aus Kindheitserinnerungen, Vergangenheitsbewältigung, Liebesaffären und Morden an lästigen Zeitgenossen, die das Seelenheil der beiden Protagonistinnen und ihr beschauliches Frauenidyll in der Toskana zu zerstören drohen. Eine Geschichte voll Ironie und schwarzem Humor.« *Frankfurter Allgemeine Zeitung*

Die Apothekerin

Roman

Hella Moormann liegt in der Heidelberger Frauenklinik – mit Rosemarie Hirte als Bettnachbarin. Um sich die Zeit zu vertreiben, vertraut Hella der Zimmergenossin die ungeheuerlichsten Geheimnisse an. Von Beruf Apothekerin, leidet sie unter ihrem Retter- und Muttertrieb, der daran schuld ist, daß sie immer wieder an die falschen Männer gerät – und in die abenteuerlichsten Situationen: eine Erbschaft, die es in sich hat, Rauschgift, ein gefährliches künstliches Gebiß, ein leichtlebiger Student und ein Kind von mehreren Vätern sind mit von der Partie. Und nicht zu vergessen Rosemarie Hirte in der Rolle einer unberechenbaren Beichtmutter …

»Ihre mordenden Ladies verbreiten beste Laune, wenn sie sich daranmachen, lästige und langweilige Störenfriede beiseite zu schaffen.«
Anne Linsel / Die Zeit, Hamburg

»Ingrid Noll hat nicht nur ein einfühlsames Psychogramm abgeliefert, sondern auch einen spannenden Kriminalroman, der zudem unterhaltsam-ironisch geschrieben ist.« *Brigitte, Hamburg*

Der Schweinepascha

in 15 Bildern. Illustriert von der Autorin

Der Schweinepascha hat es gut,
weil dieses Faultier wenig tut,
auf eine Ottomane sinkt
und Mokka mit viel Sahne trinkt.

Der Pascha wird gefeilt, rasiert,
geölt, gekämmt und balsamiert.
Die Borsten werden blond getönt,
gebürstet und leicht angefönt.

Sechs Frauen hat der Schweinepascha, doch die sind ihm alle davongelaufen – bis auf die letzte: die macht ihn zum Vater von sieben Schweinekindern.

»Doch eines Tages ist es vorbei mit dem Wohlleben, denn von den sechs Haremsdamen des Schweinepaschas büchst eine nach der anderen aus... Ingrid Noll legt mit diesem Büchlein den Beweis vor, daß sie nicht nur entzückend dichten, sondern auch noch zeichnen kann.« *Emma, Köln*

Kalt ist der Abendhauch

Roman

Die dreiundachtzigjährige Charlotte erwartet Besuch: Hugo, ihren Schwager, für den sie zeit ihres Lebens eine Schwäche hatte. Sollten sie doch noch einen romantischen Lebensabend miteinander verbringen können? Wird, was lange währt, endlich gut? Ingrid Nolls Heldin erzählt anrührend und tragikomisch zugleich von einer weitverzweigten Familie, die es in sich hat. Nicht zufällig ist Cora, die ihren Liebhaber einst in der Toskana unter den Terrazzofliesen verschwinden ließ, Charlottes Enkelin...

»Räumt auf mit dem Klischee, daß alte Menschen nur die Rolle: gutmütige, Geschichten erzählende Oma

oder verkalkter, problematischer Opa spielen dürfen. Bei Ingrid Noll dürfen die Alten sein, wie sie sind, sowohl, als auch und überraschend anders.«
Veronika Bock / Westdeutscher Rundfunk, Köln

»Ein wunderbar melancholisch-bitterer Roman, aufgemischt mit einer ordentlichen Prise Ironie.«
Nina Ruge / Freundin, München

Röslein rot

Roman

Annerose führt ein regelrechtes Doppelleben, wenn sie dem grauen Hausfrauendasein entflieht und sich in symbolträchtige Stilleben aus dem Barock versenkt: Prächtige Blumensträuße, köstliche Speisen und rätselhafte Gegenstände aus vergangenen Jahrhunderten entheben sie dem Alltag. Und wenn sie selbst kleine Idyllen malt, vergißt sie die Welt um sich herum. Doch es lauern Gefahren. In angstvollen Träumen sieht sie Unheil voraus, das sie womöglich durch mangelnde Zuwendung provoziert hat. Gut, daß Annerose Unterstützung durch ihre Halbschwester Ellen erhält, denn der Freundeskreis erweist sich als brüchig. Und dann liegt einer aus der fröhlichen Runde tot im Bett...

»*Röslein rot* hat das, was einen typischen Noll-Roman auszeichnet: schwarzen Humor, charmante Ironie, heitere Abgründigkeit. Die freche Geschichte hat Tempo und eine ungewöhnliche erzählerische Leichtigkeit. Ingrid Noll gehört zu den besten deutschen Erzählern.« *Der Spiegel, Hamburg*

Selige Witwen

Roman

Gute Mädchen kommen in den Himmel, Maja und Cora im Gespann kommen überallhin: Nicht nur in der Toskana gilt es so manche Schlacht um Villen und Vermögen zu schlagen. Auch in Frankfurt am Main ist das Pflaster hart: Die Freundinnen helfen anderen Frauen im Kampf gegen einen Zuhälter und einen Anwalt mit engsten Verbindungen zum Rotlichtmilieu. Durch spektakuläre Taten macht Maja auch auf Cora wieder Eindruck…

Macht, Männer und Moneten sowie der Traum von einer Alternativfamilie: *Selige Witwen* ist ein Schelminnenroman voll brillanter Coups und Abenteuer.

»Ein bitterböses und zugleich skurril-komisches Kammerspiel um die Abgründe der weiblichen Psyche.«
Dagmar Kaindl / News, Wien

»Die Unverfrorenheit, mit der Ingrid Noll ihre Mörderinnen als verfolgte Unschuld hinstellt, ist grandios. Was für ein subversiver Spaß!«
Wilhelmine König / Der Standard, Wien

»Ein ebenso lustvoller wie boshafter Parforce-Ritt durch die menschlichen Seelenabgründe.«
Brigitte, Hamburg

Rabenbrüder
Roman

Eine schwer durchschaubare Mutter, zwei grundverschiedene Brüder und eine unliebsame Schwiegertochter versammeln sich zum Totenschmaus im Mainzer Elternhaus, nachdem der hypochondrische Vater das Zeitliche gesegnet hat. Aus gutem Grund hat man sich länger nicht gesehen, und kaum ist man wieder beieinander, beginnen alte Konflikte zu schwelen. Ob der Vater auch wirklich ohne Nachhilfe unter die Erde gekommen ist? *Erst vor kurzem hatte die Mutter Paul gestanden, daß sie ein selbstbestimmtes Leben führen wollte. War das etwa kein Mordmotiv?* Die Brüder – der versponnene Paul und der verspielte Achim – ent-

ckeln daraufhin wilde Phantasien, während Schwie-
tochter Annette um ihre eigene Ehe pokert…

amilien sind teuflische Gemeinschaften. Besonders,
wenn dabei Ingrid Noll die Hände im Spiel hat. Ingrid
Noll erweist sich einmal mehr als Meisterin des schwarzen Humors: ein kriminelles Vergnügen.«
Annabelle, Zürich

Falsche Zungen
Gesammelte Geschichten

Nicht nur um Mord geht es in diesen Geschichten,
auch wenn selten alles glimpflich abgeht. Ingrid Nolls
Themen sind Mütter mit Macken, lausige Liebhaber
und feine Familien. Denn keine Idylle ohne Engels-
zungen – und falsche Zungen. Zwischen Kleinkrieg
und Kindersegen suchen sonderbare Leute nach Lie-
besglück.

»Ingrid Noll hat in bester Erzählkultur die perfekte
Mischung zwischen bürgerlicher Idylle und blankem
Grauen gefunden. Sie schleicht sich sanft und freundlich an Grausiges heran. Subtiler Schrecken hinter
sauber gewaschenen Gardinen, überraschende Wen-
dungen im Handlungsablauf, dazu die präzise Schilderung einer sozial arrivierten Gesellschaft – der Mix,
den ihre Leser und Kritiker lieben.«
Duglore Pizzini / Die Presse, Wien